U0916915

魅丽文化
桃夭工作室

高甜先生

Mr. Gao Tian

love you

沦陷 / 著

江苏凤凰文艺出版社
JIANGSU PHOENIX LITERATURE AND ART PUBLISHING, LTD

图书在版编目（C I P）数据

高甜先生 / 沦陷著. -- 南京 : 江苏凤凰文艺出版社, 2019.3
ISBN 978-7-5594-3209-4

Ⅰ. ①高… Ⅱ. ①沦… Ⅲ. ①长篇小说－中国－当代 Ⅳ. ① I247.5

中国版本图书馆 CIP 数据核字 (2019) 第 011205 号

书　　名	高甜先生
著　　者	沦　陷
选题策划	刘思月
责任编辑	张　倩　王　青
文字编辑	戴　铮
责任监制	刘　巍　江伟明
封面设计	李　娟
出版发行	江苏凤凰文艺出版社
出版社地址	南京市中央路 165 号，邮编：210009
出版社网址	http://www.jswenyi.com
印　　刷	湖南新华精品印务有限公司
开　　本	880 mm×1230 mm　1/32
字　　数	208 千字
印　　张	10
版　　次	2019 年 3 月第 1 版，2019 年 3 月第 1 次印刷
标准书号	ISBN 978-7-5594-3209-4
定　　价	36.80 元

甜高生先

CONTENTS

高甜先生

CONTENTS

我上辈子可能毁灭过银河系。

我过五关斩六将，好不容易杀入超级模特大赛半决赛，结果台下七位评委中有三位是跟我有仇的。

这三位分别是著名时装设计师江锐、国际超模何景耀、新时代模特经纪公司董事长方肃。

一位是我的前男友；一位和我是青梅竹马，友谊的小船说翻就翻；最后一位的仇恨值稍微低一点，只是被我坑过钱。

此刻我一点都不怵！

这句话肯定是假的。

虽然我千万次想退赛，但是比赛已经开始了，我想跑都没地方跑。

本届大赛共有二十六名选手进入半决赛，最后能晋级总决赛，竞争冠、亚、季军的，只有十三位。

第一轮比赛为泳装展示，选手们身着性感的泳装，伴随着动感的音乐依次走上前展示。我的号码牌是二十六号，最后一个上场。

我的内心是拒绝表演的。

一别经年，我的三位仇人已摇身一变成为时尚圈大佬，谈笑间就能令我灰飞烟灭，而我只是一只待宰的羔羊。

我不安地走向台前展示，主持人笑意盈盈地在边上报我的姓名、身高和体重，让我坐实待宰羔羊的身份。

一轮展示完毕，评委开始亮分。

第一位打分的是秀丽传媒集团的副总裁，他打出了 8.5 分，一个不高不低的分数，接下来三位评委分别给出了相近的分数。

紧接着打分的是新时代模特经纪公司董事长方肃，大家不要一听到“董事长”三个字就联想到大腹便便、头顶微秃的中年形象，方董绝对是颠覆这一形象的存在。

方董事长创办新时代模特经纪公司的时候才二十出头，短短五年时间，新时代就坐上了国内模特经纪公司的第一把交椅，让旗下的模特一个个走出国门，登上国际的秀场。

可以这样说，被方董事长看好的模特，已经拥有了半张国际超模的通行证。

至于样貌……

样貌这种东西，对方董事长而言根本没有存在的必要，可他偏偏就有，还挺好！

真是人比人，气死人。

我紧紧地盯着方董事长面前的评分器，心中默默祈祷，方董事长日理万机，定是不记得我这号小人物的，又哪来的公报私仇呢？

评分器上的分数亮了！

8.1 分。

比平均分低了 0.4 分。

方董事长说：“时尚圈瞬息万变，品牌风格在变，对模特的要求也在变，唯有一点始终不变，绝对不能胖！设计师不会为了一位模特将他的设计放宽

一个尺码，作为一位模特，必须严格控制自己的体形，二十六号选手太胖了。”

二十六号选手太胖了……

二十六号太胖了……

太胖了……

方董，做人要讲道理啊！

超模大赛半月的集训已经令我瘦了五斤，即便不能达到您的标准，也不能说是全场最胖吧？为什么您单单挑我出来说事啊！

摸着良心讲，方董事长对我有知遇之恩。

当年新时代模特经纪公司刚成立，正值用人之际，我偶然在超市外躲雨时看见了他们家模特大赛的宣传海报，上面明晃晃地印着一行大字：冠军将获得价值百万的模特合约以及十万元现金奖励。

十万元现金奖励。

我的目光牢牢锁定这七个字。

那时我正在为了钱发愁，这场比赛犹如一场及时雨，我抱着“千万不要觉得自己不会获奖而不报名，万一评委瞎呢”的想法报名参加了比赛。

半个月的魔鬼式集训，每日踩着高跟鞋高强度训练，脚上的水泡旧的没好，新的又长了出来，凭借着惊人的毅力与优秀的自身条件，我成功杀入前三。

在最终的冠军争夺战中，评委的意见出现了分歧，大部分评委认为另一名模特更具有超模的特质，值得重点培养，唯有一位评委选择了我。

那位评委就是方肃。

作为老板，方肃的决定是至关重要的，而他力排众议选择了我。

起初我并不知情，直到我拒绝了价值百万的模特合约，直言我只想要十万元的现金奖励后，其他评委才将我获得冠军的内幕道出。

可想而知，方董事长当时的表情有多精彩。

他撂下一句话：“总有一日，你会后悔今天的决定。”

方董事长料事如神。

此时此刻，我站在超模大赛的赛场上，任由曾经的伯乐挑肥拣瘦。而当年由于方董事长的选择而屈居第二的那位选手，已经在新时代的力捧下，成为圈内人人称羡的国际超模。

唉，往事不要再提，人生已多风雨。

我把目光投向了下一位评委，我的前任江锐。

说真的，我有点紧张。

我认为仇恨值最低的方董事长都往我肋上插了两刀，我的前男友，我想象不出他会如何公报私仇。

江锐开口道："随着中国市场的影响力增长，东方面孔越来越多地出现在国际秀场上，你们遇上了最好的时代，同时面临着严峻的考验。模特这个行业，千军万马过独木桥，今晚的超模大赛只是开始，想走上国际的秀场，你们将面临更大的挑战，但愿你们能不忘初心，砥砺前行。"

这一锅心灵鸡汤喝得我猝不及防，直到江锐面前的评分器亮起，我才回过神来，上面显示的是8.5分。

一个很公道的分数。

我心里既高兴又失落，高兴的是江锐没有公报私仇，失落的也是江锐没有公报私仇。

俗话说得好，女人心，海底针。

最后一个亮分的是国际超模何景耀，和我是青梅竹马的人。

何景耀这厮从小就外形出众，看上去人模人样，其实是个人渣。

当年我透过现象看清本质后，与他大吵了一架，割袍断义。他也是硬气，竟以退学的方式消失在我的世界。

我再次得到何景耀的消息是在一年前，他托人将一张十万元的存折交到我手里，然后，他的海报开始频繁地出现在各大百货商厦。即便我不想听到他的消息，也不得不知晓他在西方时尚圈声名大噪，衣锦还乡的励志传奇。

对此我只能用一句话来表达心中的愤慨：苍天无眼啊！

何景耀从国外镀了一层金回来，祸害苍生的能力更上一层楼，一双桃花眼能勾魂摄魄，我特担心现场的哪位女同胞多看他一眼，回去就怀孕了。

何景耀从小就有双重人格，口蜜腹剑，唯独对我有两句真心话，不信你看看他亮的分数——7.7分。

竟然比平均分低了 0.8 分，好像生怕别人不知道他公报私仇似的。

对此他给出的理由是：“二十六号选手的T台表现就像是上菜市场买菜。”

我无言以对……

你有本事坐在那儿别动，我保证不打死你！

第一轮比赛结束，我的分数别说进前三了，连中等都没够着，落在中下游。

接下来的两轮比赛，我的仇人们贯彻了第一轮的评分标准，前任江锐公私分明，方董事长没事扯个小后腿，何景耀毫不掩饰地进行打击报复。

剧情发展有点出乎我的意料，在我的心目中，正确的仇恨值应该是这样的：江锐＞何景耀＞方董事长。

我坑了方董事长一把，他给我使点小绊子是可以理解的。但江锐和何景耀的仇恨值完全就反了。当年我跟何景耀闹掰的时候，基本是我单方面挤对他，怎么几年未见，就成了他挤对我？

再看江锐，作为前任，在我和何景耀联手给他戴了绿帽子后，他如何还能心平气和地客观打分？他跟何景耀坐在一块儿没打起来，就已经谢天谢地了。

十二名晋级决赛的名额产生后，到了中场休息时间。我有点忧郁地进入后台，下一轮比赛就是十四进一，十四名待定选手竞争最后一个晋级名额，在有两位大仇人扯后腿的情况下，我一点胜算都没有。

我该如何挽回劣势呢？

我跟何景耀的恩怨，大抵十位金牌调解员也调解不了。方董事长的话……

我觉得自己还是可以再抢救一下！

我偷溜出后台往休息区的方向跑，因为跑得太匆忙，拐弯的时候不小心撞到了人，我赶忙道歉：“对不起，我……”

话说到一半，我怔住了。

被撞的不是别人，正是我的前任江锐。

从我踏上模特这条路开始，我就料到可能会有这么一天，然而这场重逢来得太突然，我尚未做好心理准备。

江锐主动打破沉默：“好久不见。”

我讷讷道："好久不见。"

江锐噙着笑问："这几年过得还好吗？"

我回答："挺好的……"顿了顿，忍不住问了一句，"你呢？"

江锐说："我也挺好的。"

好，他当然好了，意大利蓝血品牌Giulia的品牌设计师，米兰最年轻的天才设计师，中国时装界的传奇，他怎么可能不好？

我觉得自己有点难堪："那个，我还有事，先走了……"

江锐点了点头，鼓励说："下半场比赛加油。"

我回答："谢谢。"说完便落荒而逃。

直到跑出江锐的视线范围，我才感觉到自己的心在狂跳。这种情况有点不妙，在情感学上可能叫"余情未了"。

我必须坦白一件事，江锐是我心底的白月光。

我拍了拍脸，强迫自己冷静下来，先把大目标放一放，去完成眼前的小目标，那就是——抱方董事长的大腿。

我在休息区绕了一圈，终于在阳台上发现了方董事长的身影，他正倚在栏杆边吹风。

我变出一瓶矿泉水，蹑手蹑脚地走到方董事长身边，目不斜视，仰望星空，悄悄将手中的矿泉水递了过去。

方董事长低头看了一眼，挑了挑眉。

我一本正经地说："喝口水润润嗓子。"

方董事长似笑非笑："无事献殷勤。"

嘿嘿，我知道，非奸即盗。

方董事长不是个容易打发的人，我晓之以理，动之以情："方董，当年我年纪小，不明白自己究竟想要什么，只是着急需要钱。现在我想明白了，我想站在这个秀台上，想踏上国际的秀场，希望你能帮我。"

方董事长表示："我没有义务为你的梦想埋单，想实现梦想，凭自己的本事。"说完，他转身离开了。

出师不利，我恹恹地回到后台，正好撞上比赛的导师。她见着我就训上了：“林艳阳，你今天怎么回事？场场比赛都发挥失常，你平时那股张扬劲儿上哪去了？出门忘带了吗？就你这状态还想获得名次？真以为天上会掉馅饼？”

虽然导师说话难听，但她真心是为了我好，有些恨铁不成钢。

我正虚心地聆听教诲，耳边突然响起一道女声。

“Coco 老师，艳阳第一次参加这种大型比赛，太过紧张发挥失常也是可以理解的，您就别怪她了。”

我：“……”

哦，你的意思是我上不了大场面？

说话的人叫丁曼丽，同是这届超模大赛的选手。与我不同的是，人家第一轮比赛就直接晋级决赛。

丁曼丽生得一副单眼皮，皮肤黝黑，颧骨很高，按照中国人的审美是绝对称不上美女的，甚至可以说有点丑。偏偏外国人的审美和中国人不一样，他们认为这样的长相既具有东方美又性感，因此丁曼丽成了本届超模大赛的冠军热门人物。这直接导致她将有望获得冠军的选手都视为眼中钉，逮着机会就笑里藏刀地怼一下，尤其是怼我。

为此我很想不通，明明我们俩的风格不一样，她走她的欧美范，我走我的小仙女人设，为什么她就特别喜欢怼我呢？何必呢？反正老了以后都是要一起跳广场舞的。

导师可能听出了丁曼丽的话外音，这些私底下的小心机她是不管的。她板着脸对我说：“下一场 PK 赛好好表现，亮出你的小虎牙，老虎不发威，别人当你是 Hello Kitty。”

我：“呃……”

Hello Kitty 委屈地流下了眼泪。

下一轮比赛的主题为波西米亚风情，我打理好造型，跟着其他选手一同登台。我依然是最后一个展示，其他选手展示完毕后，我深吸一口气，扬起微笑，找准音乐的节拍，迈向台前。

丁曼丽刚才那番话是想打击我的士气，让我一蹶不振，输掉比赛。

可我偏不！

即使要输，我也不能输得太难看！

虽然评委席上有两个拉后腿的大仇人，但还有几位是没仇的，倘若我真的表现好，未必没有绝处逢生的机会。

我扬起笑容，发挥出以往的水准，一步步走向舞台中央。等到了定位点，我拎起裙摆转了一圈，随后摆好 pose，加深嘴角的笑容，露出两颗尖尖的小虎牙，朝着评委席抛了一个媚眼。

波西米亚的风格不正是热情奔放吗？

一轮展示完毕，又到了评委亮分环节，我已经做好了准备，经受暴风雨的洗礼。

《红袖》杂志的主编点评说：“时尚圈俊男美女遍地，光有一张好看的脸是没有用的，你必须有你的个性和气质，让别人记住你。二十六号选手前几场比赛很没有存在感，但刚才的一轮展示，她的表现非常抓人眼球。她的两颗小虎牙很有个性，当她展示出这种个性时，她的美就变得非常特别，让我一下就记住了她。”说完，他面前的评分器亮了，上面显示 9.1 分。

这已是非常高的分数了。

接下来的几位评委也不负我所望，亮出了不低的分数。轮到前任江锐时，他打出了 8.9 的分数，仍旧是不高不低的一个分数。接下来是方董事长，他亮出的成绩是……8.7 分。

低了点吧？

对此方董事长给出的理由是：“二十六号的 T 台表现特别情绪化，本轮比赛她带给观众的惊喜，同时说明了她前几场比赛发挥的失常。一名优秀的模特，应该随时保持最佳状态，不受外界因素的干扰。”

我：“……”

好好好，你长得帅，你说什么都有道理！

方董事长坚持给我拉了个小后腿，而何景耀更是给出了 8.1 分的低分。尽管如此，我依然以微弱的优势排名第一，成功晋级决赛。

十三名晋级决赛的选手确定后，就到了今晚最重要的决赛了。我回到后台的时候，先前晋级的十二位选手已经换好服装，等待上场。

决赛的主题是礼服，我分到的是一条深 V 的流沙金礼服，下身用料十分轻薄，能透出两条大长腿，高跟鞋则是绸缎系带的样式。

决赛的竞争非常激烈，选手们都使出了浑身解数，要将冠军宝座收入囊中。经历了刚才一对十三的比赛，我的心态已经恢复平和，走秀的时候十分从容，前半场发挥得很好，可快走到定位点摆 pose 的时候，我的冷汗冒出来了。

我感觉绑在我脚踝处的高跟鞋系带渐渐松了。

这双高跟鞋全靠两根细带固定，一旦系带松了，不但鞋子容易掉，还有可能踩在系带上摔跤。

如果我今天摔在 T 台上，那就是本届大赛最大的笑点了。我好不容易才能重整旗鼓，老天爷这个玩笑会不会开大了点？

我硬着头皮又走了两步，在感觉到高跟鞋渐渐脱离掌控的时候，果断将脚从高跟鞋中脱出，拎起高跟鞋，若无其事地继续向台前走。

既然已经倒霉到了这个份上，还有什么能打败我的呢？

我一脚踩着高跟鞋，一脚踮起，踏着台步继续往前。踮着脚走路自然不能同穿着高跟鞋走路相提并论，我一遍又一遍地在心中给自己打气，终于撑完了全场！

决赛与 PK 赛不同，PK 赛是从矬子里拔大个，进入决赛的都是佼佼者，能否进入前三，我一点把握都没有。

此时总分榜上排名第一的是丁曼丽，排名第二的是从决赛跑出来的一匹黑马，我的成绩，将决定今晚的超级模特大赛的最终排名。

第一位亮分的是《秀丽》传媒集团的副总裁，他说：“我很欣赏二十六号的临场应变能力，秀场上随时可能有突发状况，模特的临场应变能力将决定一场秀的成败。二十六号刚才的表现虽然称不上完美，但她成功挽救了一场秀。”说完，他面前的评分器亮了。

9 分！

接下来的三位评委分别给出了8.9、9、9.1的高分。

倘若照着这个趋势发展，我很有可能撼动丁曼丽的冠军地位，然而我的三位仇人会允许这样的事情发生吗？

紧接着亮分的是我的前男友江锐，我猜想他会亮出9分的成绩，毕竟前几场比赛他都是不褒不贬，直接给平均分，谁料他竟然给出了9.1的高分。

决赛的竞争那么激烈，即使是0.1分，也有可能改变比赛的最终排位！

我琢磨不出江锐这么做的用意，如果说前几场比赛他是公事公办的话，那他现在就是将我往上推了一把，他为什么要帮我？

我还没来得及想明白，就轮到了方董事长亮分。

对于这位大佬，我心里还是抱有期待的，不然还能怎么办呢？

嘤嘤嘤。

方董事长遇上我想法总是特别多，必须点评一下，只听他握着话筒道：“模特在秀台上的职责是展示服装，而不是展现自我。二十六号一上台，我的目光就被她的笑容吸引住了，而不是她身上的礼服，面部表情太丰富，喧宾夺主。”

我：“……”

我还能怎样，能怎样，最后还不是像个父亲一样把你原谅。

看来方董事长这个拖后腿的小毛病是不能好了，我木然地看向他身前的评分器，机器亮了，上面显示9分。

9分？

虽然只是个平均分，但这完全推翻了方董事长拖后腿的人设。

要知道，此时排名第一的丁曼丽，方董事长都只给出了8.9分，是七位评委中唯一一位低于9分的评委，可是此刻，他却给出了9分的成绩！

不管方董事长是不是手滑，他使得我与冠军宝座的距离再次近了一步。此时我的总分距离丁曼丽只有9.1分，如果何景耀打出的分数高于9.1分，我就能成为本届超级模特大赛的总冠军了！

然而……想得美。

何景耀连7.7的超低分都能打得出来，他能给我打出高分？他直接将我

踢出本届大赛前三的可能性倒是更高一些。

跟方董事长一样，何景耀亮分前也喜欢说上两句，这回他的评价是："二十六号选手拎着高跟鞋走秀的样子非常有气势，雄赳赳气昂昂，我以为她是要去炸碉堡。"

台下顿时响起一片哄笑。

我："……"

我深吸一口气，保持微笑，在心中告诫自己，别低头，王冠会掉；别流泪，坏人会笑！

啊啊啊——我不管，我今天一定要撕了何景耀这张嘴！

何景耀说完这番话，面前的评分器亮了。

8.7 分。

主持人扬声道："今晚的总冠军诞生了！恭喜六号选手丁曼丽成为本届超级模特大赛总冠军！"

何景耀的 8.7 分将我从冠军的宝座上扯下来，亏得这回他有了点底线，我以 0.4 分之差屈居第二。

接下来是颁奖典礼，丁曼丽作为冠军，自然是万众瞩目。冠军颁奖完毕后，就轮到亚军了。

为我颁奖的是方董事长，他亲手为我戴上礼冠，配上绶带，随后将奖杯与花束递到我手中，道："恭喜。"

我高兴极了，热情地给了方董事长一个大大的拥抱，还用一只手拍了拍他的后背。

谢啦，大佬！

虽然没能得到冠军有些遗憾，但能从三位大仇人手中杀出一条血路，我感觉自己棒棒的！

超模大赛结束后，我正式实施第二步计划，加入新时代模特经纪公司。

作为国内模特经纪公司的领头羊，每年不知有多少模特挤破头皮想进新时代。想进新时代有两种方法，新人可以参加他们公司的模特选拔，或者在全国性大赛上获得前三甲的模特，可以直接投模特卡进行面试。

模特卡就是模特的个人简介，卡上有模特拍摄的代表照片、身体数据等。

作为本届超级模特大赛的亚军，我荣幸地获得了直接投模特卡的资格。

面试当天，我将自己收拾得漂漂亮亮，准时出现在新时代大楼。

从工作人员手中领了号码牌，我就安静地坐在走廊里等着叫号。冤家路窄，丁曼丽也出现在了新时代。

丁曼丽看见我，露出一副好姐妹的表情："艳阳，比赛那天太忙，我都没来得及恭喜你得了亚军。那天你发挥失常，我还以为你会无缘三甲，担心得不行呢。"

我皱了皱眉，盯着她的嘴看。

丁曼丽问："怎么了？"

我从包里掏出一支口香糖递过去："全新无糖口香糖，清新口气，不留痕迹。"

丁曼丽迟疑地对着手呵了一口气，不知闻到了什么味，从我手中接过口香糖嚼了起来。

丁曼丽一嚼口香糖，顿时就没有闲工夫讲话了。

我真是机智 girl！

今天来面试的只有十几位模特，很快就轮到丁曼丽。她吐出口香糖，进去待了五分钟，随后自信满满地出来了。

轮到我的时候，我看似镇定，实则心中小鹿乱撞。

我可是有黑历史的人啊！

我视死如归地进了房间，里面坐着三位面试官，没有一位是见过的。我镇定了一些，按照面试官的要求在 T 台上走了一圈，随后在中央站定。

主位的面试官看了看我，又看了看手中的模特卡，表示："我觉得你有点眼熟……"

我一本正经地胡说八道："我们家的人长得都比较像，您可能见过我的家人。"说完，附上一个灿烂的笑容。

谁知我不笑还好，我一笑，面试官顿时露出一副恍然大悟的表情："我想起来了！你不就是我们公司第一届模特大赛获得冠军，可拿了奖金就跑的那个人吗？小姑娘，不得了，你在我们公司可是个传奇啊！”

我露出礼貌又不失尴尬的微笑。

不知是谁曾说过，做人不能有黑历史！不能有黑历史！

我怎么就是不听呢？

面试官表示：“我很好奇，是谁给你的勇气让你来新时代面试，梁静茹吗？”

我一点都没笑场，正色道：“上个月的超级模特大赛，我获得了亚军。”

面试官笑了：“一个亚军，你就觉得新时代一定会签你？即使是超模大赛的冠军，能不能进新时代还都是个未知数。”

我一本正经地说：“本届超模大赛的其中一位评委是贵公司的方董事长，决赛上他给冠军打的是8.9分，而我……9分。”

我生怕面试官抓不住重点，指着自己强调了一遍：“我，9分。”

这说明什么？说明方董事长看好我啊！

面试官被我的厚颜无耻打动了，用五个字打发我：“回去等通知。”

作为有黑历史的人，我觉得“回去等通知”十有八九是空话，然而等了两天，新时代真的打来电话，通知我去复试。

我带着十二分的热情去了。复试的模特更少，加上我只有五个人，其中一个还是丁曼丽。

我一进房间，就知道今日不宜出行，房间里坐的除了方董事长，还能是谁？

我佯装初次见面的样子，恭恭敬敬地打招呼：“您好。”

“林艳阳。”方肃叫了我的名字，却没有看我，而是看着手中的模特卡，“为什么想签新时代？”

这是公事公办的意思？

我说：“为了实现中华民族的伟大复兴。”

方肃将目光投到我身上：“你是否签约新时代，跟中华民族的复兴有必然关系？”

我郑重地点头：“让更多的中国模特踏上西方的秀场，让世界爱上中国。”

方肃表示："国内模特那么多，我们为什么要选择你？"

我本想说"因为你看好我"，哪知出口就成了："扶贫。"

沉默了那么一会儿，方肃给出了惩罚："每位面试者有一分钟的自我介绍时间，你只有三十秒。"说着，他看了一眼手腕上的表，"开始。"

我目瞪口呆了十秒，直到方肃提醒"二十秒"，我来不及深思就脱口说道："我想成为一名职业模特，我想站在璀璨的 T 台上，让那些看轻我的人刮目相看，希望贵公司再给我一次机会。"

说完这番话，三十秒的时间到了，方肃看了我一会儿，说了五个字："回去等通知。"

我又乖乖回家了。

我在家等了五天，新时代没有传来一点消息。就在我决定去其他模特经纪公司试试的时候，新时代突然发来贺电，让我周一去报到，还是直接去方董事长的办公室报到。

其他模特第一天能不能见大BOSS我不知道，反正我是见到了。甫一见面，方肃就将一份合约推到我面前。

"这是你的合约，确认后签字。"

我仔细看了看，新时代开的条件很好。我正准备签字，就听方肃说："合约的时间是五年，我对你的要求是，两年内踏入西方顶级时尚圈。"

我："……"

我被方董事长的远大理想惊呆了，我平时也就做做超模梦，可现在方董事长不仅要我爬上顶级时尚圈，连时间都定好了？

我小心翼翼地建议："方董，我们是不是应该稳打稳扎，一步步来？"

方肃表示："模特的最佳入行年龄是十六岁，二十五岁前不能有所成就，就得考虑转行。你只剩下两年，如果不能在两年内爬上金字塔的顶端，就说明你没有能力，花再多时间都是枉然。"

林·大龄女青年·老腊肉·艳阳跪了。

遥想当年，我也是十八年华一根青葱，转眼成了二十三岁的老腊肉，再想吃这口青春饭，还有挑拣的余地吗？

我正在哀悼自己逝去的青春，方肃紧接着又投下了一颗重磅炸弹：“签约以后，你的培训、职业规划、工作内容将全权由我负责。”

我：“……”

方董事长在成立新时代前，曾经做过经纪人，他带出了中国模特圈里程碑式的人物，国际超模裴西。

作为东方人，裴西是第一位在西方秀场上声名大噪的模特，单眼皮，高颧骨，她的出现令东方人意识到东西方审美的巨大差异。她的长相影响了整个东方时尚圈，至今仍有经纪公司以她的样貌为标准来挑选旗下模特。

裴西站上西方顶级时尚圈后，激流勇退，五年前嫁入豪门，退出时尚圈，而方肃回国成立了新时代模特经纪公司。

新时代成立后，方肃先后捧出三位国际超模，只是没听说哪位模特有幸由他全权负责的。如今他突然开口说要带我，我不得不怀疑其中另有内幕。

可能是我的表情太过纠结，方肃问：“有什么问题？”

我忧心忡忡地问：“贵公司……是不是快要倒闭了？”

除了这个，我实在想不出有什么理由，能让方董事长对我另眼相待。如果说是我的特别，让方董事长纡尊降贵……我是有多大脸？

方肃听完我的话，脸色变得非常难看，用一句话来诠释就是：你站在那儿别动，我保证打死你！

唯恐方肃后悔，我迅速在合同上签字，又将其中一份火速塞进包里，再把另一份递到方肃面前。

“方董，让我们为梦想加油！”

签好合同后，我回住的地方收拾了行李，翌日便搬入了公司提供的公寓。

公寓距离公司不远，十几分钟的车程，住的都是公司旗下的模特。两人一间，麻雀虽小，五脏俱全。

我搬进去的时候，里面还没有住人，我放松心情在里面睡了一晚，翌日就被方董事长叫了出去。

地点是一家叫“鸣轩造型”的店，我和方肃进店后，一名三十岁左右的男人就迎了上来，亲热地跟方肃打招呼。随后他将目光移到我身上：“这就是你昨晚说的那个模特？我看看……”

方肃趁机向我介绍：“Kevin，新时代的合作造型师。”

Kevin刚靠近，我就闻到一阵香风。对于一个男人比我还有女人味这件事，我是惭愧的。Kevin围着我绕了一圈，点评道：“条件不错，她的五官适合很多发型，我认为简单一点，黑长直，你觉得怎么样？”

方肃表示：“剪短。”

他从书架上抽出一本图册，指着一张照片说：“剪成这个长度。”

我凑过去看了一眼，不得了，方肃指的是一张短发造型，长度还不过耳际。来了来了……他要借剪刀杀人了。

我试图劝说方肃改变这个想法：“这个发型会不会不符合我的人设？”

方肃稀奇地问：“你还有人设？”

我理所当然地说：“是啊，我的人设是小仙女。”

方肃：“……”

他沉默了好一会儿，表示：“你对自己的人设有很大的误解，模特不需要人设，你的职责是驾驭所有风格。”

方肃将我按在椅子上，Kevin为我围上围布，随后泛着银光的剪刀就开始在我头上咔咔作响，一缕缕长发掉落在地。

我小时候长相干瘪，又常年短发，有一回去文具店买文具，被老板叫了一声“小弟弟”。一句话给本仙女造成巨大的心灵创伤，从此我再也不肯剪短发。

一晃十几年，我始终坚持留长发，今天突然被方董事长命令剪发，我的内心是拒绝的。

我安慰自己，模特为了造型剃光眉毛和头发的都有，我剪个短发又算什么？话虽如此，我依然全程紧闭双眼。

等Kevin宣布“好了”，将围布从我身上撤下时，我视死如归地睁开双眼，只见镜中人一头长不过耳的短发，额前飘着细碎的刘海。

咦？跟我想的有点不一样。

我撩了一把刘海，对着镜子露出一个魅惑的笑容。

“哇哦！”身边响起 Kevin 夸张的叫声，“她竟然有两颗小虎牙！这个发型太适合她了，非常有个性。”

我对自己的新发型也挺满意，有点……撩人。

我双目亮晶晶地看向方董事长，希望能够得到他的肯定。奈何方董事长是见过大场面的，看了我一眼，只点了点头表示肯定。

无趣。

Kevin 为我剪好发型，又设计了一个妆容。全部搞定后，我看着镜子里的自己，生出一种全世界的小姐姐都会为我亮灯的自信。

打理好造型，Kevin 跟方肃道别，笑眯眯地对我说：“小老虎，下次再来哦。”

我：“……”

我什么时候多了一个绰号？

剪完头发就是饭点，方董事长豪气万丈，要请我吃饭。

我挑了海底捞，点了麻辣锅底。菜上来后，我大快朵颐，方肃十分绅士，包揽了涮菜的活。我吃得满头大汗，心满意足。快收尾的时候，方肃突然问：“知道我为什么请你吃饭吗？”

我大发好人卡：“你是个好人。”

方肃勾起嘴角，露出温柔的笑容，说出来的话却令人如坠冰窟：“你太胖了，从明天开始减肥，这是你的最后一顿，好好享受。”

我：“……”

天哪，全是套路！

我还在想方肃人怎么这么好，突然请我吃饭，原来是鸿门宴！

我一边噙着眼泪，一边往嘴里塞菜。最后一顿，必须得吃够本。我将桌上的火锅食材消灭光后，抱着圆滚滚的肚子又点了几道，做好了今天爬着出海底捞的准备。

服务员又一次上菜的时候，将一个硕大的果盘放在我面前。我疑惑地问：“我没有点果盆啊！”

服务员扬起灿烂的笑容：“这个果盘是本店送的，海底捞全体员工祝您减肥成功。”

方董事长没绷住，笑了出来。

我：“……”

世上最让人难堪的自取其辱，就是上海底捞吃火锅。

还有方董事长你，笑起来居然有小酒窝，是不是太不合理了？

第二章
向美色势力低头

我叫林艳阳，现在是新时代模特经纪公司旗下的一名模特。

我正在减肥。

我们公司的董事长是个大好人，他送给我一块黑巧克力，告诉我：“觉得要晕了，吃一块。”

这句话的背后，究竟是人性的泯灭还是道德的沦丧？

我晕了一个月，就在我快晕习惯的时候，体重终于勉强达到方肃的要求。

我马不停蹄地去报喜，方肃的秘书却告诉我：“方董不在办公室，你可以在里面等一会儿。”

我乖乖地进去等，坐了一会儿，见方肃还没回来，便走到书架前打算找本书看。

方肃的书架上大部分是外文书，专业性很强。我翻了一会儿，终于在右下角翻到几本时尚杂志。这几本杂志摆放的位置比较特别，其他书都是立在书架上，唯有这几本杂志横放，上面还堆了几本书。

我将杂志抽出来，这几本杂志的档次天差地别，有国内顶级的时尚杂志，也有十八线的八卦周刊。

我只选了自己喜欢的内容看，翻到第三本的时候，突然发现这三本杂志有个共同点，那就是内容里都有超模裴西。

为了确认这个猜测，我粗略地将后面几本杂志也翻了一遍，无一例外都有裴西的消息。从顶级时尚杂志大幅地刊登裴西退出时尚圈的消息起，裴西所占篇幅越来越小，杂志的定位也越来越低。

二线杂志刊登的是裴西婚后不久，与法国富商喜得一子的消息。八卦杂志唯恐天下不乱，将裴西婚后的沙滩照与从前的泳装照放在一起，证明裴西的身材大不如前。他们还凭着裴西膝上的一块瘀青，就说她是遭遇了家暴。

有些报道却是实锤，比如裴西丈夫与其他嫩模的亲密照，有的紧紧搂在一块，有的贴着耳根说话，有的大腿都坐上了，并且每张照片上的女人都不一样。

我看得有点心塞，毕竟裴西算我半个偶像，遇人不淑，嫁了这么一个男人，实在令人惋惜。

我正看得投入，不知从哪本杂志里掉下来一张照片，我捡起来一看，竟是方肃和裴西的合影。

照片明显有些年头了，照片上的方肃和裴西的脸上残留着青涩，面带微笑看着镜头，方肃的脸上还有小酒窝。

我不禁感慨，不愧是方肃亲手带出的超模，待遇就是不一样。我实在不敢想象方肃跟我凑在一块合影，还自带小酒窝的画面。

我搓了搓鸡皮疙瘩，门突然开了，方肃进屋的时候面色还是温和的，等他看清我手中的照片后，脸色突然沉了下来。

他疾步走到我面前夺走照片，厉声问："谁允许你动我的东西？"

我有些呆愣。

未经方肃的允许，擅动他的书架确实是我不对，但他的反应却有些过激了。我只是从书架上抽了几本杂志，又不是乱翻他的私人抽屉。

纵是如此，我依然态度诚恳地道歉："对不起，方董，我不该乱动你的东西。"

方肃的面色并未缓和多少，语气生硬地问：“找我有事？”

我表示：“我就是想跟你说一声，我已经减肥成功了。”

方肃说：“我知道了，你出去吧。”

我应了一声，老老实实出去了。等出了方肃的办公室，我眼中闪过一道光，自动启动福尔摩斯模式。

方肃的态度太不对劲了，他在意的似乎不是我动了他的书架，而是我抽出了那几本杂志，翻到了那张照片，就像是……不能说出的秘密。

为什么不能说？

经纪人关注自己曾经带过的模特不是一件很正常的事情吗？

我收藏江锐杂志的事被人发现了，都不一定有这么激动。我觉得不脑补出十万字“落花有意，流水无情”的虐恋剧情，简直是对不起我的脑洞。

等等，我刚刚说了什么？

我竟然将家里收藏了江锐杂志的事给说了出来？

不小心挖出方肃的“小秘密”后，我就觉得心里不踏实，生怕方肃一言不合就将我雪藏，毕竟电视剧里知道太多的人都是要被灭口的。

我在忐忑中过了几日，便到了拍摄模特卡的日子。签约新经纪公司后，公司都会替模特拍摄新的模特卡。

在摄影棚碰面后，丁曼丽惊讶地盯着我说：“艳阳，你怎么瘦了这么多？”

我一点都不藏私，大方地跟她分享减肥秘诀：“坚持吃草，坚持运动。”

言而简之：都是泪！

上午拍摄的是office lady风格，吃过午饭，方肃突然来了。虽然我是由方肃全权负责的，但对外并没有公开，大部分人并不知道。方肃一来，几家欢喜几家愁，欢喜的是别人，愁的是我，方肃明显是来监督工作的。

下午的主题是“辛德瑞拉的秘密”，服装风格属于梦幻系。我分到了一条淡紫色的裙子，薄纱材质，裙子上点缀了一些花朵。丁曼丽分到的是一条淡蓝色的长裙，其余两位模特类似，唯有一名叫林晓依的模特不同。

林晓依是本届新时代模特大赛的冠军，样貌清纯，据说是国内顶级学府出来的真学霸。她拎着一条白裙问服装师：“这条裙子是不是少配了吊带？”

服装师表示：“没少啊，这条裙子就是没吊带的。”

林晓依傻了，我也有点愣。

林晓依手里拎的是一件白纱裙，说白色不恰当，因为这条裙子的上身薄得不能再薄，穿跟不穿没多大区别。

穿着这条裙子在摄影师面前摆pose，我只想说……谢天谢地，穿这条裙子的人不是我。

林晓依尴尬地问：“我可不可以换一件？”

服装师表示：“你的这身衣服是由方总定的。”

话里的意思就是：没得商量。

林晓依垂下头没说话，过了好一会儿才去更衣室换裙子，出来的时候裹了外套，看不出是什么效果。前面一位模特拍摄完毕后，林晓依进了摄影棚，约莫过了十五分钟，人就出来了，眼眶通红，看上去楚楚可怜。

紧接着，方肃面色不善地走出来，将目光落在我身上：“林艳阳，你和林晓依换一身衣服。”

我：“……”

大佬，有话好好说，这把火是怎么烧到我的身上的？

我呆站在原地，如鲠在喉。

方肃催促道：“别浪费时间。”

我一句话都说不出，别人的热闹好看，自己的热闹可就不好看了！我不抱希望地问：“我可不可以不换？”

这条裙子实在是太透了，蚊帐和它相比，简直可奉为圣女。

方肃非常冷酷地告诉我：“别让我说第三遍。”

我心如死灰地进了更衣室，刚才林晓依拎着裙子，我只注意到上身很透，其实这条裙子是有配饰的，两只蝴蝶的位置刚好挡在了胸口。

我磨磨蹭蹭地换好衣服，裹着外套出去，化妆师为我调整好妆容后，我便进了摄影棚。

摄影棚里只有摄影师和方肃两个人，方肃看见我就一个字：“脱。”

我：“……”

我觉得自己瞬间化身为纯洁而不造作的白莲花，而方肃就是霸道总裁文中逼良为娼的霸道总裁。

我硬着头皮脱下外套，摄影师示意："在地上躺好。"

摄影的背景是花园，藤蔓蔷薇，地上散落着花瓣。我全身僵硬地躺到地上，以手捂胸口的姿势摆了一个造型。

摄影师不满意："把手移开，放松一点。"

我小心地挪开一点手，将蝴蝶的位置摆正后，才移开手臂，一举一动都小心翼翼，生怕动作一大，蝴蝶就飞走了。

摄影师仍然不满意："放松，你的肢体太僵硬了。"

我尽量放松身体，然而这条裙子实在是太羞耻了，我根本没法全身心地投入拍摄。

摄影师拍了一会儿，脾气上来了："怎么回事？摆个造型都不会？这么放不开，还当什么模特！"

方肃站在角落，一言不发。

我又试了一会儿，依然达不到摄影师的要求。摄影师的耐心被我磨光了，跟方肃商量："要不放弃这套服装，换成别的？这样下去也是浪费时间。"

方肃终于有反应了，他走到我面前，俯视我说："这点程度都办不到，你告诉我，你还想让看轻你的人对你刮目相看？什么时候拍完什么时候收工，拍不完今晚就通宵。"

我有点不服气，其他模特拍不好就换我上，我拍不好就得通宵！

我说："耍耍嘴皮子当然容易，有本事你脱给我看看！"

方肃危险地眯起了眼睛，盯了我一会儿，似乎被激怒了，居然真的动手解起了衬衫扣子。

要知道，方肃平日里严谨得要命，衬衫西裤，领子都要扣到最后一颗。现在突然一言不合就脱衣服，我可是很兴奋的。

我在心里狂刷"666"，目光紧紧跟随着方肃解扣子的手，一颗、两颗、三颗……

我正看得带劲，方肃的手指突然停下了。

我疑惑地看向方肃，方肃盯着我，勾起嘴角：“想看？”

画风是不是变得有点快？

我沉默不语。

虽然我的确想看，但本质上我是个矜持的好姑娘。

我试图用沉默表达我的默认，然而方肃当着我的面，一颗一颗，重新将扣子扣上，一直扣到脖颈处的最后一颗。

我：“……”

说好的脱衣秀呢？

方肃扣好扣子，面孔又板了起来：“好好拍，别浪费时间，拍好了有奖励。”

我来了点兴致：“什么奖励？”

方肃表示：“允许你吃一次垃圾食品。”

我节食了一个月，如今看见肉就两眼发光，这个诱惑不可谓不大。加上方肃刚才一打岔，虽然衣服没真脱，但紧张的气氛一扫而空，接下来的拍摄顺利了很多。

摄影棚里“咔咔”声响起，快收尾的时候，原本安静地站在角落督工的方肃再度开口：“等等。”

我将疑惑的目光投过去。

方肃走上背景布，将我的姿势调整为偏向内侧，随后毫无预兆地摘走了我胸口的一只蝴蝶。

我：“……”

我的内心是崩溃的。

这条裙子全靠两只蝴蝶遮挡，方肃摘走了一只，不就什么都看光了？

我可是好人家的女孩！

方肃神色淡定地说：“看镜头。”说完就退出了背景布。

方肃调整了我的造型，取走蝴蝶的那一侧向内，从摄影师的角度看不明确，拍摄出来的成品也只会将焦点聚集在唯一的蝴蝶上。

然而我的脑中只剩下三个字：破廉耻。

摄影师并没有表现出不满，他调整着摄影的角度，用哄三岁小孩的语气

说：“很好，看着镜头，别动。”

只听“咔”的一声，我终于听见了恍如天籁的两个字：“完工！”

当天的拍摄结束后，我决定用一碗麻辣烫来抚慰自己受伤的心灵。方肃也跟来了，据说是为了监督，监督我的麻辣烫不得超过二十元。

我：“……”

还有这种操作？

预算太低，我生怕自己吃不饱，点了两份粉丝外加一份泡面。老板端上来的时候，满满当当一大碗，方肃什么都没点，就坐在对面看我吃。

我一边吃一边侃大山，侃到一半，方肃的手机响了。我随意看了一眼，是个陌生电话，归属地是法国。

方肃盯着手机一动不动，不知在想些什么。

我往嘴里塞了一块油条，问：“怎么不接？”

方肃终于按下了接通键，说了一句话。

他说的既不是中文，也不是英语，我觉得应该是在用法语打招呼。电话那头不知说了什么，或是方肃确认了对方的身份，脸色一下就变了。他再次准备开口的时候，看见了坐在对面的我，拿着手机朝门外走去。

我：“……”

需要这么见外？

我只来得及听见一句：“找我有事？”这句话是中文，语气十分冷漠。

我的福尔摩斯系统再次上线，直觉告诉我，电话那头的人可能是裴西。因为裴西正好在法国，而方肃的第二句话是中文，由此证明对方是个中国人。

我不明白，当年那么亲密的两个人，怎么会闹到如今这样的地步？想来想去只有四个字能解释：因为爱情。

不是方肃因爱生恨，就是裴西始乱终弃。

方肃的通话时间很短，不到五分钟就回来了。他的脸色不怎么好看：“我有事先走，你吃完早点回去。”

我听话地点头，方肃前脚刚走，我后脚就上隔壁小卖部买了一瓶AD钙奶。

一人我饮奶醉，醉把佳人成双对！

照片拍完后，不到一周我就在方肃的办公室看到了成品。我的模特卡上最大的照片就是被方肃摘走蝴蝶的那张。

虽然拍的时候羞耻度爆表，但出来的效果却令人惊艳。

粉色的眼妆，赧然的目光，薄如蝉翼的白纱，栖息的蝴蝶，纯情与诱惑出现在一幅画面中，引起了强烈的冲突和对比。

方肃在边上解释："这件设计最合适的人选是林晓依，她的清纯形象能与这件衣服产生更强烈的碰撞，只可惜她放不开。"

我："……"

几个意思？她放不开，难道我就长得很开放的样子？还暗示我不够清纯？

模特卡制作完毕后，方肃正式开始给我找活干。这天，他丢给我一个地址："Durand 即将推出新一季彩妆，这季的动态广告需要一个女模，据说镜头不少，公司争取到了这个机会，你和公司的其他几位新人都有面试机会，我要你将这次的机会拿到手。"

Durand 是英国的高端化妆品品牌，能在它新一季的广告中露面，即使是配角，也是非常难得的机会了。

我信誓旦旦地保证："方董你放心，我一定将机会争取到手！"

方肃点头："Durand 最新全球代言人是何景耀，有机会和他合作，相信你能学到不少东西。"

我："……"

我愣怔了一会儿，再次确认："Durand 的新任代言人是谁？"

方肃说："何景耀，有问题？"

有问题？当然有问题！

让我和何景耀合作，不对，是给他做配角，不是上赶着找虐吗？何景耀不教我重新认识"自取其辱"四个字，我"林艳阳"三个字就倒着写。

方肃突然问了一句："你是不是得罪过他？超模决赛那晚，他打的分数低得离谱。"

我和何景耀这些陈谷子烂芝麻的事，一言两语根本解释不清楚，于是我说："方董，您放心吧，我一定尽力争取。"

翌日，我和新时代的几位新人模特一起出现在面试地点。这次拍摄的是动态广告，不需要走台步，而是要求模特在镜头前有表现力，面试时的一颦一笑、一举一动都会被收入镜中。

当天的面试只有我、林晓依、丁曼丽三人进入复试。

得到复试资格后，我得到的信息也多了。Durand这次要拍摄的是口红广告，让男性代言女性口红，这个设定一旦被开启，新世界的大门就打开了。

这支广告的主角是何景耀，面试的模特除了自身条件优秀外，最重要的一点是……跟何景耀有CP感。

我：“……”

这件事情教育我们，只要你够红，全世界都将围着你转！

复试时会有何景耀亲自搭档，共同拍摄一段短片，最后挑出最适合的模特。

眨眼到了复试当天，我早早到了复试现场，工作人员正在忙碌。大概过了半个小时，从门口进来一个男人，甫一出现就吸引了众人的目光，如同一个天生的发光体。

丁曼丽低声叫道：“天哪，是何景耀！他真人比杂志上还要迷人！”

何景耀今天穿了一件白衬衫，下身穿一条蓝色牛仔，再简单不过的搭配，穿在他身上却似乎闪闪发光。

我最听不得人夸何景耀：“超模大赛的时候你不是见过真人吗，怎么搞得像第一次见一样？”

丁曼丽表示：“比赛那天隔那么远，谁看得清楚？再说了，那天那紧张，哪还有心情看帅哥？”

丁曼丽说完这句话，突然想起了什么，转过头看向我，脸上带着幸灾乐祸的表情：“何景耀好像很不喜欢你。”

全世界都能看出何景耀对我不满……

何景耀一路进来，经过我身边的时候，目光在我身上停留了一秒，随后若无其事地朝我和丁曼丽微笑示意，装出一副平易近人的样子。

我必须重点说一说何景耀这个人。

我认识何景耀的时候，他就是家长口中“别人家的孩子”，样貌出众，成绩优秀，最难得的是待人谦虚，彬彬有礼。

后来我才知道，这些全都是假象。

何景耀扮演着一个近乎完美的角色，而他真正的面目……我只能想到两个字：阴郁。

你看他面带微笑地跟众人打招呼，说不定一转身，他嘴角的笑容就会化为嘲讽。我曾无数次近距离欣赏过何景耀的变脸，我认为比起模特这个职业，他更适合做一个演员，因为他时刻活在表演中。

今天的拍摄道具是一张床，拍摄的画面是唤醒睡美男。何景耀扮演男友，我们三位模特分别扮演他的女友。

这是一个寻常的早晨，男友趴在床上赖床，女友站在床前唤他起床。男友一动不动，女友看着手里的口红，生出一个念头。她抹上口红，凑上去在男友脸上亲了一口，留下一个红唇印。

男友迷迷糊糊地抹了下脸，看着指尖沾上的口红，露出一个宠溺又包容的笑容。

剧情非常简单，需要女模特和何景耀演出情侣间的亲热和甜蜜。

第一个拍摄的是丁曼丽，她站在床边叫何景耀起床时，带着点小女人的刁蛮，正是这点小刁蛮，让人感受到了他们的亲密。

丁曼丽拍摄时，面试官在边上点评——

“一号表现不错，给人很甜蜜的感觉。”

“我认为一号的肤色偏黑，与何景耀不是特别搭。”

我：“……”

我觉得自己误入了哪个相亲角。

第二个拍摄的是林晓依，她站在床边亲吻何景耀时，带着一点羞涩，面上染着红晕，画面干净而美好。

面试官表示：“二号在外形上和何景耀比较合适，但她的长相是标准的东方美人，我们需要考虑西方市场的接受度。”

前两位拍摄完毕，轮到我上场了。

何景耀已经连续被亲了两次，这次他依然是光裸着上身，趴在床上装睡

美人。我单膝跪在床上，尽量让自己放温柔，轻轻去推他，不知是身体的哪个环节出错，硬生生推出了一种磨刀霍霍向猪羊的感觉。

我推完后，何景耀躺在床上一动不动，我露出一个顽皮的笑容，在唇上抹上口红，凑上去在何景耀脸上亲了一下。

按照设定，何景耀睁开眼，伸手抹一下脸上的唇印就能结束了。万万想不到，何景耀根本不按剧本来，或者说今天的拍摄只有场景，没有剧本，模特可以根据自己的情况调整。

我亲完何景耀，准备撤离的时候，何景耀突然睁开了双眼，紧紧握住我的手腕用力把我拉入怀中，紧接着翻身将我压在身下。

我整个人都呆住了，根本来不及做出反应！

何景耀不愧是天生的演员，他赤身将我压在身下，伸出指尖在我亲吻过的地方抹了一下，完整的唇印被破坏，在他的指尖留下一抹殷红。他看着指尖的颜色，眼中漾起笑意，嘴角勾起一抹邪魅的笑容。

我的脑海里只浮现一句话：当他沉睡时，他是圣洁的天使；当他睁开双眼，他是诱惑亚当和夏娃吃下禁果的撒旦。

何景耀充分利用外形上的优势，给观众造成巨大的视觉冲击。

方肃说让我跟着何景耀多学学，这种天生的戏精，凡人怎么可能学得会？戏这么多，他怎么不去竞争奥斯卡影帝？！

拍摄完毕，何景耀从我身上起来。

我从床上爬起来，站在床边整理衣服。何景耀就在我身边，在摄像机拍摄不到的死角、众人目光注视不到的地方，对着我露出一抹嘲讽的笑容：“就你这样的水平，也能当模特？你是不是把模特这行想得太简单了？”

我气乐了：“你以为你衣着光鲜，登上了国际的秀场，就能掩盖你骨子里的肮脏？你是不是把做人想得太简单了？”说完，不等何景耀回应，我就先离开了。

当天的拍摄结束，我对拍摄 Durand 广告已经不抱期望，有何景耀在，他绝不会将这个机会留给我，同样，我也不想和他合作。

翌日，我完成日常训练后，打算去方肃的办公室负荆请罪，结果方肃先打来电话："下午到我办公室来一趟，有个好消息告诉你。"

好消息？真巧，我有个坏消息告诉你。

吃过午饭，我乘坐电梯上楼找方肃。方肃的办公室在顶楼，电梯门开的时候，我看见有个女人站在门外等电梯。这个女人身材高挑，戴着墨镜，看上去也是模特，只是年龄有点大了，肌肤的状态也不是很好。

我觉得这个女人有点眼熟。

我一直在脑中搜索，直到她进了电梯，我走到方肃的办公室门前才想起，她不就是……裴西吗？

我呆在了原地。

方肃的秘书见了我，微笑着说："方总在办公室，你直接进去就可以了。"

我连忙摆手："不不不，我不是来找方董的，我走错楼层了。"说完，我立马按原路返回。

我的本能告诉我，这个时候千万不能去找方肃，以往涉及裴西的话题，方肃就会失常。这回本尊亲自出现，我此时再上门找方肃，告诉他我面试失败的事，岂不是往枪口上送？

我果断折回健身房，找了块风水宝地睡午觉。

因为何景耀的事，昨晚我心烦意乱，压根儿没睡好，这会儿偷闲补一觉，一不小心就睡过了头，等醒来已经是晚上八点。

公司的员工基本都下班了，我走出大厦后发现方肃办公室的灯还亮着，好奇之下又折返了回去。我估摸着这么久了，方肃的火气肯定散了，于是敲了敲门，叫道："方董？"

屋里没反应。

"方董？"

我又叫了一声，里面依然没反应，我猜方肃是不是走的时候忘了关灯，便小心翼翼地探了个脑袋进去。

咦？方肃真的在。

他坐在办公桌前，单手撑着额头，看不见脸。

我一进屋就闻到一股浓重的酒精味，距离方肃越近，味道越浓。

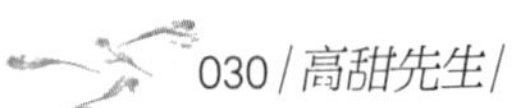

桌上倒了好几个红酒瓶，没有液体洒出来，肯定都被喝空了。

我好奇地拿起桌上的红酒瓶看了一眼，全是看不懂的字母。我知道的红酒就两种，一种是平民酒张裕，还有一种是霸道总裁文里必备的一九八二年的拉菲。对对对，必须是一九八二年生产的，多一年少一年都不能算是标准的霸道总裁。

这么几瓶红酒下去，方肃肯定醉了。千载难逢的好机会，我当然得说教他几句。我语重心长地跟方肃讲："方董啊，你说你，借酒消愁为什么要喝红酒呢？中华民族的伟大复兴都没实现，你怎么能这么奢靡？下次再想借酒消愁，打个电话给我，给你带两瓶红星二锅头嘛！"

我说得愉快，方肃突然动了。他抬起头看向我，眼中泛着红血丝，眼神却清明得很。

我秒㞞，正准备举白旗，方肃开口问："现在几点？"

我抖着两条腿回答："八点半。"

"八点半……"方肃喃喃了一句，"该回家了。"说完，他便起身往门口走去。

我都做好了陛下摆驾回宫的准备，谁知方肃走了两步，突然毫无征兆地往地上倒去。我来不及思考就扑上去抢救，眼睁睁看着老板倒地可是要被杀头的！

我抱的是力挽狂澜的决心，然而现实是残酷的，我非但没能拯救方肃，反而被他扑倒在地做了人肉垫子。

我浑身的骨头都快散架了，好不容易才将方肃推开，坐起身来。

我推了推方肃："喂，方董，醒醒，别躺在地上睡好吗？老臣搬不动你，老臣做不到啊！"

我使出浑身解数，又拽又拉，又哄又骗，方肃总算是坐了起来，目不转睛地盯着我问："你是谁？"

我正要回答，方肃自己接了下去："裴西？"说完，他十分冷酷无情地将我搭在他胳膊上的手甩开了，"你怎么还没走？"

我："……"这是什么令人窒息的操作？

我告诉自己，眼前这位是老板！是衣食父母！不能动手！

我偷偷地想，方肃醉成这样，根本不知道眼前的人是谁，我完全可以悄悄地走，正如我悄悄地来。

为了以防万一，我再次向方肃确认：“方董，你说我是谁？”

方肃应该是头疼，捂住脸揉了揉，才重新将目光投在我身上，蹙眉念出三个字：“林艳阳？”

得了，我走不了了，今晚得为方董事长鞠躬尽瘁，死而后已了。

方肃的办公室里配了休息间，我打开合上的那扇门，里面床、浴室一应俱全。我回到方肃身边好言相劝：“方董，你稍微使点力气，我扶你进休息间好吗？”

方肃没说好，也没说不好。

我费了九牛二虎之力，终于将方肃拖到休息间的床上。

喝了酒的人通常都会觉得浑身燥热，方肃闭目躺在床上，面色酡红，伸手解开领口的扣子，露出一大片胸膛。

我已经没心情欣赏美色了，累瘫在地上问方肃：“方董，您既已就寝，那老臣告退了？”

方肃没说话。

我想了想，觉得不甘心。我累死累活地搬方肃，说不定明早起床，方肃压根儿不记得有这回事，那我不就成了无名英雄了？

我这人什么都吃，就是不肯吃亏。

我恶向胆边生，从方肃的办公桌上取了一个红酒杯，倒了小半杯红酒，塞进方肃手里，掏出手机拍照。

方肃睁眼看着我，露出一副难受的表情。我没能及时揣摩出圣意，还想着回去以后将这张照片做成表情，配上文字“爱情这杯酒，谁喝都得醉”。如果哪天得罪了方肃，我可以拿这张照片当免死金牌，也可以挟天子以令诸侯。

我的拍摄键刚按下去，下一刻，方肃突然坐起身，吐了。

我：“……”

整个画面就是一部灾难片，方肃吐完痛快了，往床上一躺，继续睡。

我生无可恋地蹲在床前，欲哭无泪、后悔莫及都不足以形容我此刻的心情。

我摆手，倒退了几大步："惹不起，惹不起……"

你大佬永远是你大佬，即使喝醉了，也不容你以下犯上！

我看上去狼狈不堪，肯定是走不了了，我在浴室清洗干净后，从方肃的衣柜里随便翻了一件衬衫穿上，随后蹲在浴室里洗衣服。

把衣服洗好再晾好，我在方肃办公室的沙发上将就着睡了。

翌日，我是被一道灼热的目光烧醒的。我迷迷糊糊地睁开眼，就见方肃站在沙发前，赤裸着上身，眼神复杂地盯着我。

眼神复杂是一种含蓄的说法，直接一点说就是脸臭臭的。

方肃见我醒了，问："你怎么在这儿，还……"他的目光在我身上的衬衫上扫了一下。

我肯定不会将自己作死打算制作表情的事说出来，着重强调了自己的劳苦功高："方董，昨晚你喝醉了，我想扶你到床上去，结果你吐了我一身，我没有换洗的衣服，就从你衣柜里拿了一件。"

方肃神色尴尬，沉默片刻后说："你先把衣服换下来。"

我应了一声，坐起身正准备去浴室，方肃办公室的门突然响了，完全不给人拒绝的机会，直接推门进来。

方肃的秘书小林抱着一摞杂志和报纸进来，应该是没料到办公室里会有人，还是这副光景，整个人都呆住了。

我光着双腿，上身穿着方肃的衬衫，伸出尔康手："小林，你听我解释……"

秘书不等我说完，风一般地关门出去，留下一句："抱歉，打扰了。"

从这一天起，公司上下便流传出我和方肃的绯闻，传闻中我为了资源出卖自己的肉体，当了方董事长的地下情人。

无稽之谈！我向来只向美色势力低头！

什么？你说方董事长就是美色势力中的核心成员？我可是林·玉洁冰清·洁身自好·纯情少女·艳阳啊！

我在浴室换好衣服，就从方肃的办公室离开了。走的时候，我总觉得自己忘了一件重要的事，等回到宿舍我才想起，我昨天是准备去跟方肃负荆请罪的啊！

我一通电话打到了方肃的手机上："方董，有件事我忘了告诉你。"

方肃表示："说。"

我表示："Durand 广告的事情我搞砸了，对不起。"

电话那头的人沉默了一会儿，问："是什么让你得出这个结论的？"

我说："是以我二十三年人生经验得出的结论。"

方肃表示："那么我告诉你，你二十三年人生得出的结论是错误的，昨天上午 Durand 广告部的负责人告知我，你通过了面试。"

我："……"

我不过是睡了一觉，就变天了？

我迟疑了一会儿，说出了自己的想法："我不是很想拍这个广告。"

方肃问："理由？"

我说："我和何景耀有点过节，拍摄可能会很不顺利，我也不太想跟他接触。"

方肃的声音带上了笑意："你是想告诉我，你要因私废公？"

我沉默以对。

方肃收起了笑，语气严厉起来："你知道中国有多少模特，而真正能踏上国际秀场的又有几个？那些默默无闻的人，你以为是她们不够努力？努力只是成功的基石，真正决定成败的是机遇。你现在告诉我，你要将这个机遇往外推？那你不如直接告诉我，你要退出模特这一行。"

我被方肃训得哑口无言。

方肃说："考虑清楚再给我答复。"说完就挂断了电话。

我在宿舍自我检讨了一番，也觉得自己特别不专业。我光想着这次要避过何景耀，那下次呢？只要我还想在模特这行干，就不可能完全避开何景耀。难道以后我遇到了看不顺眼的，全都要避开？

那我不如跟方肃说的那样，直接退出模特这一行。

想通这一点后，我打了一通电话给方肃，向他保证："方董，我一定尽力拍好这次的广告。"

Durand 的广告拍摄时间安排在一周后，拍摄的场景是公寓。为了方便拍摄，场景是在摄影棚搭出来的。

一大早，我就被化妆师按在椅子上化妆。这一周我待在宿舍对着镜子用掉了十几支口红，就是为了练习一笔抹成大红唇。

我的拍摄服装是一件紫色真丝睡衣，性感的大 V 领。何景耀仍是光裸着上身，下身穿一条睡裤。他的头发有点长，造型师将它染成冷棕色，烫了小卷，带了点异国风情。

广告的播放时间虽然只有几十秒，但剪辑需要的素材至少是它的二十倍，我和何景耀需要拍摄各种亲密画面，后期再挑出最好的一版。

面试时，何景耀将我拉入怀中的那一幕效果很好，正式拍摄时也用上了。而我推何景耀起床的画面，则改成趴在他怀里挑逗他起床。

我们还需要拿着枕头在床上打闹，相拥着跳双人舞。言而简之，务必制造出一种“用了这支口红，就能拥有这么帅的男友，成为人生大赢家”的效果。

开拍前我就做好了心理建设工作，我和何景耀的私人恩怨不应该牵扯到工作上来，拍摄时将他当成陌生人，用平常心就好。

预期是美好的，到真正拍摄时，现实就比较残酷了。真正相爱的人，哪怕只是简单注视对方的目光，都能透露出爱意。而我看着何景耀的目光……我努力给自己心理暗示：这是我的爱人，我的爱人，我们彼此相爱。

然而……

臣妾做不到啊！

我试了好几次，导演都觉得不满意："女模特的眼神再缠绵一点，你现在注视的是你的恋人，不是隔壁老王，你眼中的爱意在哪里？"

我烦躁地想要揉揉脸，不行，妆会花。抓抓头发？也不行，发型会乱。最后我只能深呼吸。

何景耀慵懒地躺在床上，众目睽睽之下，他的面具就像狗皮膏药一样牢，笑容既阳光又迷人："别太紧张，新人都会犯错，谈过男朋友吗？把我当成你的男朋友就好了。"

我有没有过男朋友，你难道不清楚？

我前男友头上那顶帽子，不就是你扣的？

但在这件事情上，我还是讲道理的，我们俩是狼狈为奸、蛇鼠一窝，糟蹋了一个大好男青年。

短暂的休息后，拍摄继续。前半段拍摄还好，等何景耀一翻身将我压在身下的时候，我又成了一条咸鱼。

一个上午过去，拍摄几乎毫无进展，工作人员看我的眼神都不一样了。虽然拍摄前签了合同，但这样下去，导演肯定要将我换掉。

好不容易熬到中午，工作人员抓紧时间吃盒饭，我看了一下菜色，只吃了几口蔬菜就放下了。下午还有拍摄，我要是把肚子吃大了，导演肯定对我更不满意。

我正愁着下午的拍摄，一位工作人员走到我身边，递给我一瓶 AD 钙奶说："别太紧张了，喝瓶饮料。"

我惊讶地接过 AD 钙奶说："谢谢。"

工作人员表示："不用谢，下午的拍摄加油！"说完就走了。

工作人员走后，我呆呆地看着手中的AD钙奶，忍不住朝何景耀看去。何景耀就坐在不远处，闭着双目休息，仿佛与这一切毫无干系。

可实在是太巧合了，这年代有几个人喝AD钙奶，又恰好知道我爱喝AD钙奶？

如果要我说自己最爱的饮料排行榜，NO.1妥妥的就是AD钙奶。

我对AD钙奶如此执着，其实是有历史原因的。

我母亲病逝得早，在我七岁那年，我爸给我找了个后妈。他们两人感情并不佳，三天一小吵，五天一大吵。每次他们吵架，我就静静地坐在沙发上，等何景耀的脸往玻璃窗上一贴，就偷溜出家门，和他一起坐在街边看星星看月亮。

何景耀的外婆是开杂货铺的，每次何景耀都会带一瓶AD钙奶给我。小时候零食少，能喝上一瓶AD钙奶就很幸福了。久而久之，我就对AD钙奶产生了依赖，觉得没有什么烦恼是一瓶AD钙奶不能解决的。如果有，那就两瓶！

我对何景耀的感情很复杂，小时候我们在一起，彼此慰藉度过最艰难的一段时期，长大后，我们却背道而驰了。

何景耀将世界划分为两个阵营，一个阵营里是我和他，另一个阵营里是其他人。两个阵营是对立的，只要是不属于他的阵营的人都可以伤害，当我从他的阵营离开，我们就成了敌人。

简单来讲，我跟何景耀闹掰并不是我们俩起了矛盾，而是……"三观"不合！真是要命！

吃过午饭，下午的拍摄继续。开拍前，我看见何景耀在导演面前说了几句，导演表示："先拍另一段，转换一下心情。"

导演说的另一段剧情改变并不大，我坐在梳妆台前化妆，何景耀从背后搂住我，看着我上妆。等我上唇妆的时候，他取走我手中的口红，亲手为我画上唇妆，最后我在他脸上落下一个吻作为奖励。

拍摄开始，我拿着刷子假装在脸上抹腮红，何景耀从背后搂住我，脸颊贴着我的发丝。

他眉眼温柔，搂着我的姿势既亲近又依赖，像是一只大型的猫咪在向自己的铲屎官撒娇。等我准备上唇妆的时候，何景耀取走了我手中的口红。

按照剧情，接下来是何景耀为我上唇妆，然而他又放飞自我了！

只见他手腕一转，将口红抹到了自己的唇上，动作娴熟，比我苦练一个礼拜画出来的都好看。何景耀看着镜中的自己，露出一个性感到极致的笑容。

我：“……”

这是什么违规操作？还有这种操作？

水土都不服，我就服你啊！

何景耀并不是第一个代言口红的男模，在此之前也有男星代言口红，只不过那些男星并不亲自示范如何抹口红，而是用在脸上或是女伴身上。唯一亲自上阵抹了口红的那个男星，也是挑了最贴合肤色的色号。

何景耀一言不合就放大招，抹了颜色最浓烈的色号。可他的嘴唇抹了这支口红，非但不让人觉得女气，反而活色生香，性感到了极致。

我目瞪口呆地看着他，他又有了新动作。他将手掌贴在我的脸上，迫使我面向他。紧接着他的脸在我眼前放大，一个温热的触感贴在了我的嘴角。

蜻蜓点水，稍纵即逝。

透过镜子看着何景耀在我嘴角留下的红唇印，我心里的震惊足以用一颗原子弹爆炸来形容。幸亏我还保留了一点理智，知道自己再用这种吃瓜群众的表情演下去，导演一定会让我打包回家。

饱含爱意的眼神表现不出，但其他表情还是可以的。我对着镜中的何景耀挑了挑眉，露出一个调笑的表情。

何景耀搂着我，用手中的口红在镜上写下几个英文字母：Durand。

结尾处加了一个调皮的爱心。

导演宛如天籁的声音在耳边响起：“咔！”

这回导演的脸色好看了很多：“这一场的感觉不错，女模特的表情再多一点，灵动一点，化妆师补妆，这一场我们重新过。”

接下来的拍摄容易了很多，何景耀的放飞自我让我收获了不少灵感。每个人都是独一无二的，何景耀的女友可以是温柔的，也可以是古灵精怪的。

剧本只是一个框架，人是活的，我们可以将剧本上的人物烙印上自己的灵魂。

Durand 的广告一共拍摄了两天，两天的时间让我深刻认识到自己与国际超模之间的差距。何景耀能在剧本的基础上拍出令人惊艳的效果，而我，尚未达到导演的要求。

方董事长深知我的实力，除了平时让我接工作积累经验外，培训也没有停下。

时尚发展史、公关意识、台步训练，方董事长样样精通，并且亲自对我进行培训。他还给我报了一个芭蕾形体班，据说练习芭蕾可以使模特的姿态更加优雅，不会跳芭蕾的模特不是好模特。

我每晚回到宿舍都累瘫在床上，感觉身体被掏空。

这天我上完芭蕾形体课，抖着两条腿爬到方肃的办公室，听他讲时尚发展史。才讲了一会儿，方肃办公桌上的电话就响了。

方肃接起电话，原本温和的面孔就变了："说我没空。"

电话那头不知说了句什么，方肃眉头皱得跟八十岁老太太眼角的褶子似的："让她上来。"

我头顶的预警雷达拉响了警报，这通电话应该是前台小姐姐打的，能让方肃一秒变脸的人，除了裴西，我想不出第二人选。

虽然我最近忙得焦头烂额，但有关方肃的八卦一点都没错过。听前台小姐姐说，裴西来过两次，只是每次都待不了多久。看来裴西虽然对方肃有重大的影响力，但方肃看来已经狠心要"挥剑斩情丝"了。我又脑补了十万字"浪女回头，痴心人不再"的虐恋剧情。

我誓做上司的小棉袄："方董，既然你有访客，那我等你有空了再过来？"

方肃盯着我看了一会儿，说："你就坐在这儿，哪儿都不用去。"

我有点小激动，方董事长这么快就拿我当自己人看了？

我向来秉持"没八卦不主动八卦，有八卦绝不错过八卦"的原则，方肃既然主动邀请我看，我当然不能错过了。

可看八卦有风险，我不能白白承担风险啊！

我心中一动，乖巧地坐在沙发上说："方董，你和客人聊天的话，我可能会很无聊，我可以做点其他事吗？”

方肃问：“你想做点什么？”

我有点羞涩：“就是搞点个人小爱好。”

方肃表示：“唱歌，还是跳舞？说出来我听听。”

我说了方肃肯定不能同意，于是我瞬间收起乖巧脸，冷漠地说：“哦，那我去健身房做运动了。”说完毫不留恋地就往门口走。

“回来！”

方肃叫住了我。

我转过身看向方肃，方肃的表情告诉我，他对我趁火打劫的行为很不满。但形势比人强，他只能道：“随你。”

我瞬间挂上甜美的笑容：“谢谢方董。”

说话间，正主到了。

裴西推门进来。

这回裴西摘下了墨镜，我清楚地看清了她的状态。皮肤显然不能和少女时期相比，面色也有点憔悴，但瘦死的骆驼比马大，光气场就秒了一干人。

裴西进了办公室，方肃一点面子也不给，冷酷无情地问：“有事？”

裴西丝毫没被方肃的冷漠打击到，笑着问：“怎么，没事就不能来找你了？晚上一起吃晚餐。”

方肃不为所动：“我很忙。”

裴西表示：“再忙也得吃饭。”

方肃埋头工作，假装很忙碌的样子：“我有工作要忙，如果没有其他事，不送。”

这就很尴尬了。

我埋头玩手机，假装自己是木头人。

然而裴西仍是将注意力转移到了我身上：“你是？”

我只能放下手机，礼貌地说：“你好，我是新时代的模特林艳阳。”

裴西冲我笑了笑：“我和方董事长有话要说，能不能请你回避一下？”

来了来了！裴西嫌我碍事，要赶我走人！

可我答应了方肃要坚守阵地的！

我厚着脸皮说："你有什么话直接跟方董说就好了，我就坐在边上看书，不会打扰你们的。"

裴西表示："我和方董事长有私事要谈，不方便有外人在场。"

我假装听不懂的样子，开心地说："那更好了，我和方董不是外人，你有话就说吧。"

裴西脸上的笑容冷了下来，她面向方肃问："阿肃，你旗下的模特是不是不太懂事？"

我口中"不是外人的方董事长"朝我看了一眼。

事实证明，方董事长对我的厚颜无耻还是很满意的，因为他为我正了名："艳阳不是外人，她是我亲手带的模特，有资格坐在这儿。"

"你亲自带的模特？"

裴西再看向我时，眼中明显带上了敌意。她审视着我说："如果我记得没错，这几年你没再带过其他模特？我看不出她有什么特别的地方。"

这回方肃说话更直接了："她特不特别与你无关。"

裴西脸上维持场面的笑容收了起来："阿肃，你一定要这样和我说话吗？"

场面一触即发，方肃桌上的电话突然又响了。

方肃接起电话，露出荒谬的神情："豪大大鸡排？我没订过。"说完就要挂电话。

我连忙在边上举手："我！我！我订的！"

我一看方肃的表情就知道他要拒收，赶紧说："你答应过我的，在你这里，想做什么都可以。"

我试图用一个"恳切中带着楚楚可怜，楚楚可怜中带着期许"的眼神打动方肃。这个眼神有点复杂，我不知道自己表达成了啥样，反正方肃的脸色很难看。

对对对，比他知道裴西来了还要难看！

但他还是妥协了："让他上来。"

一分钟后，我捧着一份豪大大鸡排大快朵颐。

方肃平时对我的饮食管得超严，每天都会让我上秤，每次我偷吃了什么东西就会在体重秤上反映出来。

一旦方肃发现我超重，运动量就会加倍，实在是苦不堪言。

这回裴西来访，我灵光一闪想出这个主意，当着方肃的面，获得他的“许可”，这样我就算上秤超重了，他也不能拿我怎么样啊！

我一口气把鸡排啃完，又喝了半杯雪碧才停下来。这一停下来，我才发现方肃和裴西两个人都目不转睛地看着我。

方肃的脸色肯定不会好看，裴西也是一副一言难尽的表情。

裴西问：“你现在对手下的模特这么宽容了？”

方肃：“……”

五分钟前两人的剑拔弩张完全不存在了！

被我这么一搅和，裴西也待不下去了，没说几句就离开了。

办公室里只剩下我和方肃两个人。

方肃盯着我的眼神非常危险，如同死神降临。

他一字一句地说：“林艳阳！你很好！”

我：“……”

客气，客气，过奖，过奖！

我以为得到方肃的许可就能拥有免死金牌，但我实在是太天真了。方肃的确没有增加我的运动量，他直接要求我在原本的体重上减两斤。

在原本的体重上减两斤！

维持原本的体重就让我苦不堪言，再让我减两斤，不是要我的老命吗？

那之后的一个月，我无数次在健身房忏悔，我为什么要吃那份鸡排？！我为什么要吃那那份鸡排？！

然而世上没有后悔药，我依然在方肃的监督下，将体重往下减了两斤。

减肥完毕后，方肃为我找了个活，为国内某新锐设计师的发布会走开场秀，面试通过后就是彩排。

彩排当天，我提前了一个小时出门，谁知半路发生交通事故，将我堵在了路上。眼见再拖下去就得迟到，我赶紧下车往彩排现场跑。

我今天出门的时候穿了高跟鞋，跑了没多远就跑不动了，干脆脱下高跟鞋光着脚跑。

快到目的地的时候，我脚下不知道踩到了什么，传来一阵刺痛。我弯腰一看，脚底被划了一道五厘米长的伤口，正往外冒出殷红的血。

这个时候也没有时间去医院包扎，于是我从包里掏出一条丝巾，简单地包扎一下，就继续往彩排的地点跑。

等到了地点，试装、打理造型，我没有时间也没有医用药品处理伤口。

我想了想，给方肃打了一通电话："方董，可不可以麻烦你一件事？"

方董事长开了尊口："说。"

我说："我的脚受伤了，现场的邦迪太小了不够用，你能不能找人给我带点纱布和消毒酒精？"

方肃立刻表了态："我现在就过去。"

方肃来得很快，我化完妆做头发的时候他就到了，手里拎着一袋处理外伤的药。

方肃蹲下身，握住我的脚踝看了看，问："怎么伤的？"

我一五一十地将事情一说，方肃目光严厉地说："作为模特，连保护好自己的身体这点起码的事情都做不到吗？"

我自知有错，乖乖听训。

方肃训了我一句，就将棉花蘸了酒精，握住我的脚踝准备消毒。

我挣扎了一下，表示："方董，我自己来就可以了。"

方肃蹙眉道："别动。"

他用酒精帮我消了毒，随后又裹上纱布："伤口有点深，暂时止住了血，一动就会裂开，彩排完我就带你去医院。"

彩排时间很快到了，我忍痛穿上高跟鞋，和其他模特一起上T台彩排。

这场秀的主题是"雨后的盛夏"，风格热情自由，音乐节奏轻快。彩排开始后，我脸上挂着灿烂的笑容，踩着轻快的台步上台开场。

疼痛什么的，完全不存在的！

我阳光灿烂地开完场，等下了T台，一秒成为霜打的茄子。

伤口自然是裂开了。

方肃重新为我包扎了伤口，再用手捂着止血。

当天一共彩排了三遍，彩排结束后，我趴在椅子上一动也不想动。

方肃弯下腰说：“上来。”

我：“嗯？”我觉得自己可能理解错了方肃的意思。

方肃转头看着我，面色不悦：“愣着干什么？”

我战战兢兢地趴上了方肃的背，下半身找好重心，随时做好被方肃丢开的准备。谁知方肃抓住我的两条腿，真的将我背了起来。

我是谁？我在哪儿？我在干什么？

这是真实的世界吗？

方肃将我背到车上，送到最近的医院处理伤口，然后在场馆附近找了一家酒店安顿下来。明天就是正式走秀，还是住在附近比较方便。

进了房间后，方肃伸出手：“钥匙给我，我去宿舍帮你取两身换洗衣服。”

我把钥匙交出去，心安理得地将老板当成助理用。

方肃接过钥匙就离开了酒店，这一去就是好几个小时，等得我差点睡着了。方肃走的时候虽然不是笑容满面，但情绪是平和的。可他从我的公寓逛了一圈回来，脸色就变了，一副“山雨欲来风满楼”的样子。

他问：“你平时用什么护肤品？”

我不明白方肃的用意，老实地回答：“孩儿面。”

方肃露出笑容，从手提袋中掏出一瓶蘑菇形状的面霜问：“是它吗？”

我点了点头。

方肃接着问：“身体护肤露呢？”

我的直觉告诉我，正确答案肯定是错误答案，于是机智地保持了沉默。方肃不需要我的回答，他从手提袋里掏出一瓶红盖头的面霜，问：“是不是它？”

只见瓶身上几个硕大的红色字：大宝 SOD 蜜。

方肃将面霜掏出来，笑容忽地收了起来，紧接着狂风骤雨就来了：“你真是仗着年轻就胡来，你每天化的彩妆，接触的阳光，都会加速肌肤老化。

你现在觉得没什么区别，等你过了三十岁，就知道保养与不保养的区别了！”

我全程一脸茫然。

方肃来的时候，手里提了好几个手提袋，除了我的衣物占了一个袋子外，其他的袋子里都是名牌化妆品。

我以为方肃是有什么用处，所以就在来的路上买了，于是耽搁了时间。谁知方肃将手提袋里的化妆品一股脑倒在我面前，什么卸妆水、爽肤水、面霜、眼霜，琳琅满目，堪比专柜。

“从今天开始，给我严格按照护肤步骤保养。”

我：“……”

方董事长，你会不会太豪气了？买这些护肤品的钱比我一个月赚的还要多！

我的内心围绕着方肃展开了各种各样的念头，忍不住问了一句：“方董，你为什么这么照顾我？”

方肃理所当然地说：“我对你的要求比别人高，你的待遇自然比别人高。”

我问：“是要我登上西方顶级秀场吗？”

新时代一共有三位超模登上了西方顶级秀场，却没有哪一位有幸能让方肃做保姆，为什么我的待遇比她们还高呢？

方肃可能看出了我的疑惑，他告诉我：“不只是登上顶级秀场，我对你的要求是成为中国首席模特。”

我：“……”

我可能有点幻听。

中国首席模特，这是几个意思？

咱们签约的时候可不是这么说的啊！

虽然近年来中国出了好几位超模，但没有哪位超模具有压倒性优势，登上国内首席模特的席位。再早几年倒是有，那人就是裴西。

所以方肃是要我干掉裴西？

方董事长，你这是要搞事情啊！

事实证明，千万不要在背后提起别人，因为翌口方肃就扛着我在宾馆的电梯里和裴西狭路相逢了。

裴西看着方肃搂在我腰间的手，笑着问："这是怎么了？"

我礼貌性地回复："脚受伤了。"

裴西对着方肃笑了，揶揄道："阿肃，你旗下的模特就这么点水准，你就找这样的人跟我置气？"

我："……"

大婶，好好讲话啊！

我敬你是前辈，对你讲话客客气气，你对我夹枪带棍是什么意思？我不和你计较，你真当我是 Hello Kitty？

我磨了磨两颗虎牙，正准备怼回去，方肃先开了口。他面色冷淡地表示："你的想象力很丰富。"说完，电梯门开了，方肃直接将我扛了出去。

别看方肃面无表情，其实他的步伐已经出卖了他，我几乎是被他一路拖回房间的。

作为被殃及的池鱼，我有权要求死个明白："为什么最近总能见到裴西？"

方肃回答："她在找机会重返 T 台。"

我顿时醍醐灌顶，原来裴西回国不是为了挽回方肃，而是看到了他身上的价值！

模特这一行是很残酷的，今年你是 T 台上炙手可热的超级名模，明年就可能无人问津。裴西离开时尚圈太久了，只留下前首席的传说，她想要回到 T 台，重塑当年的荣耀，其难度堪比我成为国内首席模特。

可倘若有方肃相助……她尚有一搏之力。

难怪方肃对裴西总是冷着脸，这世界的套路好深哦！

方肃将我送进房间，简单交代几句就走了。我洗了个脸，对着镜子一层层地抹方肃送的那些护肤品。

门铃突然响了。

我以为是方肃忘了东西，一跳一跳地过去开门，结果发现站在门外的是裴西。

裴西问："可以进去聊两句吗？"

我冷着面孔，半点面子也不给：“不欢迎。”说完就要将门重新关上。

裴西悠悠地说了一句：“难道你就不好奇方肃为什么会挑中你吗？”

我告诉她：“不好奇！因为我超可爱！”然后我心如磐石地关上了门。

下一刻，我重新将门打开，冷着脸对裴西说：“进来说话。”

嘤嘤嘤，好奇心害死猫啊！

裴西走进屋里，在沙发上坐下。她并没有直接公布答案，而是说起了她跟方肃那些不得不说的往事。

“我跟阿肃是在美国认识的，当时我在一家西餐厅做服务员，阿肃就在附近上大学。我们认识以后，称得上是一见如故。那时候我在美国发展得不好，打算去法国发展，阿肃知道后，休学跟着我一起去了法国。”

我全程无语。

嗯……我的 BOSS 一言不合就辍学跟你去法国，你是不是漏了最重要的感情戏啊？

裴西不管我内心如何纠结，接着说：“我们初到法国的时候，人生地不熟，无法用语言交流，只能拿着一份地图四处寻找门路。你知道，模特这一行有很多上不了台面的事，尤其是对没有名气的模特。那时候只要有工作，阿肃都会陪着我一起出门，我在棚内拍摄，他就在门外守着我。”

我一脸麻木地听着裴西说，这种听似没有感情，实则亲密度已经突破天际的情节最讨人厌了。

我催促说：“讲重点。”

裴西表示：“后来，我遇到了我的前夫，我爱上了他，我想退出时尚圈，和他建立共同的家庭。我将这个打算告诉阿肃，劝他回美国，继续他的学业。阿肃表现出了强烈的不满，他认为我在事业的上升期退出时尚圈，是一个非常愚蠢的决定。为了劝阿肃放弃，我告诉他，我能有今天的成就，是因为我有这个能力，而不是有他这样一位经纪人，他并不适合这一行。阿肃脾气倔，他认为凭他自己的能力，也能培养出一个能够与我比肩，甚至是超越我的模特儿。于是他回到中国，创立了新时代模特经纪公司。”

原来这就是新时代的由来！

说真的，裴西说她爱上了她的前夫甘愿为他退出时尚圈，这句话我是不信的。裴西的丈夫大她十几岁，外形普通就算了，还绯闻满天飞，沉迷嫩模不可自拔。而方董事长既英俊又痴情，她对着方肃都不能日久生情，能指望她对一个路人一见钟情？

说来说去，还不是“豪门”两个字。

裴西继续说：“接下来的事情你应该知道，新时代捧出了三位国际超模，发展得最好的一位，也只是上了‘Industry Icons’吧？其余两位只能在‘Top50’上混。至于你，能否上榜‘Top50’都是一个未知数。你的存在，只能再一次证明阿肃的失败。”

超模也是分三六九等的，能挺入超模排行榜 Top50 的模特可称为超模。在 Top50 上面，还有三个榜单，“Legends”“New Supers”“Industry Icons”。

简单来讲，这个榜单跟凡人修仙一样，挺入 Top50 相当于脱去肉体凡胎，成为一方大能，上榜“Industry Icons”等于飞升成仙，成为小仙女，再往上的“New Supers”就是大神级人物，终点的“Legends”那只能是传说。

新时代虽然培养出三位超模，两位已经脱去肉体凡胎，成为一方大能，还有一位成了小仙女，但裴西退出时尚圈前就已经是神级人物。

方肃要求我成为国内首席模特，那我最起码得成为大神级人物，所以我一直都说方董事长特别敢想！

然而我认为自己办不到没关系，被人明晃晃地打脸，指着我的鼻子说“你就是一个垃圾”，这就是另外一回事了！

我好生气哦，连微笑都不想保持了：“既然你对我这么不屑，那你今天来对我说这番话的目的又是什么？”

裴西表示：“我希望你别再浪费阿肃的时间和精力，只有我，才能真正成就阿肃。”

我怒极反笑：“你认为你能有当年的成就，是凭着自己的本事，你觉得是你成就了方肃，没有你，方肃就一事无成。既然如此，你现在为什么又要来找方肃？难道不是想借着他重返 T 台？”

我沉迷怼人不可自拔，裴西眼中的异样，以及身后轻微的动静，我都没有注意到。

我说："我不知道你是抱着什么样的心态说出这番话的，我只知道，千里马常有，而伯乐不常有。如果有一天我获得了成功，我敢对全天下的人说，是方肃成就了我！而你，自以为高高在上，将别人的努力看得一文不值，你这样的人，我只有一句话，从未见过如此厚颜无耻之人！"

一口气怼完，我通体舒畅，才发现裴西看着我的右后方，脸色十分难看。

我心中冒出一个不祥的念头，慢悠悠地转过身。天哪，站在我身后的人，除了方大 BOSS 还能是谁？

他不是早就走了吗？为什么现在又会出现在这儿？！

方肃似乎看出了我的疑惑，他走到沙发前，从沙发的缝隙中掏出一部手机，表示："手机忘了。"

话虽如此，他却不走，就站在我面前，气定神闲地示意："继续。"请继续你的表演。

我觉得自己的尴尬癌都要发作了。

裴西打破了尴尬的气氛，焦急地说："阿肃，你别听她……"

话未说完，方肃就打断了她："这里不接待访客，不送。"

"我……"

裴西还想些说什么，然而方肃的目光压根儿没有落在她身上。裴西只能恨恨地瞪我一眼，踩着高跟鞋离开了。

屋内只剩下我和方肃两个人，方肃收回了一直落在我身上的目光，如同卸下了铠甲的将军，在人前永远挺直的脊梁微微弯了下来，面露疲惫。

刚才那场战役，他杀敌一千，自损八百，没有谁是赢家。

方肃说："我先走了，你早点休息。"

我看着方肃离去的背影，想起他醉倒在办公室里的画面，忍不住叫住了他："等等！"

方肃转过身看向我。

我拉着他在沙发上坐下，回到房间给前台打一个电话。五分钟后，客房服务到了，送来一个高脚杯以及一瓶红星二锅头。

我将高脚杯放在方肃面前，把红星二锅头给他满上：“喝吧，一觉醒来，就什么烦恼都没有了。”

方肃用看智障一般的眼神看着我：“你是想喝死我吗？”

我：“……”

方肃没有喝那杯二锅头，也没有离开，而是打电话给前台叫了一瓶红酒。

千载难逢的机会，我依然没有改掉方肃奢靡的坏习惯，老臣无能啊！

酒店工作人员重新送来一瓶红酒以及两个高脚杯后，方肃将两个高脚杯都倒了红酒，再将其中一杯推到我面前。

我表示：“不喝不喝，我有自带。”

我从包里翻出一瓶AD钙奶，豪情万丈地戳破盖子，狂饮了一口，又翻出一包花生米放在桌上当下酒菜。

方肃的脸黑了：“你什么时候藏的？”

我表示：“不要在意这些细节嘛！”

太阳打西边出来了，方肃竟然真的不追究这个细节。我就着花生米喝AD钙奶，方肃就只是单调地喝红酒。

似乎花生米和红酒确实不太配……

几杯红酒下肚，方肃的脸上出现了几丝红晕，他说：“你就没有什么想问的？”

我表示：“有一个问题，我不知道该不该问……”

方肃十分残酷，十分无情地说：“那就别问了。”

我：“……”

不行，我一定要问！

“方董，你是不是大学真的没有毕业？”

方肃：“……”

这回轮到方肃无言以对了……

我偷偷地想自己好歹有一样胜过方肃了，谁知他却告诉我：“你可能对休学有些误解，休学不同于辍学，休学期满可以继续完成学业。”

我：“……”

哦，所以你最后还是拿到了毕业证书咯？

宝宝有小脾气了。

方肃见我不开心，心情居然好了一些。他问：“刚才裴西跟你说了什么？”

我叽里呱啦将裴西的话复述了一遍，方肃露出一抹嘲讽的苦笑：“她是这么跟你说的？”

我表示：“她的话，我勉强相信一个标点符号吧。如果你不介意，可以跟我说说，说不定心情会好一点。”

兴许是裴西已经将故事说了一遍的缘故，又兴许是方肃醉了，他细化了情节，加入感情戏重新说了一遍。

从方肃的口中，我听到了一个只有些微出入，却截然不同的故事。

偶像剧中，霸道总裁型男主总是会被乐观向上的杂草型女生吸引。而现实生活中，方董事长也没能逃离这个套路。

年少的方董事长被努力追求自己梦想的裴西吸引了，当他得知裴西要前往法国发展，毅然休学随之前往。

东方人想在西方市场闯出一片天地是非常困难的，我曾经看到一篇报道，已成名的超模回忆初到国外的日子，语言障碍、人种歧视，迷路的时候抱着厚重的模特本在街头哭泣。

虽然裴西也很辛苦，但她比别人要幸运得多，因为她有方肃。

起初的日子艰难而美好，在异国他乡，他们相依为命度过最艰难的时期。从裴西的叙述中，我能想象出那些画面，方肃住在破旧的平房内，苦学外语；方肃拿着地图，带着裴西在异国的街头奔走；方肃守在摄影棚外，成为裴西的守护者。

渐渐地，裴西的事业有了起色，她在西方模特界声名鹊起。如果这是一部励志偶像剧，故事讲到这里，就是男女主实现梦想的happy ending了。

然而现实不是偶像剧。

裴西在西方市场声名鹊起，成为第一位登上“New Supers”的中国模特，同时……她也遇到了瓶颈。

无论在哪行哪业，不进则退，裴西尚未到达巅峰就停滞不前，谁也不知道她能不能冲破瓶颈。

正在这个时候，裴西的前夫出现了，他对裴西展开了猛烈的追求。

裴西动摇了。

模特这一行太苦了，天未亮就得出门工作，深夜三四点才回家，时刻要控制自己的口腹之欲，即使休假也不能停止健身。

倘若嫁入豪门，这一切的辛苦也就不存在了。

所以裴西答应富商的追求，嫁入了豪门。

裴西当然明白方肃的心意，再迟钝的女孩，遇到一个甘愿为她舍弃一切、漂洋过海相伴的男人，都明白这意味着什么。

她既没有拒绝，也没有接受，只是心安理得地享受方肃的好，然后在成功之际，给予他残忍的背叛。

两人爆发了争吵，裴西否认了方肃的付出，她认为没有方肃，自己依然能够爬上西方顶级时尚圈。

两人决裂后，方肃回国创立了新时代模特经纪公司。

故事到这里就告一段落了，方肃将杯中酒一饮而尽，说：“或许她是对的，连我自己都不敢保证，能否捧出一个超越她的超模。”

我特别看不得方肃这副样子，平时他对着我的时候都是意气风发的，要求我两年内踏上西方顶级市场，要求我成为国内首席，好像时尚圈没有他做不到的事。可他现在却告诉我，连他自己都没有把握捧出一个国内首席。

我觉得方肃把这么不堪回首的往事都跟我说了，我也不能跟他藏着掖着，我就讲了一点自己不开心的事情，让他开心开心。

“我上大学的时候交过一个男朋友，那时候我可喜欢他了。某天放学，我在校门口遇见了他姐姐，他姐姐告诉我，让我跟他分手，说我家庭成分不好，对他未来的仕途有影响。你知道我当时的心情吗？太荒谬了……我只听说过家庭条件不好的，家庭成分不好是什么意思？打土豪分田地吗？这四个字压得我一点翻身的余地都没有，我的出身就是我的原罪。”

方肃用眼神示意他对我的这个话题很有兴趣。

我继续说：“我参加新时代模特大赛的时候才十八岁，刚刚高中毕业。我参加比赛就是为了钱，虽然赢了冠军，但让我放弃学业，成为职业模特，付出的代价太大了。如果模特这条路断了，我的未来也就毁了。后来我坚持读完了大学，拿到了毕业证书。然后呢？我看着我的前男友实现自己的梦想，登上人生的巅峰；看着我的朋友衣着光鲜、众星捧月，而我的未来还在嘈杂的人才市场中。我不甘心，我的命运不该由出身主宰，我想改变这一切！”

我说完这番话，情绪有些激动，稍稍平复了一些后，又继续说：“如果有个人告诉我，他能将我推上国际的秀场，成为国内首席，我肯定一个标点符号都不相信。但如果那个人是方董你……我相信，我能达到的成就绝不只有眼前而已。或许我没有办法超越裴西，但那又怎样呢？怕什么，真理无穷，进一寸就有一寸的欢喜。”

“进一寸就有一寸的欢喜……”方肃低声念了一遍，随后低头笑了。

我见方肃的心情好了一些，吸了一口 AD 钙奶，说：“我跟你讲啊，向一个不在乎你的人证明你自己，真的是一件很无聊的事情，你应该换一个目标。”

方肃问：“换什么目标？”

我目光灼灼地盯着方肃说：“将我捧上国内首席的宝座！”

方肃挑了挑眉，问：“这和我原来的目标有区别吗？”

我表示：“当然有区别了！你原来是为了向别人证明你自己，才要捧我做国内首席。现在把它变成我们两个人的梦想，我们共同努力，实现梦想。这是我们两个人的事，和其他人没关系，意义是完全不同的。”

最重要的是，方肃要捧出一个国内首席，这个首席可以是我，也可以是别人。但如果这是我们共同的目标，那方肃要捧的首席就必须是我啊！这才是重中之重！

方肃被我的歪理说服了，他举起手中的高脚杯，噙着笑说：“好吧，未来的国内首席，让我们为梦想干杯。”

我用 AD 钙奶跟他碰了一下杯，随后一饮而尽。

恭喜未来国内首席林艳阳，攻略大 BOSS 方肃，向成功迈进了一大步！

第四章

语文老师的棺材板都压不住了

我的脚伤复原后，眨眼迎来了时尚界的盛事，国际四大时装周的日子。方肃干了一件豪气万丈的事，带我出国看四大时装周。

我：“……”

嗯……我长这么大，还从没出过国，方肃一出手，就包邮带我飞四个国家？

我如同漫步在云端，轻飘飘地收拾了行李，轻飘飘地跟方肃出现在机场，轻飘飘地上了飞机，然后……

万万没想到，我居然晕机。

我在飞机上晕了十三个小时，才终于踏上纽约的土地，在当地的酒店休息了一晚，翌日就出现在纽约林肯中心。

四大时装周一年举办两届，分为秋冬时装周和春夏时装周两部分，先后在纽约、伦敦、米兰、巴黎四座城市举办。每座城市都有各自的特色，纽约商业休闲，伦敦先锋前卫，米兰经典时髦，巴黎高级定制。

我虽然没亲眼见过四大时装周，但没吃过猪肉，至少见过猪跑啊！四大时装周将会在一个月内举行三百多场发布会，越是大牌的发布会越是一票难求，有的门票甚至炒到了几十万一张。

方肃跟开了挂似的，带我看了大大小小几十场秀，现场画面跟电视里看到的感觉完全不一样。国际超模与普通模特之间的差距根本是天壤之别，大到走秀时的气场，小到她们身体上的每一根线条。

普通模特虽然瘦，但她们只是单纯的瘦，肉是松松垮垮的。而国际超模身上的每一寸，都能让人感觉到力与美。

我就跟刘姥姥进了大观园一样，大开眼界的同时，清楚地意识到自己与国际超模之间的差距。

方肃告诉我："明年的秋冬时装周，我要你站上四大时装周的秀场。"

我："……"

方董，明年的秋冬时装周在二三月发布，可现在已经是九月了！

算了，算了，你是董事长，你最大！

我们从纽约到伦敦，再到米兰，无论到哪儿，方肃都表现得游刃有余。他会抽空跟我讲流行趋势，各大品牌的特征，还有品牌背后的故事等等。

最厉害的是，无论走到哪儿，方肃都能和别人毫无障碍地交流！

我的英语水平一般，只勉强能进行基本交流，什么美式发音、英式发音对我而言都是不存在的。方肃不但能轻松驾驭，到了米兰，居然还讲出一口流利的意大利语，如同母语一般自然。他讲这种我听不懂的语言的时候，那叫一个优美动听。

我问："方董，你究竟会几国语言？"

方肃回答："德、英、法、意。"

我数了数，一共四国语言，加上中文就是五国语言。得出这个答案后，我突然有点失望。

方肃神色不悦地盯着我说："你这副失望的表情是怎么回事？"

我表示："我看偶像剧里霸道总裁的设定都是精通六国语言、八国语言的，方董你只会五国语言，好像不太符合……人设……"越是说到后面越是气弱，因为方肃看着我的目光几乎要将我挫骨扬灰。

我觉得他可能想对我说一句话：你行你上！

别人行不行我不知道，反正我肯定是不行的。

翌日，我和方肃坐上飞机前往巴黎，我靠在座椅上闭目养神，方肃戴着一副耳机，捧着一本书在读。

我有点好奇方肃在看什么书，能一边看书一边听音乐，于是凑过去看了一眼，结果……方肃手里捧的是《现代西班牙语》，耳机里传出的是我听不懂的外语。

我：“……”

方董事长还是蛮执着于人设的！

千万不要小看霸道总裁的自尊心，精通八国语言不是梦！

法国是本届时装周的最后一站，同时也是世界三大烹饪王国。一到法国，我就觉得自己身处地狱与天堂的夹缝中。

天堂是因为这里是美食的王国，地狱是因为作为模特，美食跟我没太大关系。

我忍啊忍，忍了两天，眼前全是蜗牛和鹅肝的虚影。忍到第三天，我的自制力到达临界点，我决定搞点事情！

当天晚上，我估摸着方肃睡下后，带着钱包偷偷溜出了酒店。我在法国人生地不熟，不敢走太远，就在附近找了一家餐厅。

法国鹅肝、法国蜗牛、法国奶酪，餐厅的特色美食全都来一份！

我狼吞虎咽，风卷残云，将一桌子的美食消灭光后，打了一个饱嗝，挺着一个大肚子回酒店。

我出来的时候夜就已经深了，这会儿街上更是没什么人，我借着散步消食，慢吞吞地往回走。迎面走来一个酒鬼，头发和胡子特别浓密，遮住了大半张脸，手里拎着一个酒瓶，看上去醉醺醺的。

我往边上让了两步，想要避开他。谁知这酒鬼眯着眼睛盯了我一会儿，往嘴里灌了一口酒，说了一句我听不懂的话后，踉跄着向我扑来。我急忙想要逃开，然而迟了一步，被他抓住了手臂。

我操着蹩脚的英语问：“What do you want to do？”

酒鬼恍若未闻，醉醺醺地盯着我，伸出手摸我的脸。

这酒鬼浑身酒味，熏得我几欲作呕，眼见他要摸我的脸，我自然不会乖乖屈服。见挣脱不开，我就抓住他的手腕，露出两颗尖尖的小虎牙咬了上去。

我的小虎牙很尖，在使劲的情况下很容易咬破人的肌肤。然而这点伤口根本不能给酒鬼造成什么大的影响，我这一口下去，非但没能震慑酒鬼，反而惹怒了他，伸出蒲扇般的大手往我脸上扇了一巴掌。

我直接被扇到地上，整个人都蒙了，勉强清醒了一些，就见酒鬼怒冲冲地摔了酒瓶，一只手钳制住我的肩膀，一只手用力扒我身上的衣服。

如今已是十月，夜里已经很凉了。我出门的时候穿的是一身简单的 T 恤和牛仔裤，外套一件披风，酒鬼直接将我身上的风衣扒下，连带着里面的 V 领 T 恤都扯到了肩膀处。

我在心中大叫“吾命休矣”，同时做好了与酒鬼殊死搏斗的准备。就在酒鬼再次向我伸出魔爪，我调整好角度准备猛踹他下三路的时候，身子突然一轻，压在我身上的庞然大物消失了。

只见一位盖世英雄拽开酒鬼，用力往他脸上揍了一拳。

我坐在地上，目瞪口呆。

那位盖世英雄除了方大 BOSS，还能是谁？

方肃的脸上明显带着火气，他揍了酒鬼一拳后未能平息怒火，于是拽着酒鬼继续揍。那酒鬼虽然醉了，但仍有几分清醒，怎会乖乖任人摆弄？

两个人扭打了起来。

西方人的体形天生就比东方人高大，占了先天优势。方肃虽然高，但从横向看，那酒鬼比他壮了快一半。

我觉得这场架有点玄。

我从路边捡了一块板砖，在一旁虎视眈眈地盯着，准备在关键时刻给予酒鬼致命的一击。万万想不到，方大 BOSS 自带外挂，一阵激烈的打斗后，他将酒鬼踹倒在地，揍得对方毫无还手之力。

战斗结束，方肃出了一身薄汗，他将西装脱下来搭在手臂上，解开了两颗衬衫扣子，在原地缓了一下气息，走到我面前拽起我的手就走。

我乖乖地任由方肃拽着走了五分钟，快到酒店的时候，方肃才松开了我，面带怒气地盯着我说：“大半夜跑出来，你是嫌命太长吗？”

方肃说话的语气很冲，一点气度都没有，看起来很狼狈。

他的西装皱巴巴的，衬衫沾燃了灰尘，还有那素来一丝不苟的头发，此刻也凌乱地搭在脑袋上。然而我觉得此刻的方董事长充满魅力，无与伦比的英俊。

难怪“英雄救美”会成为电视剧里的经典桥段，在性命攸关的情况下，即使来的是个武大郎，你也能看成潘安，更何况来的还是个货真价实的潘安？

对于此刻的方大 BOSS，我只有一句话：老娘的少女心都要化了……

如果这是偶像剧，霸道总裁英雄救美，妥妥地以身相许。

可惜我不是女主角，我只是个路人甲。

等等……

我刚刚说的是“可惜”？

“可惜”两个字是这么用的？

语文老师的棺材板都要压不住了！

我脑子里在跑马，方肃见我不说话，脸色又沉了一分：“又在胡思乱想什么？”

我突然想起一件事，整个人都不好了，急忙说：“你先等等。”说完我跑进超市，买了一瓶漱口水猛漱。

等我将一瓶漱口水用完，感觉才好了些。我刚才咬破了那酒鬼的手腕，也不知道那酒鬼有没有 HIV，要是有就真的完蛋了！

漱完口，我机智地转移了话题：“方董，你怎么会知道我在哪儿？”

方肃冷笑一声，说：“房间里没人，我就知道你一定跑出来偷吃了。”

我：“……”

知我者，方董事长也。

我用力吸了一口气，憋住自己的小肚子，然而方肃的目光依然不可避免地落在我的小肚子上。他的目光仿佛在说：你尽管收，小肚子没了，算我输。

闹出这么一桩事，我和方肃也没心情继续看秀了，并且本届时装秀已经进入尾声，方肃便带着我回国了。

当月，Durand 新一季彩妆广告正式上市，各大百货商厦以及显要广告位都放上了何景耀的海报，海报上的何景耀烈焰红唇，拥有令人着魔的魅力。

通常化妆品广告的宣传都是令女性变得更美，然而何景耀代言后，女同胞纷纷表示："这辈子睡不到何景耀，还有什么意义！"

我："……"

彩妆上架第一天，何景耀使用的这款口红色号就断货了，我们合拍的广告也激起了不小的水花。

有一大拨粉丝对于我睡了何景耀，还得到他的香吻表示羡慕嫉妒恨，也有一大群吃瓜群众表示……我和何景耀很有 CP 感。

吃瓜群众表示，何景耀抹了口红以后那叫一个妖气冲天，然而我最后的一个挑眉居然镇住了他，攻气十足。

猝不及防就跟何景耀凑了 CP，我的内心是拒绝的。然而祸福相依，这支广告带火了我。

国内顶级时尚杂志《Anne》发来贺电，邀请我拍摄他们杂志十周年特刊的内页。

《Anne》打算在特刊上重温十年来的经典时装，女模是我，男模和封面人物则是……何景耀。

《Anne》看中了我和何景耀近期的话题热度。

内页的含金量肯定不及封面人物，但能在《Anne》的十周年庆特刊上露脸，也让无数模特趋之若鹜。

机会虽然好，但我总觉得……是抱了何景耀的大腿。

我把这个想法告诉了方肃，方肃表示："跟何景耀合作过的女模众多，能炒出 CP 的没几位，你凭自己的本事炒出的 CP，凭什么说是抱大腿？"

我："……"

方董事长，你这个逻辑我给满分哦！

虽然我觉得方肃的逻辑有点硬伤，但成功就是抓住一切机遇往上爬。

正式拍摄前，《Anne》有个小小的面试，就是让我身着经典时装拍几张照，以确定我是否能驾驭各种风格。面试的模特只有我一位，地点就定在《Anne》公司的摄影棚内。

面试当天，我准时到达拍摄场地，进门以后，摄影棚内除了工作人员，还有一位衣着时髦的女人。我只能看到她的背影，应该是本次拍摄的负责人。

我上前打招呼："你好，我是今天拍摄的模特林艳阳。"

负责人转过身看向我，我望着这位负责人的面孔，越看越觉得眼熟。

这位负责人与我差不多年纪，妆容精致，衣着时髦，乌黑的长发烫着大波浪，披散在肩上，既漂亮又妩媚。

我努力在记忆库里搜索，对方却主动打了招呼："艳阳，好久不见，"

这声音一出，我顿时认出了眼前的人。

"陆湘！"

陆湘是我大学时的好姐妹，只是当时的她都是一副乖乖女打扮，与现在大相径庭，以至于我没能一眼认出来。

认出陆湘后，我的心中先是一喜，随即想起本次与我合作的是何景耀，心瞬间沉了下来。因为陆湘正是造成我和何景耀决裂的原因，我们三个凑到一块，那妥妥就是一段孽缘啊。

陆湘看似毫无芥蒂地与我叙旧说："我们有三年没见了吧？前几天我还在电视上看到你跟何景耀拍的广告，拍得真好，不愧是青梅竹马，默契十足。"

在经历了那样的事情后，陆湘再提起何景耀的名字，着实有些讽刺。尽管这段重逢在意料之外，但陆湘的近况我还是挺关心的，毕竟大二以后，我们就再没联系了。

我问："你现在是在《Anne》工作？"

陆湘说："是啊，我是《Anne》的编辑，负责你们这期的片子。何景耀去年上过我们杂志的封面人物，可惜不归我负责，没能碰上面。"

我不知道陆湘是用什么心情提起"何景耀"的，好像他们只是普通的大学同学，多年后恰好有了交集。

我跟陆湘简单地聊了几句，就进入了工作模式。拍片没什么困难，一个

上午就搞定了。陆湘邀请我一起吃午餐，在餐桌上，我们各自聊了这几年的际遇，从前的那些往事，似乎已经随风而逝。

回去以后，我就收到了《Anne》的拍摄合同，说真的，我希望自己面试没有通过。之前我跟何景耀合作，顶多是仇人见面分外眼红，现在又加上一个陆湘，简直跟上断头台没差。

这次的经典时装特辑，除了我跟何景耀的双人照，也有单人照部分，由我先拍单人照，再跟何景耀合作。

拍摄单人照的当天，原本是很寻常的一天。谁知这日午后，摄影棚来了两位“访客”。一位是老熟人，方董事长曾经的胸口朱砂痣裴西女士，还有一位中年女子。

这位中年女子我虽然没有亲眼见过，但身处时尚界，她的名字可谓是大名鼎鼎。她就是《Anne》的总编辑，有国内时尚女魔头之称的吴芸，《Anne》每一期的封面人物都是由她亲自定夺。

这位总编辑的真实年龄接近五十，保养得当，加上衣着和品位的加分，使她看上去才三十多岁。敌人的朋友就是敌人，那晚在酒店的针锋相对，让我跟裴西算是结了仇。现在裴西跟这位总编辑凑到了一块，真不是一件令人愉快的事情。

我拍摄的时候，吴总编就站在边上看，间或跟裴西聊上几句。裴西的脸上挂着笑意，看向我的目光带着轻蔑。

一组照片拍摄完毕，我进更衣室换衣服时，吴总编将陆湘叫了过去。等我换好衣服出来，已经不见吴总编和裴西的身影。

陆湘略带歉意地告诉我：“艳阳，抱歉，我刚刚得到通知，今天的拍摄暂停，这期的专栏总编有了新的想法，等敲定了我再联系你。”

片子都开始拍了，说暂停就暂停？

我问：“是有什么问题吗？”

陆湘表示：“总编没有详细说，一有消息我就告诉你。”

陆湘都这么说了，我也不好纠缠，换下衣服就打算回新时代。冤家路窄，我在下楼的电梯里遇到了裴西，她的脸上架了一副大黑超眼镜，配上一袭风衣以及十几厘米的高跟鞋，气场惊人，甫一亮相就告诉大众，大人物出场了，闲杂人等退下！

我发誓，我的最后一句话绝对没有讽刺的意味，我的鼻子也没有变长！

裴西目视前方，语带轻蔑地说：“蹭热度这种事我见得多了，没想到能在你身上见到。因为你的资质太差，阿肃无计可施，只能让你蹭何景耀的热度了吗？”

我迟钝了三秒钟才反应过来自己又被怼了，忍气吞声不是我的性格，我以同样轻蔑的语气回过去：“你是退出时尚圈太久，只能在一个新人面前刷存在感了吗？”

“你！”

裴西转过头欲正面怼我，只听“叮”的一声，电梯门开了，她若无其事地将头转回去，踩着高跟鞋走了。

我回到新时代的时候才下午两点，方肃见到我有些诧异：“这么早就收工了？”

我说：“不是收工，是暂停拍摄。”

方肃问：“怎么回事？”

我将事情简单地叙述了一遍，又将裴西跟吴总编一起出现的事说了。方肃听后表示：“我大概知道吴芸的想法了。”

我：“……”

大BOSS就是大BOSS，我就简单地叙述了几句，他就明白人家总编的意思了？

方肃见我一副惊讶的表情，恨铁不成钢地说：“裴西跟吴芸出现后，你的拍摄就暂停了，你就没琢磨出点什么？”

我仔细琢磨了一下，说：“我可能被穿小鞋了！”

方肃表示：“不单单是穿小鞋。商人逐利，裴西退出时尚圈多年，在国际市场已经没有发展的可能性，但作为第一位在国际秀场上声名大噪的中国模特，她开创了先河，在国人心中带上了传奇色彩。你认为让裴西跟何景耀共同登上《Anne》周年庆特刊，重温十年经典，这个主意如何？”

如何？

如果我是路人，我会觉得这个主意当真是极好的。

他们一个开创了国际市场的先河，一个在国际市场上达到了亚洲模特前所未有的高度，两人共同登上《Anne》，绝对是强强联手，共创经典。这期特刊尚未上市，我就预料到了杂志销售断货，紧急加印的场面。而裴西凭借这一期的封面，打了一场漂亮的复出仗。

方肃料事如神，当天傍晚，我们就接到了《Anne》的电话，表示计划有变动，取消我这次的拍摄，作为补偿，我将登上他们下一期的新秀专栏。

方肃没有当场答应，而是挂了电话跟我商量："你有什么想法？"

情感上我当然是拒绝的！

合同都签好了，可现在找到了更好的，就把我给甩了？新秀专栏是稀罕，如果《Anne》一开始找我的时候就说好是新秀专栏，那这颗甜枣我一定嚼得"咔嚓咔嚓"响。可他们一个巴掌，再一颗甜枣，能指望我对这颗甜枣感恩戴德？

然而理智上……我能理解《Anne》的做法。

互联网时代，纸媒难做，时尚杂志的收入主要是靠各大品牌的广告费，销量同样重要。更换一位模特就能让销量翻倍，这笔买卖谁都想做。《Anne》也还算厚道，补偿了我一个新秀专栏。如果真撕破脸，我除了拿点违约金，又能捞到什么好处？

我反问："方董你怎么看？

方肃表示："就你未来的发展而言，我不建议你拒绝这次机会。世界的规则是由强者制定的，除非你成为强者，重新制定规则。但在成为强者前，你得先学会蛰伏。"

其实在问方肃的意见前，我就已经猜到了答案。

归根究底，方肃是个商人，而我则是他的商品，商人的目的是让自己的商品热销，至于商品乐不乐意被这样推销，重要吗？

我都已经做好了心理准备，打算忍辱负重接下这次的新秀专栏，谁知方肃话锋一转说："当然，你不一定要接受。这只是《Anne》杂志的中国大陆版，拒绝中国大陆版的新秀专栏，登上《Anne》美国版的封面，你认为这个主意怎么样？”

我：“……”

目瞪口呆、叹为观止、五体投地、心悦诚服！

虽然我一直叫《Anne》，但准确来说是《Anne》中国大陆版。《Anne》创刊于美国，迄今已有一百多年的历史，在全球二十多个国家出版发行。《Anne》中国大陆版在国内开刊后，成为国内三大顶级时尚杂志之一。

《Anne》中国大陆版在国内的影响力毋庸置疑，可在国际上……那就微乎其微了，美国版《Anne》才是真正的国际时尚大刊。

贫穷不仅使我夜夜难以入眠，还限制了我的想象力！

我这头想着形势比人强，向邪恶势力低头，方董事长却在想着如何逆袭，让邪恶势力跪下认输，真是教科书式的霸道总裁啊！

我对着方董放话：“让《Anne》中国大陆版玩蛋吧！今天你对我爱搭不理，明天我让你高攀不起！”

打定了主意，方肃便电话告知《Anne》，拒绝了下一期的新秀专栏。倒没有闹得太难看，毕竟新时代旗下还有其他模特，真的跟《Anne》闹僵，可能会连累其他模特。

《Anne》的事情了结后，方肃帮我调整了日程。说到底，国内的时尚圈只是小池子，我最大的任务是累积经验，备战明年的国际四大时装周。

谁知两日后，我们又接到了《Anne》的电话，表示十周年特刊依然由我来拍摄，新秀专栏的约定也不作废。

我：“……”

方肃：“……”

这回连方肃都搞不清《Anne》的套路了，当初是你要解约，解约就解约，现在又要用真爱把我哄回来。

方肃询问原因，《Anne》含糊其词，说什么计划有变动。照理说，裴西能靠着这期杂志漂亮复出，她没有变动的理由，《Anne》也没有理由放过这么一个爆销量的机会。那究竟是什么原因令《Anne》一下砸了两颗甜枣给我一个新人呢？

我和方肃猜不出原因，也不去纠结，但我们还是坚定地拒绝了这份工作。

当天晚上，陆湘的电话就来了：“艳阳，我知道这次的事情是我们杂志社失信在先，所以新秀专栏的约定仍然有效。你好好想想，我们杂志是国内顶尖的时尚杂志，你上了这两期杂志，对你的事业将会有很大的帮助。”

我说：“我知道。”

对于朋友，我也不说场面话：“但《Anne》这次的吃相有点难看，我承认上了这两期杂志对我的事业会有帮助，但它也不是成功的唯一途径不是吗？我知道自己有点任性，但我相信以我老板的本事，就算我是块朽木，他也能雕成艺术品。还有，我不明白，我只是个新人，《Anne》为什么会开出这样的条件，一定要我参与拍摄？”

电话那头沉默了一会儿，陆湘说：“如果我以朋友的身份拜托你呢？我在《Anne》干了两年多才当上专栏编辑，总编信任我，才将这件事情交给我，难道我要告诉她，‘对不起，我办不到’？艳阳，我们是好姐妹，你就当帮我一个忙吧。”

陆湘话都说到这个份上了，我如何还能拒绝？

我说：“我知道了。”

翌日，我将自己接下《Anne》工作的事情告诉了方肃。方肃挑了挑眉，不悦地问：“理由。”

我说：“我对一个人心中有愧，我不能拒绝她。”

方肃没有刨根究底，而是问：“你知道其他人在我面前反复会是什么下场吗？”

我试想了一下，如果换成其他人在方肃面前反复……绝对！绝对会被打入冷宫的！

我摆出一副乖巧脸：“我不是其他人，我是你的梦想合伙人，是颜色不一样的烟火。”

方肃：“……”

他从名片盒里抽出一张名片，丢在我面前：“拖出去斩了。”

我：“……”

方董，你这个“斩立决”的牌子是不是太随便了？

《Anne》闹了一出荒唐剧，浪费了不少时间，拍摄流程也改了，先拍我跟何景耀的双人照，再拍单人照。

双人照一共拍摄三天，第一天内景，第二天外景，第三天是动态，动态是供网络宣传使用。

正式拍摄当天，我提前半个小时到达场地。陆湘见了我，握住我的手说：“艳阳，谢谢你。”

我笑着说：“我们不是好姐妹吗，还用得着说谢谢？”

实则我内心泪流满面，原以为能逃过一劫，结果我跟何景耀以及陆湘三个人撞在一起，这是要末日审判的节奏啊！

我跟陆湘聊了没几句，何景耀就到了。陆湘主动迎上去，面带微笑说：“你好，我是负责今天拍摄的编辑陆湘。”

我不知道何景耀有没有认出陆湘，他伸出右手同陆湘握了握，回了一句：“你好。”随后将目光落到我身上，加深了嘴角的笑意，再度伸出右手：“又有机会合作了，希望这次也能合作愉快？”

我：“……”

呵呵。

我不能撕破脸皮，只得勉强露出一个笑容，跟何景耀握了握手。

何景耀的演技好我一直都是知道的，但陆湘的表现却出乎我的意料。她的情绪毫无波动，就像跟何景耀只是普通的合作关系一样。

简单的寒暄过后，我们便进入了工作模式。今天的第一组服装是复古风格，拍摄道具是沙发。

平面照跟动态广告的要求不一样，不需要我对何景耀表现出含情脉脉的眼神，难度降低了很多。

我半躺在沙发上，上身斜倚在何景耀的腿上。何景耀借着拍摄间隙，贴在我耳边轻声问：“旧友重逢，感觉如何？”

我眉头一跳，没理他。

何景耀继续挑衅：“难道你不希望我跟陆湘再续前缘？你知道的，只要

你开口，我都会照办，够不够意思？”

这下我犹如点燃的煤气罐，瞬间炸了，转过头对着何景耀骂了一句。

我们三人的这段孽缘得追溯到大学时期，我和何景耀青梅竹马的设定不变，加上一个新人物陆湘。

陆湘跟双重人格的何景耀不同，她是真正的三好学生，性格文静，样貌斯文，最重要的是成绩好。

从小我就崇拜学霸，因为我们凡人再努力学习，还不如他们随便搞搞。

陆湘的学霸人设往面前一放，在我的有意交好下，我们就成了好朋友。可这段友谊坏就坏在何景耀身上，我从开篇就一直在强调，何景耀有双重人格，他摆在人前的那个人格近乎完美，妥妥的就是一个白马王子的形象。

校庆那天，何景耀拿着吉他上台弹唱了一首《You Are My Sunshine》。这首歌表达的是失恋后痛苦的心情，原唱用温暖的歌声来表达，不听清歌词，会让人以为这是一首情人间的小情歌。

何景耀不走寻常路，抱着一把吉他坐在台上，歌声忧郁而伤感。璀璨的灯光照射在他身上，仿佛无论如何都照亮不了他的心底，既忧郁又迷人，不知虏获了多少芳心。

从那天以后，陆湘看何景耀的目光整个都不一样了。

作为过来人，我能不明白陆湘的心思？本着肥水不流外人田的原则，我跑过去找何景耀搭桥牵线。

我问何景耀：“你觉得湘湘怎么样？”

何景耀不在意地说：“挺好的。”

我问：“那你想不想和她来一场弘扬社会主义正能量的恋爱呢？”

何景耀愣了一下，转头盯了我好一会儿，问：“你希望我跟她谈恋爱？”

我点了点头。

虽然何景耀长得张扬了一点，容易招惹桃花，但本质上还是个洁身自好的好孩子。他跟陆湘在一起，我是放心的。

我撮合说：“你们这种双学霸的设定，在一起是要逆天的！”

何景耀只安静了几秒，就答应说：“好啊，既然你希望我们在一起，那就在一起咯。”

我大喜过望，要知道，作为我们学校的颜值担当，何景耀的身价可是很高的。他答应跟陆湘在一起，不晓得要打碎多少颗芳心。我迫不及待地将事情跟陆湘一说，他们俩就成了一对。

陆湘跟何景耀交往后，我并没有关注他们的感情进展，因为我和江锐遭遇了情感危机。江锐大我两届，我上大二的时候，他就已经上大四了，正面对读研和就业的抉择。

江锐的成绩名列前茅，保研根本不成问题。但他志不在此，他的志愿是前往意大利留学，成为一名时装设计师。

江锐的家人并不认可，他们希望江锐走他父亲的路。虽然江锐没有明言，但我看得出来，他的家世一定不一般，他的父母对他抱有很高的期待。我不知道自己是应该支持江锐，还是应该劝他打消出国留学的念头。毕竟放弃眼前的大好前程，投身时尚界，未来的一切都是未知的。

遥远的国度，隔着七个小时的时差，一旦江锐前往米兰留学，我们的感情基本就是画下了句点。

可我又如何忍心让江锐放弃他的梦想呢？

在我进退两难时，江锐的姐姐找到了我，她告诉我，成为时装设计师是江锐一直以来的梦想，可是我的存在令他产生了动摇。她直白地告诉我，即使江锐不出国留学，我和他也不可能会有结果，因为他是高干子女，我的家世对他们而言是污点。

多么荒谬，多么可笑，我却无力辩驳。

我的理智告诉我，我应该放弃江锐，可感情不是说放下就能放下的。我开始躲着江锐，何景耀看出了端倪，某天放学后，他拉住了我。

对于何景耀，我们彼此知根知底，所以并没有隐瞒，将事情告诉了他。

何景耀当时露出一个诡异的笑容，说：“我可以帮你。”说完，他毫无预兆地低头吻住了我。

我当时就愣住了。

等我反应过来，要将他推开，他抓住了我的手，稍稍退开一些说：“江

锐就在你身后，既然你狠不下心，何不让我帮你一把？”

多年的默契，让我瞬间明白了何景耀的意思。

只要我背叛了和江锐的这段感情，江锐就不会再为了我动摇，他就可以义无反顾地去追寻自己的梦想。

我浑浑噩噩地与何景耀演了这场戏，直到江锐上来将我们俩拉开，狠狠地给了何景耀一拳。

不用我开口，何景耀就已经将所有的理由找好了，还有什么理由比青梅竹马幡然醒悟，发现心中所爱就是彼此更有说服力呢？

江锐愤怒地离去，至此，这场荒唐的大戏终于可以落下帷幕了。万万想不到，这场戏还有第二个观众，那就是陆湘。

江锐离开后，我看到陆湘脸色煞白地站在不远处。

我连忙向陆湘解释，陆湘听完前因后果，并没有追究。

这件事就算是过去了。

那天是我的生日，邀请了几个平时玩得好的朋友一起庆祝，自然少不了何景耀跟陆湘。

江锐离开后，我的心情一直不太好，席间不免借酒浇愁。何景耀够义气，陪着我一起喝，最后我没醉，他倒是醉得人畜不分。我让陆湘送他回家，原本一切都好好的，谁知翌日我就得到了两人分手的消息。

我追问原因，何景耀就三个字“不合适”，陆湘则是掉眼泪。

虽然何景耀跟陆湘的这桩事是由我搭桥牵线，但感情的事情不是我能插手的。他们俩要分手，我爱莫能助，这也并不影响我跟他们的友谊。

万万想不到，陆湘看我的眼神变得很奇怪。我询问原因，她总是顾左右而言他。

学校组织体检那天，一个女生的体检结果闹出了大新闻。

那个女生就是陆湘，她怀孕了！

按照时间推算，这个孩子肯定是何景耀的。

陆湘去找了何景耀，我不知道他们单独说了些什么，我只知道陆湘告诉我，何景耀让她把孩子打掉，说他早就有了喜欢的人，跟她只是玩玩而已。

我气得说不出话，跑去质问何景耀："陆湘肚子里的孩子是不是你的？"

何景耀一副无所谓的态度："是又如何？不是又如何？"

我说："你还是不是个男人，敢做不敢当？陆湘对你怎样你心里不清楚？如果你对她没有一点感情，那为什么要跟她交往？！"

何景耀听完我这番话，居然笑了："我为什么和陆湘交往？林艳阳，你忘了吗？是你希望我跟她交往。我按照你的意思做了，你为什么还不满意？难不成你还要我跟她结婚生子？"

我无论如何都想不到何景耀会说出这番话，他自己犯了错，却将责任推到我身上？我说："我让你跟陆湘交往你就交往，你自己就没有半点主张？那我让你去死，你去不去啊？！既然你不喜欢她，那为什么要跟她在一起？退一万步来讲，事情已经发生了，你就应该承担责任，你能不能有一点责任心？！"

何景耀脸上的笑容消失了，目光阴郁地盯着我说："责任心？是，我承认我们当时在交往，但我怎么知道孩子是不是我的？"

我怒不可遏，伸手就给了何景耀一个巴掌。

"何景耀，你就是个人渣！"

说完这句，我再也不想同他说半句话，转身就走。

我打听了陆湘的消息，得知她在医院后，跑去医院看她。

陆湘才做完流产手术，躺在病床上，面色苍白。她听见动静，睁开眼看了我一眼，随即又闭上了。

我说："对不起，我不知道何景耀会做出这样的事情。"

陆湘闭着眼说："林艳阳，你走吧，以后都不要来了。"

我并不想伤害陆湘，可陆湘确实是因为我的介入才会受到伤害，我难辞其咎。

这件事的结局是何景耀跟陆湘双双退学，消失在我的世界。

一别经年，何景耀摇身一变成了国际名模，陆湘成了时尚杂志的编辑，这段孽缘再次有了交集。

陆湘进入时尚圈，究竟是巧合，还是与何景耀有关？

我对何景耀恨得牙痒痒，巴不得跟他老死不相往来，但是当天的拍摄结束后，陆湘主动说要请我们吃饭。

何景耀没答应，也没拒绝，面带微笑地看着我。

陆湘的面子我不得不给，扯出一个笑容说："好啊！"

何景耀来的时候有专车送，而我靠的是自己的两条腿，所以我们都上了陆湘的车。

陆湘找了一家中式餐厅，环境清幽，有单独的包间。落座后，陆湘将菜单递给我跟何景耀，问："喝红酒吗？"

我说："不用了，我不会喝酒。"

何景耀也拒绝了："不用。"

陆湘耸肩："看来只有我一个人消受了。"

菜上桌后，我乖乖地啃青菜，陆湘开了一瓶红酒喝。起初的话题是围绕着工作展开的，气氛尚可。

几杯红酒下肚，陆湘的面色有些发红。她晃了晃杯中的红酒，说："艳阳，我可真羡慕你。"

我不解："羡慕我什么？"

陆湘说："你哪里不值得羡慕？无论你想做什么，总有人围绕在你左右，连新时代的方董事长都对你另眼相看。你不是想知道我们杂志为什么会选择你吗？那是因为……"

一直在边上安静用餐的何景耀突然放下筷子，突兀地说了两个字："够了。"

我奇怪地看向何景耀。

何景耀站起身，面带笑容说："吃得差不多了，明天还有拍摄任务，早点回去休息。"

陆湘意味深长地盯了何景耀一会儿，随后笑了，附和说："是啊，时间的确不早了，我喝了酒不能开车，能不能劳烦你送我一程？"

何景耀表示："抱歉，我没带驾照，帮你叫代驾。"说完，他掏出手机打了一通电话，随后主动将账单结清了。

我算是看出了一点门道，陆湘跟何景耀既不是冰释前嫌，也不是形同陌路，而是剑拔弩张，一触即发啊！

埋完单后，何景耀并没有马上离开，而是等代驾到了，看着陆湘离开，才拽住我的胳膊往路口走。

我用力想抽回自己的胳膊，无奈何景耀使上了蛮劲，我根本挣脱不开。我气急败坏地说："放手！我让你放手！听见没有？！"

何景耀恍若未闻，伸手招了一辆出租车，将我塞进车厢，丢下一句"早点回去休息"，就示意司机开车。

出租车重新驶上马路，我看着何景耀的身形渐渐变小，忍不住又爆了一句粗口。

司机在前边问："小姐，去哪里？"

我告诉他："下个路口停车。"

这个该死的何景耀，出租车招得痛快，知不知道从这儿回我的公寓要多少钱？以为我是他，赚钱的速度跟印钞机似的？我的护肤品都是我的梦想合伙人友情赞助的！

司机随即在下个路口将我放了下来，我查了一下站牌，然后站在路边等公交车。

十一月底的室外寒风瑟瑟，我抱着胳膊站在路边发抖。方董事长的电话打来了，我按下通话键，"喂"了一声。

方肃在另一头问："今天的工作顺利吗？"

我表示："工作上挺顺利的，私人感情不是很顺利。"

方肃表示："让你去工作，你倒给我折腾出私人感情了？"

我回答："人是感情动物，当然会有感情问题，只有冷血动物才没有私人感情。"

方肃问："你在哪儿？"

我报出车站的名字。

方肃说："站在原地别动。"说完径自挂了电话。

我："……"

几个意思？我的公交车都来了啊，方董事长！

我目送着公交车离开，继续在寒风中瑟瑟发抖。大约过了十多分钟，一辆黑色奔驰停在我面前。

我自觉地坐到副驾驶座上，车内开了暖气，有淡淡的茉莉花香味，令人感觉温暖又惬意。

方肃表情严肃地开车，一路上都没有开口。等到了我公寓的楼下，他熄了火，开始查水表："你今天跟谁折腾出了私人感情，何景耀？"

我竖起一根大拇指："方董事长令旨英明，算无遗策，为你打 call！"

方肃无视我的冷幽默："《Anne》临时变卦，问题应该就出在何景耀身上。依你所说，何景耀跟你有过节，他怎么可能帮你？"

方肃目光灼灼地盯着我，继续审问："上次你告诉我，你大学时交过一个男友，他的家人嫌你家庭成分不好，逼你们分手，这个男友该不会是何景耀吧？"

"什么？"

我被方肃的脑洞惊呆了："我跟他只是青梅竹马，你是不是想太多了？"

方肃的面部表情稍微轻松了些，但距离和颜悦色依然有一段距离："青梅竹马？那也清白不到哪儿去。"

方肃对于我和何景耀不得不说的故事很有兴趣："你们为什么会闹翻？"

我愤恨地说："他搞大了我闺密的肚子，居然还把责任推到我身上，说不是我撮合，他根本就看不上我闺密。"

方肃突兀地问了一句："你们是青梅竹马，就没想过内部消化？"

我表示："我们太熟了，没法产生那种感情。再说了，谁规定青梅竹马就一定要在一起？彼此见证对方的成长，不是很好吗？"

方肃问："当时你有男朋友？"

我回答："有啊！"

方肃露出一个高深莫测的笑容："我明白了。"

我："……"

我都没说什么，你究竟明白了什么啊？

方肃问："你真的不明白原因？以何景耀的相貌，想和他交往的女人多得是，为什么你一撮合，他就答应了？"

我绞尽脑汁地想了想，既然何景耀不喜欢陆湘，为什么我一开口，他就答应了呢？何景耀不是随便的人，他这么做肯定是有原因的。我心里冒出一个荒唐的念头，难以置信地看向方肃。

方肃问："明白了？"

我恍然大悟，目瞪口呆："原来，那句传言竟然是真的……时尚圈是十男九'弯'，何景耀跟陆湘交往只是为了掩盖他真实的性取向！"

如此，一切便都解释得通了，为什么在陆湘之前，喜欢何景耀的人那么多，他却清心寡欲，一副红颜亦不过枯骨的姿态。因为他根本就不喜欢女孩，他知道这样下去会引人怀疑，所以在我搭桥牵线后，便答应了与陆湘交往！

方肃听完我的结论，脸色变得非常古怪。

我露出一副惶恐的表情："难道……方董你也是？"

方肃的脸色瞬间黑得跟墨水似的："我以为情商低的人在智商上会有所弥补，看来现实是残酷的。"

这句话我算听懂了，方肃这是在暗示我情商低，智商也低呢！我磨了磨牙，亮出自己两颗尖锐的小虎牙："信不信我咬你？我这两颗牙可是见过血的，还是外国人的血！"

方肃伸出右手："你信不信我敢徒手拔虎牙？"说着，他用手掐住我的脸，用力扯了扯。

我痛得龇牙咧嘴："我……我胡说八道……还不行吗？"

我从喉间发出可怕的虎啸，小老虎报仇，十年不晚！

第五章 霸道总裁情陷千面娇娃

无论我如何不待见何景耀，翌日我们俩依然得一起出外景，这厮又借机在我耳边唠叨：“昨天你没有坐计程车回家？”

我：“……”

你怎么知道？

我心里浮现出问号，表情依然冷漠。

何景耀丝毫没有被我的冷漠打击到，坚持不懈地在我耳边说：“新人是不是很辛苦？其实你根本不必如此辛苦，只要你愿意，我手里的资源都可以为你所用。何必为了一个外人跟我过不去？”

何景耀口中的外人，无疑就是陆湘了。我被何景耀的厚颜无耻惊呆了，转过头用凌迟的目光瞪他。

摄影师立即喊道：“林艳阳，眼神收敛一点，太凌厉了。”

我心不甘情不愿地收回目光，何景耀在我耳边轻笑一声。

拍摄继续，临近中午的时候，拍摄场地突然来了一位意外的访客，这位访客就是……方大 BOSS。

陆湘连忙上前打招呼，我尚在拍摄中，只能继续拍摄。方肃跟陆湘寒暄过后，就站在边上看我拍摄。

我压根儿不知道方肃来干吗，难不成是监工？

何景耀适时地凑到我耳边，意味深长地说："糟糕，我好像低估了你的魅力。你能进新时代已经足够令我惊讶的了，竟还能搬动方董事长亲自探班。你知道这意味着什么吗？意味着你对他很特别，说不定……他早已成了你的裙下之臣。"

何景耀越说越离谱，甚至怀疑起我和梦想合伙人的纯洁感情。

我忍啊忍，忍到这组照片拍摄完毕，假装不小心崴了脚，往何景耀身上撞去。

今天的拍摄场地位于湖边，我跟何景耀是立于湖边的大石上拍摄，我突然一撞，何景耀毫无防备，顿时往湖里跌去。

我来不及窃喜奸计得逞，就感觉手腕被人拽住，整个人被一股力道硬拉了过去。

"扑通"一声，水花四溅，冰冷的湖水浸透了我的衣裳。我刚呛了一口湖水，就被人抓住双臂推出了水面。

湖水不深，站起来都不到腰间，我咳了好几声才缓解了些许难受，瞪向罪魁祸首。

何景耀浑身湿透，头发上的水珠顺着发梢滴落在脸上，模样狼狈。可他看着我竟然笑了，那叫一个阳光灿烂，整个人都熠熠生辉，立即拖去拍雪碧广告都是完美的。

广告词都是现成的：透心凉，心飞扬。

原本想暗算何景耀的，谁知被他一起拖下水，成了落汤鸡，搬起石头砸自己的脚就是我本人了。

工作人员赶了过来，对着何景耀嘘寒问暖，拿着大毛巾往他身上披。

何景耀用毛巾擦着头发上的水珠，笑着说："不小心没站稳，艳阳想拉住我，却被我一起拉了下去。"

这一本正经地胡说八道的本事，我是服气的。

另外，我们很熟吗？我允许你叫我艳阳了？

方大BOSS也走了过来，从工作人员手中接过大毛巾，往我脑门上一盖，朝着何景耀伸出右手：“你好，两次合作，艳阳都承蒙你的照顾。”

我：“……”

你们是不是对我的姓有点意见？一个个都省略我的姓氏。

我用诡异的眼神看了方肃一眼，方肃若无其事，无比自然地看着何景耀。

何景耀脸上的笑容已经完成了从爽朗阳光到彬彬有礼的无缝对接，他回握住方肃的手说：“谈不上照顾，很高兴能与她再度合作。”

两人彼此对视，握了握手，气氛有些微妙。

说真的，自从开启了时尚圈十男九“弯”的设定后，我就有点腐眼看人了。此刻，两个外形同样出色的男人站在一块，双手交握，四目相对，我的脑袋里突然冒出一句话：两个大男人站得这么近，不是打架就是要接吻。

我究竟在失望什么？

两人握了握手，很快就松开了，方董事长揽住我的肩，将我往边上带：“身上都湿透了，赶紧去换衣服。”

我乖乖地跟着走，室外拍摄没有更衣室，就一个小帐篷。我换好衣服出去，方肃正站在一棵树下。

我问：“方董，你怎么过来了？”

方肃反问：“我不能来？”

我连忙回答：“可以，可以，您想去哪儿都可以。”

方肃问：“好玩吗？”

我不解：“好玩什么？”

方肃表示：“感情这么好，拍片都忍不住互动？”

我：“……”

冤枉大发了啊，我跟何景耀那叫互动？我们刚才那一段，堪比深宫中尔虞我诈的经典桥段啊！

不过方肃这么一提，我也想起一件事：“方董，你刚才为什么叫我艳阳？”

方肃抽烟的手一顿，不悦地挑眉："怎么，我不能叫？"

我说："不是，就是感觉有点奇怪。"

方肃问："奇怪什么？"

我表示："嗯……很复杂，我也说不清楚，不如你感受一下？"

我上前一步，把额头抵在方肃的肩上蹭来蹭去，用自己听了都恶寒的语气撒娇道："讨厌，人家也说不清楚，就是这种感觉，你自己感受一下啦。"说完这句话，我恢复成正常状态，抬头看向方肃。

方肃的表情太诡异了，一副便秘的模样。

我看着方肃这副模样，产生了一种隐秘的快感。能让方董事长吃瘪，我也是棒棒的。可惜这种快感很快就被一道目光打断了。人的目光是很玄妙的一种东西，明明你没有注视对方，但当对方注视你的时候，你会感觉到对方的目光。

我看向目光的主人，方肃也顺着我的目光看去。何景耀站在不远处，见我们看过去，露出一个笑，甚至挥了挥手示意。

方肃突然低声笑了，吐出两个字："有趣。"

我："……"

这种霸道总裁看中了猎物，即将展开追逐的既视感是怎么回事？我甚至连话题都想好了——豪门猎爱：霸道总裁情陷千面娇娃。

天哪，这样一想，感觉方董事长跟何景耀真的挺般配的，像何景耀这样冷酷无情又磨人的小妖精，也只有方董事长这样的霸道人设能镇得住了！方董事长要真的能收了何景耀，那简直就是为民除害啊！

等等，我究竟在脑补些什么？我还是以前那个纯洁无瑕的林艳阳吗？

魔幻的一天很快过去，最后一天拍摄的是动态广告。昨天的魔幻经历使得我今天看何景耀的目光都怪怪的，我尽力调整状态，投入工作。

拍摄场地是由镜面搭成的，我跟何景耀身着时装在镜中找寻彼此，最后跨越岁月漫漫的长河，真正触碰到彼此。

今天的拍摄需要利用镜面的折射，所以我跟何景耀走出的每一步都是经过精确设计的。

拍摄由我开始，我如同初生的婴儿出现在镜中世界，懵懂地看着眼前。当我看见镜中无数个自己时，我的眼中是新奇；等我意识到这个世界只有我一个人的时候，我变得焦虑。我想要逃离这里，四处找寻出路。就在此时，何景耀的身形出现在我的面前。我惊喜地想要触碰他，然而触碰到的却是冰冷的镜面。

拍摄这一段时，需要何景耀在我的身后时隐时现，而我焦急地在镜中四处碰撞。

我按照导演的要求，用力地四处碰撞镜面。耳边突然传来一阵奇怪的声响，我抬头向上看去，竟发现是头顶的镜面在晃动。不待我确定虚实，就听见何景耀慌乱地叫了我的名字，紧接着，我整个人就被扑倒在地。

四周的世界瞬间崩塌，镜面砸落地面发出刺耳的声响，支撑镜面的钢架倒了下来。我能感觉有重物砸落，却没有感受到丝毫疼痛，因为压在我身上的那个身体充当了缓冲带。

一阵噼里啪啦过后，四周渐渐安静下来。我听见工作人员的尖叫声，有人向我们跑来，搬走四周的坠落物。

我动了动身体，试图推开压在我身上的人，耳边随即响起何景耀痛苦的呻吟："别动……"

我的心猛地一跳，立即停下手中的动作，问："你没事吧？"

何景耀没有回答，我心中越发焦急，手中的动作停下来，我就感觉到额头上湿漉漉的，有温热的液体流下来。

我的额头埋在何景耀的脖子下，肯定是他受了伤。

我埋在何景耀怀里一动也不敢动，直到工作人员搬走坠落物，将何景耀从我身上移开，我才敢坐起身来。

何景耀躺在我身边，双目紧闭，脸上、脖颈间都是鲜血，唯一干净的一块地方露出煞白的面孔。

这画面太骇人，我握住了何景耀的手臂，又不敢使力："喂，你没事吧？"

何景耀睁开眼，勉强扯出一个笑容说："我觉得自己可以再抢救一下。"

这个笑话实在太冷，即使知道何景耀是想调解气氛，我依然笑不出来。

救护车很快赶来，何景耀被抬了上去，只允许一位家属陪同。我顾不得其他人的目光，抢在陆湘及其他人前面跳了上去。

救护车一路疾驰，途中医护人员替何景耀接上了氧气，简单地处理了外伤，等到了医院，便立即将他推进了急救室。陆湘与导演随后赶来，我手脚冰凉地站在手术室外，想了想给方肃打了一通电话，将事情的经过告诉他。

方肃赶到医院的时候，急救室的灯还亮着。他在我身边坐下，安慰道："放心吧，他一定会没事的。"

我捂着脸说不出话，何景耀这次完全是为了救我。如果不是他，现在躺在急救室里的人就是我。

方肃见状揉了揉我的头，没再说什么。

漫长的等待后，急救室的灯终于暗了，医生走了出来："患者胸腔六处肋骨骨折，不建议进行固定手术。局部麻醉会对心脏产生一定的影响，须留院观察，保守治疗。"

何景耀被护士推了出来，转入特需病房。由于肋骨骨折造成呼吸困难，他需要借助氧气呼吸。

这一场意外需要处理的后续事宜太多了，《Anne》的责任逃避不掉，何景耀之后的工作也需要暂停。

一通折腾下来，外面的天都黑了，方肃说："这里有护工照看，我们先回去。"

我有些犹豫，虽然有护工照看，我依然觉得不放心。

方肃说："何景耀受伤的消息已经曝光，医院外都是记者和粉丝，你留下反而更麻烦。"

听方肃这么一说，我顿时明白了。何景耀虽然是时尚圈的人，但影响力胜过娱乐圈当红小生。今天闹了这样一出英雄救美，我再在医院过夜，明天的八卦新闻不翻天才怪。

我正准备点头，小手指却被拉住了，我转头看向何景耀，他不知何时醒了，大拇指和食指抓住了我的小手指，一句话都没说。

何景耀此时根本没什么力气，只要我轻轻一抽，就能将小指抽出来，可我硬是没狠下心。我说："我还是留下吧。"

方肃皱起了眉头，想说些什么，最终还是收了回去，留下一句“随你”，就离开了。

方肃离开后，何景耀依然没有松开我的小手指，我顺势在床边坐了下来。今天这一天实在太混乱了，直到此刻，我才能静下来，细想今天发生的事。

当时的情况太突然，我根本来不及逃跑，何景耀扑过来护住我，几乎是本能反应。虽然我们俩平时针锋相对，但真出了事，我们谁都无法坐视不理。

当年我那样气何景耀，除了为陆湘不平，更多的是对他的失望。我跟何景耀认识了十几年，经历了太多事情，说句我拿他当家人都不为过。爱之深，责之切，他做出了那样不负责任的事，我怎么能不生气？

可今天闹了这一出，让我有气都发不出了。何景耀对别人是不厚道，对我却是实打实的好，哪怕全天下的人都怪他，我又有什么权利指责他？

当晚，我简单地梳洗后，就在医院住下了。翌日，不出方董事长所料，八卦媒体都炸了。

《何景耀恋情曝光，神秘女友竟是她》《何景耀为爱身负重伤，女友医院陪护整夜》……

事件连续发酵，接下来的几天，何景耀就没从头版头条上下来过，连带着我的生辰八字、平生履历，包括走了几场秀，拍过几本杂志，都被扒了出来。同时被扒出来的还有我们的陈年旧照，高中毕业的合影，上学时一起为杂志拍摄的照片。

青梅竹马的关系一爆出，媒体又炸了，八卦头条顿时从“神秘女友曝光”变成了“多年地下恋情曝光”，这会儿哪怕我跟何景耀亲自出面辟谣，都不会有人相信了。

先前我跟何景耀虽然被炒过CP，但只是一小部分人，大部分都是看热闹的，真爆出了我跟何景耀的“恋情”，网友就齐刷刷地刷“何景耀今天分手了吗”的话题。

医院外围满了记者和粉丝，我也是破罐子破摔，除了中途回公寓拿了一次换洗的衣物外，其余时间都待在医院，闲着的时候就学外语。

何景耀每天的点滴都得挂近十瓶，药也是一把把地吃。几天后，他总算是有了些精神，能说些话了。

他这人一有精神就作天作地，此刻跟你讲“我想吃苹果”，等你削完了苹果切成小块喂他，他就讲“我现在不想吃苹果，我想吃橙子”。

开始几天我像伺候老祖宗一样任劳任怨，可次数多了，我就不高兴了，板着面孔说：“我跟你讲，你不要恃宠而娇啊！”

何景耀就勾着嘴角问：“我受宠吗？”

这笑容实在可恨，我回答“受”也不好，“不受”也不好。

我在医院待了一个礼拜，方肃打电话来催我回去工作。作为老板，方肃对我已经足够宽容了，我不能跟何景耀一样“恃宠而娇”。可我只要一提起工作的事，何景耀不是胸口痛，就是抓着我卖惨：“我为了你躺在医院，你却要丢下我去见别的男人？”

我：“……”

要脸不？

反正我最后就是没走成。

几次以后，方肃也有了小情绪，打电话来兴师问罪：“你打算在医院待到什么时候？”

我如实说：“我不知道。”这主要得看何景耀作到什么时候。

方肃闻言，声音又冷了几分：“你知道自己最近有多红吗？不是因为你的专业素质，而是因为你的绯闻。你如果继续在医院待下去，等何景耀出院，我就能在杂志上看到你们的婚讯了。”

这话扎心了啊，老铁。

八卦杂志黑我，你也黑我？反过来讲，如果没有何景耀帮我挡这一遭，现在躺在医院里的人就是我，我依然不能干活啊！

本着多说多错、不说不错的原则，我乖乖地闭着嘴不说话。

方肃不依不饶：“说话！”

我用“万金油”式金句：“方董您说得对！”

方肃下了最后通牒：“明天上午十点我要在公司看到你，不然你就另谋高就吧！”

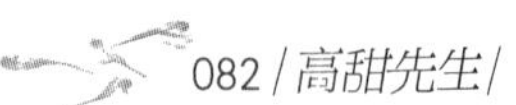

方肃的话都说到这个份上了，我又怎么敢忤逆呢？

我把事情跟何景耀一说，这厮又戏精上身，露出一副痛心疾首的样子。这回我的意志非常坚定，撸起袖子把拳头亮给他看："废话再多我就揍你！"

何景耀："……"

事实证明，暴力不能解决所有问题，但解决何景耀是绰绰有余的。翌日，我准时出现在何景耀的办公室内。我晓得自己最近惹得方肃有些不高兴，路过花店的时候特意买了一束花送给方肃赔罪。

方肃见了我，噙着笑说："舍得回来了？"

这笑容看得我心里发寒，要知道，笑面虎向来是比真老虎更可怕的存在，我连忙竖起大拇指，活跃气氛，顺便拉近关系："'回'这个字说得好！回来、回来，说明新时代才是我的家！无论我在外漂泊多久，永远都会记得回家！"

方肃一副被我的厚颜无耻恶心到的表情，我趁热打铁，将藏在纸盒中的花束献了出去。

方肃抱着一束康乃馨问："这是什么意思？"

我表示："我想感谢方董这些日子对我的包容和照顾，您就像我的父亲一样，关心我、爱护我、栽培我。相信在您的精心呵护下，我一定可以茁壮成长！所以我要把这束花献给您！我敬爱的方董！"

花的品种可是经过我精挑细选的，玫瑰代表爱情，太暧昧了，玷污了我跟方肃纯洁的感情；百合高贵，却不能代表我感恩的一颗心；唯有康乃馨，它的花语是"母亲，祝健康长寿，永远年轻"，将对象换成方董事长也是妥妥的。

我马屁拍得是"啪啪"响，孰料方肃听了，面色非但没有晴朗，反而阴了下来："我是你爸爸，何景耀是你的温柔乡是吧？"

我："……"

哎哟喂，这话从何说起啊？！

我试图解释："爸爸，不是这样的，你听我解释！不对，是方董！"

方肃似笑非笑，眼里飞着刀子："抱歉，我年纪尚轻，生不了你那么大的女儿，不敢应你这声爸爸。你要是想认干爹，想必何景耀会很乐意。"

好端端的，总提何景耀干吗啊？

我忍不住皱了眉头，说：“不要说这样奇怪的话！”

方肃问：“奇怪什么？”

我表示：“感觉像是在吃醋。”

方肃愣住，瞪了我半晌，有些恼羞成怒的味道：“你是不是太敢想了？”

我表示：“这是你教我的。”

方肃一副“我就静静地看着你吹”的表情。

我摆事实，讲道理：“不能让贫穷限制了我们的想象力！”

方肃气乐了：“你就是这么用的？”

我表示：“是啊！”

我胡说八道起来，连我自己都觉得害怕，我语重心长地跟方肃讲：“方董，你千万别喜欢我，我不喜欢有钱人。”

方肃的重点瞬间变了：“你还对有钱人有偏见？”

我说：“小时候看《灰姑娘》，就想着麻雀能飞上枝头变凤凰，长大以后才明白，‘门当户对’四个字不是封建社会遗留的糟粕，而是老祖宗留下的宝贵经验啊！”

方肃嗤笑：“就这点志气？今年的福布斯全球模特收入排行榜，凯莉·戴维斯以两千五百万美元登顶，当你站到那个高度，你就是豪门。”

我：“……”

那可是凯莉·戴维斯，世界第一超模啊……

方董你这个例子是不是举得不太恰当？

不过，既然方肃连让我成为豪门的途径都帮我想好了，于是我意味深长地看着方肃说：“还说不喜欢我。”

方肃：“……”

竟无法反驳。

我跟方肃胡扯了半天，才谈论起正事。

方肃这次叫我回来，是为了让我为Charites大秀的面试做准备。我一听到Charites这个名字，就知道方肃为我开启了SSS级难度的挑战。

Charites 是美国一线内衣品牌，一年举办一次大秀，邀请全世界的顶级超模为其走秀，每年的大秀都能造成轰动。作为一位新人，如果有幸登上 Charites 的大秀，恭喜你，达成“一步登天”成就，获得全世界的关注。

Charites 大秀超模如云，每年起用的新人寥寥无几，想成为这个幸运儿，首先要有过硬的背景，那就是知名经纪公司的签约模特；其次就是个人能力。作为新时代旗下的模特，新时代给了我这个机会，但能不能登上 Charites 大秀，还得看我自己的本事。

Charites 的面试在一周后，方肃给了我一堆录像，让我回去全部看完后，进行针对性的培训。

既然要去国外发展，英文名肯定是要有的。

方肃问：“你的英文名想好了？”

我说：“想好了！就叫 Faery！”

翻译成中文就是“仙女”。

方肃无语地说：“你对仙女这个人设究竟是有多执着？”

我举了个例子：“大概跟人类明明知道会有外星人，对方可能会侵略地球，却还要探索宇宙一样执着……吧？”

“Sunny。”

方肃压根儿不给我反驳的机会，独断地定下了我的英文名：“你的英文名就叫 Sunny！”

我：“……”

嗯……好啦，你是老板，你说了算。

我回去将 Charites 历年的大秀看完后，方肃带着我进了训练室，刚进门就说：“把衣服脱了。”

这话要是在其他场合，妥妥的就是逼良为娼。然而放在此刻，放在我和方肃身上，我只能老老实实地将外衣脱下，只剩下内衣。

说真的，我有点害羞。

方肃还嫌不满意：“站到台上去。”

我乖乖地站上去，方肃将四周的灯都关了，只留下台上刺目的白炽灯，随后站在台下审视我。他用最挑剔的目光盯着我，从面部到脖子，从胸口到腰下三角，再从大腿到脚踝。

我忍不住动了一下脚丫子。

方肃蹙起眉头说：“一个人的目光都忍受不了？届时会有几千道目光盯着你，难道你要捂着脸从秀台上跑下去？”

我：“……”

这不一样啊，方董！

如果现在站在我面前的不是方肃，而是其他人，我能两眼一翻睥睨天下。然而换成方肃，我不由自主地有些羞涩，这是不是有点不科学？

方肃并没有盯我很久，开口说：“Charites 大秀的录像你都看了，用 Charites 的风格走一遍给我看。”

Charites 是商业秀，模特不只是衣架，你可以尽情散发你的魅力。我按照方肃的要求在台上走了一圈，定点动作是朝台下抛了一个飞吻。一圈走完，我站到台前目光期待地看着方肃，等待他的点评。

我期待地看着方肃。

方肃面无表情地看着我。

我：“……”

我期待不下去了。

方肃表示：“你刚才走的是 Charites 秀？我以为是旧社会的老太太裹着小脚从照片里出来了。”

我：“……”

方董，你这毒舌的水平有点高哦！何景耀讽刺我的秀台表现像上菜市场买菜，你的跟他差不多意思，却充满了内涵，含蓄到了极致哦！

我深吸一口气，你随便怼，生气算我输。

方肃问：“Charites 的风格是什么？”

我果断回答：“性感！”

方肃表示：“从你身上我看不到这两个字，我只看到你畏首畏尾，恨不得将全身包裹得密不透风。你的小虎牙确实很有个性，能让人一眼记住你，

可除此之外呢？你的专业水准在哪里？身上的布料一少，你的水准就发挥不出来了？你不能欣赏这些服饰，你只想着赶紧完成任务，将衣服换下来是不是？”

方肃说得没错，身着其他服饰时，我心里想的是“我是小仙女，我是天下第一美”。可当身上的布料一减少，这种迷之自信就消失了，我成了真正的衣架子，就想着赶紧上台展示一圈然后就下台。

可这种事情肯定要慢慢适应，总不能在一夜之间，一个含蓄内敛的大家闺秀就转变成热情奔放的舞娘吧？

方肃说：“给你五分钟时间，我要在你身上看到‘性感’两个字。”

性感？

我都脱成这样了，你还要我怎么性感？

尽管我心里的弹幕已经霸屏，但我明智地没有说出来。方肃的这个要求，只是我职业生涯中的一个小小挑战，如果这个挑战都不能完成，我不如尽早放弃，回家卖红薯。

可是性感应该如何表现呢？

我回忆着大银幕上风情万种的女星形象，蹲下身侧躺在秀台上，伸长两条大长腿，睫毛半敛，媚眼如丝地看向方肃。

方肃还是一副冷漠的样子。

我暗暗给自己打气，伸出食指，在自己的嘴唇上抚弄，用我从电视里学来的动作继续勾引方肃。

方肃：“……”

依然冷漠脸。

我都这样破廉耻了，方肃还是一副无动于衷的样子，他是不是钢铁直男啊？我一个冰清玉洁的小仙女不要面子的啊？

我暗戳戳地咬牙，廉耻再次突破下限，我伸出手指从小腿一路抚摸至大腿。电视里的祸国妖姬都是这么演的，这招一出，柳下惠都得变成西门庆，方肃总得有点反应了吧？

“……”

方肃终于有反应了！

他的薄唇动了动，说："我要看的是高级性感，不是卖弄风骚。"

我："……"

啊啊啊——好气啊！气得我高斯模糊！质壁分离！基因突变啊！

这已经不是我职业生涯中的一个小小挑战了，这是捍卫荣誉之战，我今天一定要让方肃拜倒在我的石榴裙下，捍卫我作为小仙女的尊严！

我化身受过核辐射的哥斯拉，从秀台上爬起来，雄赳赳气昂昂地跳下台，走到方肃面前恶狠狠地瞪着他。在方肃一副"想干架吗"的表情中……我瞬间化为绕指柔，右手轻轻地搭上他的肩膀。

卖弄风骚不成，我就只能剑走偏锋了！

提起剑走偏锋大户，舍何景耀其谁？

拍摄 Durand 广告时，何景耀的表现可以称得上是教科书级别的剑走偏锋，我只要学到他的三成，就够受用终生了。

我搭着方肃的肩慢悠悠地绕着他转了一圈，随后指尖抚上了他的脸颊。

方肃挑了挑眉，身子却是没动。

我深情地凝视着方肃，温柔地抚摸着他的脸颊，接着呢？我回忆着何景耀拍片时的表现，在心中默念了两遍"剑走偏锋"，嘴角勾起一抹魅惑的笑容，脸朝着方肃贴了过去。

接下来，当然是亲他啊！

动作要慢，要给方肃拒绝的机会，一点点增加他心中的压力，让他在紧张下心慌意乱。当他失去镇定推开我时，他就输了！

我一点点靠近方肃，我们凝视彼此，我们的距离越来越近，我们的呼吸缠绕在了一起，我们的唇即将与对方贴合。

方肃的目光闪烁了一下，在我以为他将主动退让时，他迅速恢复状态，目光重新与我对视，呈互不相让之势，我们……杠上了！

剧本不是这样的！

我们就这样近距离地凑在一起，再靠近一点就要贴上对方的唇。方肃不肯让步，就只有我让步了。可我都赌上了自己的荣誉，就这样认输宝宝不甘

心啊！谁能告诉我，现在这种局面究竟该怎么办啊？！

我紧张地咽了口唾沫，肾上腺分泌激素，脑袋嗡嗡作响，下意识地想，如果此刻是何景耀面对这种情况，他会怎么做？

当然是……不能尿，就是要亲他啊！

亲他！亲他！亲他！

谁尿谁不是小仙女！

倘若方肃秋后算账，是他自己没退开啊！一男一女靠那么近，不是要打架就是要接吻啊！我给了他足够的时间退开，他自己没有退开，怪我咯！

我也是不要脸了，继续往前凑，我们的呼吸紧紧交缠在一起，眼见双唇就要贴上，突然横空伸出一只手，抵住我的唇将我推开了。

方肃看着我，我看着方肃。

我的唇上残留着方肃掌心的温度，热乎乎的。

气氛……尴尬。

方肃主动打破沉默，虽然他说出的话还不如不说："卖弄风骚不成，改投怀送抱了？"

我面色如常地退开，转移话题："咳咳——你看我该怎么抢救一下？"

方肃顺着我的意思跳过了这个话题，问："跳舞会吗？"

我问："形体芭蕾？"

这是我最近的课程。

方肃表示："其他呢？"

我想了想："广场舞？"

方肃点头："挑一首欢快的。"

虽然我不明白方肃的用意，但作为曾经的广场一枝花，广场舞是我的专业领域。我飞快地在脑中搜索了一遍，问："要不我跳'大哥你家乡有四百斤鸭卖吗？是白拿白拿吗？'那首？"

方肃就是一个行走的表情包：你是想笑死我，继承我的王位吗？

"随你。"

我继续问："我可不可以穿上衣服跳？"

方肃一副“懒得跟你废话”的表情，同意了。

得到方肃的首肯，我飞快地穿上衣服，掏出手机找到那首歌曲，等音乐响起后兴奋地跳了起来。

大哥，你家乡有四百斤鸭卖吗？

是白拿吗？白拿吗？

是咧是咧是咧是咧，来干！

妹咧妹咧妹咧妹咧要不买单！

这首歌原名叫《Panama》，是新一代洗脑神曲，旋律魔性，听了就让人想疯狂尬舞，根本停不下来。我伴随着音乐疯狂舞动，如身处无人之境，整个人 high 到不行，跟猫吸了木天蓼一样。

一曲毕，我喘着气意犹未尽地看向方肃，邀请说：“方董，你觉得怎么样？要不要和我一起跟随音乐舞动起来？”

方肃冷漠脸：“把衣服脱了，上台走一圈。”

我愣了一下，方肃的想法就跟女人的心情似的，一会儿一个变。不过就这点小事，我也不会故意跟他唱反调，痛快地把衣服脱了，重新踏上秀台。

神曲跳得太 high 了，我上了台都没彻底冷静下来，走秀跟开万人演唱会似的，台下都是我的歌迷，他们为我痴狂、为我呐喊。等到了定点位置，我露出一抹魅惑的笑容，朝方肃眨了眨眼睛，右手比了个手枪的动作，又朝着他的胸口开了一枪。

尴尬？羞涩？不存在的！放我下台，我还能再跳三天三夜！

一圈走完，我回到方肃的面前，准备“再取其辱”。

这回方肃的面色缓和了许多，挑了挑眉说：“有点感觉。”

我眼睛一亮。

方肃点评说：“你现在驾驭不了‘性感’两个字，必须有其他优点来弥补。你可以将自己的风格设定为小太阳，自信张扬，让观众感受到你独特的魅力。”

确定人设后，接下来就是按照这个人设培训。为了消除我的拘束，每次培训前方肃都会让我跳一遍神曲，方便我放飞自我。我觉得自己的设定有点魔性，人家是“饿了吧，来一口士力架”，我是“紧张了吧，跳一曲广场舞”！

何景耀对于我要参加 Charites 大秀面试这件事倒是没有作天作地，而是客观地说：“是个不错的机会。”

他问：“这次面试你一个人去美国？不会迷路吧？”

我说：“方董会和我一起去。”

这句话一出，何景耀的神态就变了，不等他说些什么，我连忙堵住他的嘴：“你不要胡思乱想，我跟方肃是纯洁的上下属关系，我们是梦想合伙人！”

何景耀勾起嘴角说：“我什么都还没说，你就知道我要说些什么？岂不是不打自招？”

我翻了个白眼：“除了这些，你还能说些什么？”

何景耀表示：“堂堂国内一流模特经纪公司的老总，亲自陪同旗下的小模特去美国面试。与其说他是你的梦想合伙人，不如说他是个慈善家，专门来普度众生的，我更相信一些。”

这话的意思就是我在胡说八道咯？

何景耀一副过来人的语气：“男女之间没有纯友谊，除非……一方长得丑。先不提方肃是怎么看你的，你对他难道就没有一点想法？”

何景耀这句话倒是把我给难住了，如果再次强调我跟方肃是纯友谊，那不是变相承认我自己长得丑？

再说了，我对方肃就真的没有一点点的想法？

我的脑海里突然闪过和方肃贴在一起，双唇近在咫尺的画面，忍不住老脸一红。

什么样的友谊才能一言不合怼上就要亲嘴啊？！

还“不能怂，就是要亲他”！我当时究竟在想什么啊？！

何景耀看着我的表情，一副很懂的样子，说：“恭喜，第二春。”

我：“……”

Excuse me？何老师，你的词汇量很丰富哦。

翌日，我在医院梳洗完毕后，准备出发去新时代。

陆湘来看何景耀，我跟她打过招呼才离开。等走到医院门口，我发觉自己的手机忘带了，于是转了回去。

我离开的时候门没关上，留了一条缝，回去的时候，站在门口正好听见他们的谈话。

“恭喜你如愿以偿，这几天是不是很舒心？说实话，我很佩服你，为达目的不择手段。”

这是陆湘的声音，我从未听过她用这种语气说话。虽然脸上带着笑意，但语气尖锐，充满了嘲讽的意味。

我推门进去的手顿住了。

何景耀慢条斯理地说：“我不明白你在说些什么。”

陆湘表示：“道具组的工作人员是多年的老师傅了，拍摄前道具场景都检查过一遍，没有任何问题。可怎么拍摄到一半，场景突然就坍塌了？艳阳拍摄的时候，你一个人在场景边上站了很久，你在做什么？”

何景耀只觉好笑，问：“你该不会以为是我动了手脚吧？”

陆湘并不否认：“这要问你自己了。”

何景耀觉得荒谬，说：“我疯了吗？你知道我躺在医院一天损失多少？这次是我运气好，只断了几根肋骨，要是不走运，我的命当场就搁那儿了。我有什么理由拿自己的性命开玩笑？”

陆湘说：“为了艳阳，这个理由足够充分吗？”

何景耀表示：“你的笑话很好笑。”

陆湘无所谓地说：“你就当我是在说笑好了，反正这件事除了你我，不会再有第三个人知道，是真是假，又有什么关系呢？可怜我们杂志社成了最大输家，按照你的心意将裴西换成艳阳，却得面临巨额赔偿。”

我愣在门外，难以置信地听着两人的对话。

《Anne》突然将裴西换下，果然是何景耀的原因。而拍摄当天的意外，很有可能不是一场意外，而是何景耀人为制造的？何景耀当时扑过来将我护在身下不是本能反应，而是他早就在等待那一刻？

如果真的是这样，那这个世界太疯狂了！

他这么做的意义呢？正如何景耀所说，如果运气不好，场景塌下来，他可能就不只是断几根肋骨，而是有生命危险！

这个怀疑荒谬极了，可如果对象是何景耀的话……以他的性格，真的有可能做出这样丧失理智的事。

因为何景耀的性格本身就是极端的。

不，这只是个猜测。

陆湘没有直接的证据，倘若这件事真的只是个意外，而我贸然否定何景耀的牺牲，那也太让人心寒了。

屋内，陆湘与何景耀说完这段后，陆湘便提出了告辞。我的心里一团乱，本能地避免与他们正面遇上，迅速收回手离开了。

一路上我的脑子里乱糟糟的，等到了新时代，热身跳神曲时都心不在焉。方肃看出了我的异常，拍了拍身边的位子说："坐。"

我听话地坐了过去。

方肃问："你今天的状态不对，发生了什么事？"

我看着方肃的脸正准备倾诉，脑子里突然冒出一个念头，立即闭上嘴巴，脑袋垂了下去。过了三秒，我重新抬起头看向方肃，张了张嘴，又闭上嘴，把脑袋垂了下去。

方肃今天有做贴心小棉袄的潜质："不方便可以不说。"

倒也不是不方便，而是我突然想起来，我和方肃简直就是无话不谈！他有什么不可告人……不对，是不堪回首的往事都会告诉我，而我有什么不开心的事情也愿意跟他讲，我们俩太交心了！

"蓝颜知己""红颜知己"这两个词是很危险的！

我重新抬起头，意味深长地对着方肃说："方董，你这是在玩火啊……"

方肃："……"

他可能听不懂我突然冒出来的这句话是什么意思，但这并不妨碍他听出我这句话不怀好意。

方肃迅速从知心哥哥回归经纪公司老总的设定，板起脸说："有什么不开心的事，憋着。专业模特是不会让情绪影响工作状态的。"

我："……"

好好好，你是老板，你说了算。

第六章 沉迷赚钱，日渐消瘦

三日后，我和方肃一同搭上了前往纽约的航班，经过长达十四个小时的漫长飞行后，我们踏上了纽约的土地。

面试时间是翌日上午，我和方肃到酒店后睡了一觉，简单地倒了下时差，晚上约了同公司的两位参加 Charites 面试的模特吃饭。

其中一位是韩纾，新时代如今咖位最高的超模，登上“Industry Icons”榜单的大神，我慕名已久。只是人家是大忙人，我从未在公司和她碰上过。另一位模特是朱晓清，提起这位，就有点尴尬了。因为这位就是当年和我参加同一届新时代模特大赛，因为方董事长的个人喜好而屈居第二的那位模特。

当年比赛的时候，我们两个作为竞争对手，关系称不上针锋相对，却也绝对融洽不到哪儿去。数年过去，人家成了国际超模，而我还是个名不见经传的新人，说不尴尬，只能是我脸皮厚。

方肃今晚叫她们出来吃饭，未尝没有帮我拓展交际，让老司机带带我的

意思。韩纾平易近人，笑容爽朗，轻易就让人产生好感，朱晓清也表现出礼貌和友好。

韩纾和朱晓清跟我讲了一些明天面试的经验后，就聊起了时尚圈最近的八卦。听着是八卦趣谈，可如果你有心，就能从中获得时尚圈各位大佬的喜好，方便投其所好。

聊着聊着，就聊回了 Charites 秀，我感叹了一句：“做男人真幸福，世界上最性感的几十个女人穿着内衣让他们欣赏，顶级的视觉盛宴，怎么就没有男版的 Charites 秀，让我也爽一爽呢？”

方肃带着笑容说：“有啊，JK 内衣秀，几十万一张入场券，你有钱吗？”

JK 是美国蓝血品牌，旗下有三个主线，其中最负盛名的是内衣。男模只穿着内裤上台走秀，以大胆露骨闻名。广告更是劲爆，一言不合就十八禁，只有你想不到，没有你看不到！真的是没有一点点套路，满满的都是真诚！光是想想就让人把持不住！

嘤嘤嘤——好想看现场，可是我没有钱，老板还刺激我。

我捂着耳朵喊道：“走开，你们这些万恶的资本主义分子！不要再来烦我啦！”

方肃露出资本主义特有的“礼貌”微笑。

韩纾和朱晓清坐在对面，用一副很懂的表情看着我和方肃，可她们究竟懂了什么？

中途的时候，我上了一趟卫生间，出来的时候正好遇到朱晓清，她站在洗手池边洗手，神态自然地问：“你和老板在交往？”

我立马澄清：“不，没有的事，并不存在！”

朱晓清一副不信的样子。

我觉得她一定是认为我抱了方肃的大腿，方肃才会这样看重我。事实是……没错，我为了抱住方肃这条大腿，别说节操了，贞操……都可以不要！

以后我不知道，但此时此刻，我和方肃还是纯洁的梦想合伙人关系。朱晓清显然不信，我也不要脸了，带了点羞涩地问：“很明显吗？”

朱晓清回答：“当然。”

我故作烦恼地说：“其实我们没有真正开始，方董的自尊心比较强，不肯开口。”

朱晓清揶揄：“那你主动一点啊！”

我露出一个即将上天与太阳肩并肩的笑容：“不，你误会了，我的意思是……方董之所以不愿意主动开口，是因为他知道，他的告白一定会被我拒绝，所以他的自尊心不允许。”

朱晓清：“……”

她回了我一个复杂的表情：啊，那你不就好棒棒？要不要给你鼓掌，再把你举高高？是不是还想要亲亲？

我带着“人生大赢家”的笑容回到座位上，接下来的时间，朱晓清就用一副便秘的表情看着我。连方肃都看出了异样，用眼神询问，我回以一副“我是谁，我在哪儿，我什么都不知道”的表情。

当天的晚餐结束后，我和方肃回到酒店洗洗睡了。翌日上午，饥肠辘辘的我用垂涎欲滴的目光盯着方肃吃完早餐，出发前往面试场地。

我今天的面试着装是由方肃亲自搭配的，虽然不是什么奢侈品，但是干净利落，能凸显我的个人特质。

方肃带我到了面试地点后，就在附近找了一家咖啡馆坐着等。毕竟带着“经纪人”去面试，就像带着妈妈去面试一样。

我不要面子的啊？

今天面试的都是新人，像韩纾和朱晓清这样的直接进入复试。刚到面试现场，我就感受到了即将面临的激烈竞争。面试场地有几百人，最后能登上Charites大秀的，只有一两位。

从几百位新人中脱颖而出，对我而言，不是什么难事……大概吧。

初试的内容是脱掉外衣，穿着统一的黑色内衣进行走秀，其间你需要向面试官做自我介绍，面试官也会跟你聊天。时间只有短短几分钟，你必须在这几分钟内抓住面试官的眼球。

因为知道面试的时候需要脱衣服，所以在等待的过程中，我一个人在角落自high跳广场舞。

于是画面比较迷醉，周围的模特用诡异的眼神盯着我金蛇狂舞，而我如若身处无人之境。

我没有戴耳机放音乐，叫到我的时候，我立刻就走了过去。先是根据工作人员的安排在小房间里换内衣，紧接着……就是面对亮瞎人眼的白炽灯。

面试房间内打着十几台白炽灯，一张长桌后坐着五位面试官。我一进去，他们就用上菜市场买猪肉的眼光打量我。

太肥？

不要！

太瘦？

不要！

五花肉的比例不完美？

不要！

气势稍微弱一点的，见了这阵仗就得怯场。

我一点都不㞞，广场舞拯救人生！

我上前提交了自己的模特卡，随后向评委进行自我介绍，在他们的示意下走秀。我一边走一边在心里给自己打气："我是小仙女，我是天下第一美！我艳绝尘寰！无与伦比！只要通过面试，我就能登上 Charites 大秀，成为国际超模，包养小鲜肉，走上人生巅峰！"

我带着不知打哪儿来的自信走到评委面前，摆了一个定点 pose。

坐在中间是一位金发碧眼的中年男子，他开口问："你的呼吸有点重，是赶过来的吗？"

方肃提前用照片帮我认过脸，我一眼就认出眼前的外国人就是本次大秀的选角导演斯特芬。如果让这位导演认为我是赶过来的，不就说明我时间观念差，走秀也可能迟到？

我连忙笑着解释："不，我刚才在外面跳舞，所以有点喘。"

斯特芬有饶有兴致地问："跳舞？能跳给我们看看吗？"

敲黑板！聊天环节，必须让评委感到你的热情和魅力！

我毫不客气地自吹自擂："当然，我在家乡的广场舞领域可以说是独领风骚。”

我没有播放背景音乐，而是选择自己伴奏：“大哥，你家乡有四百斤鸭卖吗？是白拿白拿吗？是咧是咧是咧是咧……”随之而动的是我动人的舞姿。

我眼中的面试官不再是面试官，而是美元，我要把这些美元都带回家！

我热情奔放地跳了一段，意犹未尽地停下，眨着星星眼看向几位面试官。

几位面试官露出了笑意，斯特芬导演表示：“你跳得很棒，希望你能将这份快乐带到 Charites 的秀场上来。”

我：“嗯？”几个意思？

没等我琢磨出个子丑寅卯来，面试就结束了。我出了面试大楼和方肃会合，方肃问：“面试怎么样？”

我表情沉重地说：“不知道，毕竟面试官就算瞎，也不可能同时瞎五个吧？”

不待方肃说什么，我又深沉地补了一句：“在有生之年遇见你，竟花光我所有运气。”

这话乍听有点暧昧呢！可仔细一琢磨，方肃醒悟了过来：“你说我瞎是吧？”

我露出两颗小虎牙：“我可什么都没说，是你自己说的哦！”随后立即跑开，跟方肃玩“你来抓我啊”的游戏。

我跟方肃笑闹了一会儿，回到酒店才将面试的情况说了一遍。斯特芬最后的话像是在暗示什么，但不等到结果出来，谁都不能断言。如果初试通过，这两天就会有人通知我进行复试。

我和方肃暂时留在了纽约，我不是待在酒店健身，就是出去逛旅游景点。方肃则处理他的工作，或是出门应酬。

第三天下午，我们接到了 Charites 打来的电话，通知我第二天去复试。我高兴地在原地蹦了几下，蹦完还有点激动，偷偷看了方肃一眼，一言不合就上去给了他一个热情的拥抱。

方肃取笑说：“一个初试就把你乐成这样，即使进行了试装，也有可能被换下来。”

方肃的这盆冷水泼得我十分不乐意，这只是一个初试吗？不！这是我向美元迈进的一大步！

我觉得还是不要乱立 flag，以防被人打脸。

打脸的人当然是我啦！

复试的地址仍旧是老地方，方肃没有陪我去，而是出门办自己的事情去了。初试主要看模特的台步、身材、气质以及个性，复试则是看模特对服装的驾驭能力，同样的服饰，不同的人展示，就能看到不同的风情。

我分到的是一套运动系列的内衣，我亮出自己的加分利器，两颗小虎牙，走得活力四射，与太阳肩并肩。

面试结束后，依然是回去等通知。

我回到酒店的时候已经是下午了，方肃早回来了，抱着一台笔记本电脑坐在沙发上办公。屋内空调的温度开得奇高，我一进屋就感觉热乎乎的。

我说："我回来啦。"

方肃将注意力转移到我身上，正准备说话，突然打了个喷嚏。

我幸灾乐祸地说："是不是有人在骂你？"

方肃瞪了我一眼，正准备再开口，又打了个喷嚏。

我难以置信地说："不会吧，难道有人在想你？"

方肃转过头去，决定无视我，然后……又打了个喷嚏。

我秒懂："方董，你感冒了。"

我感触颇深："没想到方董你看着人高马大，其实外强中干啊！我觉得你主要是缺少运动，吃得太好。你看我一个女同胞，吃得比猪差，干得比驴多，依然生龙活虎的。"

方肃回了我一个字："呵！"将他的无情、冷酷、轻蔑表达得淋漓尽致。

我走到厨房烧了一壶热水，用玻璃杯装着端到方肃面前，说出了那句直男的经典台词："多喝热水。"

事实证明，这句话由男同胞说来是送命，由女同胞说来就是送分了。

方肃端起热水喝了一口，面色缓和了一些，终于开了尊口："回来的时候遇到有个小孩掉水里，我捞他起来的时候受了凉。"

我顿时重新审视起方肃，嘲讽技能和拍马屁技能无缝对接："方董，你这是见义勇为、乐善好施啊！你是祖国的骄傲，人民的英雄！新时代的楷模！我的人生导师！"

这一通马屁拍得方肃受不了，他回了我一个冷漠脸。

既然 Charites 的复试已经结束，我和方肃订了机票，准备明日回国。方肃由于身体不适，早早回屋睡了。

翌日早上，我梳洗完毕后坐在桌前吃坚果，方肃还在屋里睡觉。我看了一眼手表，八点零五分，飞机是上午十一点的，如果方肃再赖床，我们可能会赶不上飞机。

我走到方肃的门口敲了敲门："方董，起床啦，我们要迟到了！"

屋内没有回应。

我又敲了几下："方董？"

屋内依然没有反应。

这么大的动静，睡得再沉也该醒了吧？

我有点不好的预感，说："方董，你再不出声我就进去咯？"

我又等了十秒，确定屋内没有回应后，推开门走了进去。屋内漆黑一片，我打开灯，就见方肃陷在一片柔软的被窝中，露出一个黑色的发顶。

我上前掀开方肃头上的被子，只见方肃侧卧在床上，双目紧闭，眉头紧蹙。

"方董？"

我握住他的肩膀晃了晃，这才发现他身上热乎乎的。我摸了摸他的额头，发现他发烧了。这么大的动静，方肃终于醒了，他睁开眼看向我，嗓子嘶哑："几点了？"

我说："八点十分。"

方肃撑起身子想要坐起来，但有些无力。他发现了自己的异样，靠在床头摸了摸自己的额头。

我说："方董，你发烧了，我把机票改签吧？"

方肃说："不用，帮我买盒退烧药，我在飞机上睡一觉就好了。"

我是不赞同他这么拼的，要在飞机上待十几个小时，哪里休息得好，

万一再着了凉，病情更严重怎么办？可是我这么劝，方肃肯定不会听，他独裁得很。

我想了想，妥协了。

“也对，我订的是折扣票，改签还得收手续费。”

方肃闻言，起身的动作一顿，用一种心寒至极的目光盯着我。

我不解地问：“方董，你怎么了？”

方肃愤恨地躺回床上：“改签！我要休息！”

我心疼地说：“你忍忍，上了飞机再休息不行吗？我订的是特价票，改签费都得四位数。”

方肃非常冷酷无情地说：“我不缺钱！”

可我缺啊！你有钱请用来羞辱我好吗？！

说真的，方肃摊上我这个梦想合伙人也是蛮悲催的，一个出行都有秘书订票的霸道总裁，居然沦落到跟我争论机票改签费的地步。

既然方肃说今天休息，我肯定不会硬拉着他登机。我出门买了一盒退烧药，又借酒店的厨房熬了一锅稀粥。

你问我为什么能用酒店的厨房？

方董事长言传身教了这么久，我难道还不明白，“能用钱解决的问题都不是问题”这个道理吗？

我熬好粥，倒了一杯温水，带着感冒药重新推开了方肃的房门。

“方董，醒醒，喝点粥，吃了退烧药再睡。”

方肃睡眼蒙眬地睁开眼：“把退烧药给我。”

我劝说：“霸道总裁的人设不都是胃不好吗？空腹吃退烧药伤胃，你喝两口粥再吃药嘛。”

不给方肃拒绝的机会，我露出母亲般慈祥的微笑：“就喝两口，好不好？这可是我亲手熬的粥。”

方肃无语地看了我一会儿，算是同意了。他撑起身子靠在床头，我帮他掖好被子后，端起碗喂他喝粥。

据说人生病的时候，心灵特别脆弱，这种狂刷好感度的机会，我怎么能错过呢？大腿抱得稳，发家致富不是梦！

方肃是个特别有原则的人，答应了喝两口粥就是两口，多一口都不肯喝。他喝过粥，吞了药片，躺下继续休息。

我往他额头上贴了一张退热贴，过几个小时就进屋去看一下。方肃的体质还是不错的，半夜就退了烧。

我打了个哈欠，正准备回屋睡觉，看着方肃的睡颜突然生出歹念。方肃此刻安静地躺在床上，面容因为生病而有些憔悴，却依然英俊非凡。

方肃睡着了，这时候不做点什么，我怎么对得起自己？我咽了一口唾沫，心跳渐渐加快，最后伸出了罪恶之手……

我从口袋里掏出手机，打开摄像头对准了方肃的脸。

我可是励志要拥有方肃表情包的女人！上回方肃喝醉时，我虽然偷拍了一张照片，但可用的素材太少了！我必须抓住一切机会收集素材！

“咔嚓！”

突兀的快门声在屋内响起，我吓了一跳，反射性地看向方肃。他安静地躺在床上睡觉，没有一点动静。

我心里一激动，盘腿就在方肃的床边坐下，打开图片编辑器“啪啪啪”开始编辑图片。

上回方肃喝醉时，我给他配的文字是“爱情这杯酒，谁喝都得醉”。这回的生病图，我又配什么文字呢？

“我要睡觉了，麻烦关一下灯，谢谢。”

不行不行，太平常了，浪费了珍稀素材。

“感觉身体被掏空？”

哎哟，感觉不错呢，惹人遐想！

还有没有更好的呢？

我开动脑筋，眼珠骨碌骨碌地转了几圈，随后眼睛一亮，“啪啪啪”在手机上打上一行字：沉迷赚钱，日渐消瘦！

神来之笔，升华了主题有没有？！

我心里正得意，突然斜里伸出一只手，从我手中夺走了手机。

我连忙抬起头，就见方肃不知何时醒了，拿着我的手机看屏幕。我的耳边仿佛响起了死亡之曲……

绝对！绝对不能让他看到！

我来不及思考，一招猛虎下山就扑了上去，誓要抢回方肃手中的手机！方肃敏捷地将手一缩，我这只猛虎扑了个空！

我整个人都压在方肃身上，也顾不得什么章法，就是张牙舞爪地捣乱，不让方肃有机会看手机。方肃被我闹得无法，伸出一只手抓住我的两只手腕，将我禁锢住。

男女的力道悬殊，方肃动了真格，我两只手都挣脱不了他的一只手。我挣得气喘吁吁才死心停下来，这一停，才发现我和方肃此刻的姿势太出格了！

我整个人都压在方肃的身上，方肃握住了我的两只手腕，迫使我紧紧贴在他的身上，我只要稍稍低头就能亲到他的嘴。

方肃也发现我们的姿势有点问题。

提问：如何不动声色地缓解眼前的尴尬呢？

答：敌不动，我不动！

我看着方肃，方肃看着我，我看着方肃……

方肃……动了！

他转过头，看向方才打斗过程中一直抓在另一只手中的手机。

他看到了我刚刚制作的表情！

方肃黑着脸看向我，一字一句地说："沉迷赚钱，日渐消瘦？"

嘤嘤嘤——我秒尿，紧急启动应急方案，温柔似水地伸出手摸了摸方肃的额头，说："太好了，你的烧退了，那我回去休息了。你好好照顾自己，别让我担心。"说完，以迅雷不及掩耳之势抢走方肃手中的手机，夺门而出！

嘿嘿嘿嘿，三十六计，走为上策！

方肃的烧当晚就退了，翌日，我们重新订了机票回国。

何景耀在医院待了半个月之后回了自己的公寓休养，《Anne》杂志赔了何景耀一笔巨额的赔偿费，更改了动态广告的拍摄计划，可以说是损失巨大了。

十日后，在我的望眼欲穿下，方肃接到了Charites打来的电话，通知我去试装。

旋转，跳跃，我闭着眼！

我跟方肃讲："方董，对于你看好我这件事，我终于可以给予你充分的肯定了！这世界上瞎的人还是挺多的。"

方肃："……"

你这么厉害，要不要给你抱抱、举高高、亲亲啊？

我狂饮了一排AD钙奶庆祝，然后被方肃丢去密集训练。

Charites试装时，我分到的仍然是运动风格的内衣。新人一般都是走运动主题，我觉得Charites应该非常喜欢我的小虎牙，完全满足了他们活力四射、具有感染力的要求。

方肃也表示，我的两颗小虎牙是作弊利器，前期可以助我迅速成名，然而过分依赖两颗小虎牙，后期想要寻求突破，打破固有形象会很困难。

可谓是成也萧何，败也萧何。

但……我现在还没成名，两颗小虎牙还是要物尽其用的呀！

眨眼就到了Charites大秀前三日，我再次登上前往美国的飞机，住进Charites安排的酒店。全球顶级超模在纽约汇聚，从前只能在电视里看到的超级名模，如今就出现在我身边。我如同刘姥姥进了大观园，不对，是皇帝入了后宫，名模环绕，眼花缭乱，目不暇接。

大长腿！

小腰精！

盛世美颜！

当然，有女人的地方一定少不了争斗。

即使是顶级模特圈，身价也各不相同，有谦虚有礼的，也不乏捧高踩低的。合影或拍摄宣传时，为了卡位抢镜，可谓是八仙过海，各显神通。有的大腿都抬到了腰间，毕竟能够登上Charites的大秀，谁都不是省油的灯，谁都不想被比下去不是？

自古美女都是相轻的！

韩纾和朱晓清按照方肃的意思，对我颇为照顾，介绍熟悉的模特给我认识，告诉我如何低调而不失大气地抢镜。

简而言之就是：不能尿，就是要干！

我：“……”

真是符合我一贯的做人准则呢！

Charites 开秀前，每位模特都被要求做了美黑。美黑就是躺在日晒机里用紫外线人工晒黑，中国人讲究一白遮百丑，外国人却喜欢美黑，他们认为古铜色才是健康肤色。

大秀当天，后台早早就忙了起来，模特被安排着化妆、打理发型、美甲，确保美到每一根头发丝。

今天有媒体开放时间，方肃也来了，问我：“紧张吗？”

我点了点头，说：“有点。”

方肃难得幽默了一回：“放松，只要不是摔在台上，一切都好说。”

我摆出一副假笑面孔：“方董，你的语文是不是体育老师教的，导致你对鼓励别人的方式有什么误解？”

方肃笑了，终于说了一句中听的话：“加油，我们的目标是星辰大海。”

方肃和我聊了一会儿，有媒体过来采访，他就先离开了，晚上他会坐在台下看我走秀。

开秀前的最后一遍彩排，我们换上今晚要展示的服装。彩排结束后，斯特芬突然将我叫了过去：“Sunny，你今晚的服装调整一下。”说着，他示意我看向挂在模特架上的那身内衣。

那是一身黑色的蕾丝内衣，颈上一条红色的颈饰，缀着铃铛，头上两个恶魔的小角，臀部还有一根带箭头的小尾巴。

我记得这是小恶魔主题的服装，野性与性感并存，是由另外一位模特演绎的，和我原来的那身风格大相径庭。

我问：“我能知道理由吗？”

斯特芬表示：“我认为你现在的状态更适合这一身。”

一言不合就要给我更换 look，生活真是处处充满了挑战呢！

试装时我穿的是运动风格的内衣，我的定点动作是根据运动风格设计的，临时换装，我的定点动作也得更换。

最大的问题是，我现在能驾驭“性感”两个字吗？

斯特芬真是给我出了一个大难题！

时间一分一秒地过去，Charites 大秀即将拉开帷幕，后台紧张而忙碌。随着倒计时开始，灯光亮起，开场模特上台，大秀正式拉开帷幕！

即将上台的模特候场，在场控的示意下一一登场，我的心跳得越来越快。终于到我了，场控示意我：“Sunny！ Go！”

我深吸一口气，走出候场区站上秀台，当耀目的白炽灯照到我身上的时候，我觉得自己瞬间踏在了云端，全场数千道目光集中在我身上。

我面带微笑，一步步走向台前，Charites 秀可以和台下的观众互动，我朝观众投去一眼，准备收回目光的时候，看见了方肃。

他坐在第一排的嘉宾席上，全神贯注地看着我。

他没有微笑，也没有露出担忧的表情，只是专注地看着我。那一刻，我突然无比清晰地意识到，我此刻站在这个 T 台上，不只是为了实现自己的梦想，同样也寄托了方肃的梦想，是他推着我，一步步登上从前可望而不可即的高度。

所以我不能输，我不能只做到不摔在台上，我要让全世界的目光都聚焦我身上！我要牢牢地抓住每一次机会！

我站上定位点，摆了一个中规中矩的 pose，随后在转身的那一刻，伸出指尖轻轻地勾了一下自己的肩带，加深嘴角的弧度，露出两颗尖尖的小虎牙，挑衅地看了镜头一眼。

秀台只有短短的几十米，进入后台后，我觉得浑身都虚脱了。韩纾上来给了我一个拥抱，说：“你今天的表现很精彩。”

我说：“谢谢。”

我只有一身展示的服装，接下来就是等所有模特走秀完毕，一起上台谢幕。

全部服装展示完毕，再次登上秀台时，我已经没有了刚才的紧张感。彩带、

花瓣、气球从空中飘落下来，耳边是观众的掌声和叫声，大家一起随着音乐舞动，这是一场狂欢。

我沉浸在这一切中，享受着眼前的一切。我站在方肃的面前，朝着他露出两颗牙齿，开心地笑了。

方肃弯着眼，两片性感的薄唇勾起，站起身对着我鼓掌。正好一个爱心气球飘到我眼前，我将它抓住，随后丢下台，丢到方肃的怀里，朝着他鞠了个躬。

我的本意是感谢方肃对我的栽培，还有给予我的这些机会，但鞠完躬后，我觉得这有点像小辈跟长辈问好，忍不住笑场。

方肃挑了挑眉，神色莫名地看着我一个人瞎乐。

大秀结束后，就是今晚真正的狂欢：after party。

今晚大秀的模特、工作人员和嘉宾都会出席，庆祝大秀的圆满落幕。

每年模特在after party上的着装都能引起一番攀比，谁谁谁艳压群芳，谁谁谁用力过猛，谁谁谁令人眼前一亮。总而言之，女人多的地方就是战场。

方肃为我准备的是一件简约的白色礼服，不简单的是……背后一大片的镂空。

心机好深！

聚会开始后，聊天的聊天，攀关系的攀关系，跳舞的跳舞。作为广场舞小天后，我灌了自己一杯香槟后，兴致上来了，问方肃：“跳舞吗？”

方肃果断拒绝：“你去吧。”

于是我丢下方肃上台尬舞了。

背景音乐没听过？不在乎的！音乐在我心中，跟着我的节奏一起舞动起来！

“大哥，你家乡有四百斤鸭卖吗？是白拿白拿吗？”

“音浪太强！不晃会被撞到地上！”

“完全都不会疲倦！我还要再跳三天三夜！我现在的心情轻得好像可以飞！”

我完全放飞自我，怎么high怎么来，渐渐将周围的目光都吸引了过来。

一起来尬舞，有空喝酒不如尬舞，有空聊天不如尬舞！

在舞池中央折腾了半个小时后，我气喘吁吁地回到位子上，一口气喝了两杯香槟解渴。香槟的度数虽然低，但我平时不喝酒，今晚连灌了两杯，脸立即红了，连脑子都变得有点迟钝。我整个人后仰靠在沙发上，眼神飘忽地看了一会儿台上的人跳舞，随后转过头看向方肃。

他坐在暗处，旋转灯时而从他身上掠过，他漆黑的瞳孔被点亮，璀璨得仿佛藏了漫天星河。

如果没有方肃，我可能依然在人才市场四处碰壁，然后成为一个普通的上班族，朝九晚五，过着平凡的一生。然而这一切在遇到方肃后变得截然不同，此刻我站在璀璨的聚光灯下，朝着自己的梦想一步步前行。

并且，我不是孤独的。

方肃陪着我，一步步迈向梦想的终点。

我痴痴地盯着方肃说："方董，你就像是我的一个梦。"

方肃转过头，目光落在我身上。他可能觉得我醉了，露出一个笑容说："是吗？那就让你的梦想照亮现实。"

我盯着方肃勾起的嘴角，突然想起训练室的那天，我们紧紧地贴在一起，双唇只有一毫米的距离，只要再靠近一点点，我们的唇就能贴在一起。

我觉得自己被蛊惑了，在震耳欲聋的音乐中，在五彩斑斓的旋转灯下，我鬼使神差地向方肃贴了过去。

我没有明确的目的，只是听从心的召唤，一点一点地靠了过去。

方肃一动不动地盯着我，我一点点地贴近他，我们的呼吸渐渐交缠在了一起，我可以近距离地细数他的睫毛。

画面仿佛与上次重叠，唯一不同的是，上次那只阻挠的手并未出现，我的唇抵达了终点！

方肃的唇非常柔软，略微带着凉意，恰好缓解了我酒后燥热的身体，令我情不自禁地想要索取更多。我含住方肃的上唇，正准备进一步行动，耳边突然响起一阵起哄声，紧接着有闪光灯亮起。

太吵了！

我忍不住用余光看向喧闹的发源地，韩纾和其他几位超模站在不远处，用一副“666”的表情看着我，还有人用相机对准了我。

我的脑子瞬间就清醒了，眼睛瞪得像铜铃。

我是谁？我在哪儿？我在干什么？！

我转过头看向方肃，他的脸上看不出什么异样的情绪，但眼前的情形已经严重出格，我的大脑彻底罢工。

既然不知道怎么面对，那就不要面对好了！

我闭上双眼，往沙发上一倒，装死！耳边不知是谁喊了一句：“你有本事亲，有本事承认啊！”

我装死，装死，坚持装死。

我的坚持成功地让那些看客散了场，我能感觉到方肃坐在我身边，既没有离开，也没有任何动静。过了半晌，有一只手推了推我：“起来。”

我听出了方肃的声音，依然装死。

方肃又推了我一下，我坚持装死一百年不动摇。

我终于听到了方肃对于这一系列事件的评价：“㞞。”

我：“……”

就㞞！就㞞！就㞞！你永远也没有办法叫醒一个装醉的人！

我感觉自己的胳膊被人抓住了，紧接着，一股不可抗拒的力量将我拽了起来，上身趴在什么东西上，整个人凌空而起。

我吓了一跳，赶忙睁开了眼，有人将我背了起来，正朝着出口的方向走去。虽然已经猜到背起我的人是谁，我仍然忍不住悄咪咪地转过头看了一眼。

嗯……是方肃。

他应该知道我是装醉，为什么还要背我？难道他也知道我一旦“醒了”，场面会出奇尴尬？

嗯！好人一生平安！

聚会后的活动地点距离酒店不远，方肃将我背回去后，非常不怜香惜玉地把我丢在了床上。我本来就有些醉了，在方肃背上趴了一路，迷迷糊糊，一沾到枕头就陷入沉沉的睡梦中。

翌日，我从床上醒来时，感觉脑袋隐隐胀痛。我捂着头在床上躺了一分钟，昨夜的记忆一一再现，我……

我再睡死过去一回，行吗？

答案肯定是不行的，虽然现实鲜血淋淋，但我依然要勇敢地面对它。我磨磨蹭蹭地在浴室洗了个澡，磨磨蹭蹭地换了一身衣服，最后实在磨蹭不下去，只能打开房门。

方肃正坐在客厅的沙发上看报纸，桌上摆着一杯咖啡。

我神色自然地打招呼：“早啊！”

方肃向我投来一眼，回了一个字：“早。”

我打定主意要将昨晚的事情尘封，便扯了件无关紧要的事情来继续话

题："我们是下午的飞机回国吗？"

这回方肃的目光锁定在我身上："你想跟我说的是这件事？"

我："……"

几个意思？哪壶不开提哪壶？！呵呵，我是绝对不会承认的！

我捂着脑袋呻吟了一声："我昨晚是怎么回来的？我没怎么喝过酒，没想到两杯香槟都顶不住，昨晚没出什么洋相吧？我也不知道自己的酒品好不好。"

方肃面无表情地盯着我看了一会儿，吐出一个字："㞞。"

我："……"

㞞就一个字，你昨晚已经说过了，为什么还要说一遍？！我小仙女不要面子的啊？！我火气上来了，就……㞞给方肃看了！

我若无其事地转头，搓搓手："啊，好饿，早饭吃点什么好呢？"

说真的，虽然我一直说方肃是霸道总裁，但这是指事业方面。在感情方面，从他默默守护了裴西几年来看，他属于那种剑走偏锋，暖男型的苦情人设。

如果是真正的霸道总裁，定会将我往墙上一推，"壁咚"，然后露出一个魅惑的笑容："女人，你这是在玩火。"一言不合就强吻，逼得我不得不回忆起昨晚的事情来。

方董事长这种就很吃亏了，遇上我这种完事就不认账的人，简直是毫无办法啊！他总不可能抓着我的领口控诉："你无情！你残酷！你无理取闹！"

想通这一点后，我将自己的人设修改成始乱终弃的渣女，整个人都理直气壮起来，悠然自得地准备去吃早餐。

身后突然响起方肃冷冷的三个字："林㞞㞞。"

我："……"

你说我㞞我都忍了，说两遍也忍了！还给我起绰号！又不是小学生，幼稚不幼稚，能不能好好说话啊？！

我今天要是不给方肃一点颜色看看，这个耻辱的绰号可能就要伴随我一生了！

我怒火中烧，把理智丢去喂狗，雄赳赳气昂昂地退回方肃面前，用力摁住他的肩膀，迫使他靠上沙发靠背，随后凑上去重重地在他唇上亲了一记，凶神恶煞地瞪着他说：“亲的就是你！怎么了？！”

方肃目瞪口呆。

方肃这种感情内敛的人，肯定没遇到过我这种简单粗暴的，被我不按套路出牌的行为惊得压根儿说不出话来。我下嘴后原本有点尿，一看方肃这副表情，瞬间又理直气壮起来。

不能尿，就是要干！

舍得一身剐，敢把皇帝拉下马！

我霸气地告诉方肃：“记住我的名字，林怼怼！”说完，我扬起胜利者的笑容，霸气外露地吃完早餐，打开手机，搜索关于自己的新闻。

Charites 大秀昨晚落幕，各大时尚媒体的新闻都已经出来。国外有几家媒体提到了我，说是一个亮眼的新人，国内的报道就多了。

对于我初次登上 Charites 大秀，国内媒体给予了极大的关注。而我昨晚的表现，媒体的点评是个性鲜明，没有新人的拘谨，在众神云集的大秀中依然有不俗的表现。

我仔细研究了一下自己昨晚的镜头，有些理解斯特芬为何临时要为我更换 look 了。

大秀前的美黑将我的肌肤晒黑了一个度，皮肤黑了，就显得牙齿更白。我穿上一身恶魔装，露出两颗尖尖的牙齿挑衅，活脱脱就是一只磨人的小恶魔，连我自己看了都想把这只小恶魔抓起来，“啪啪啪”地打屁股了。

国内媒体对于我的评价几乎都是褒奖，风头甚至盖过了韩纾和朱晓清，上了热搜第一名。

如果前面没有一个前缀，“何景耀女友”就更好了。

国内媒体坚持要带上何景耀蹭热度，有了何景耀这个热门人物，原本对 Charites 大秀不感兴趣的路人都会点进来看一眼。

这样的热度，真是让人很不爽啊！

翻完自己的新闻，我放下手机，转头看向方肃。他正捧着笔记本电脑在办公，察觉到我的视线，向我看了一眼，就是眼神不怎么友善。

作为一个要颜值有颜值、要身价有身价的霸道总裁，被下属强吻，眼神能友善得起来才怪。方肃能忍住不对我动手，就已经修养满分了。于是我感激万分，回了一个礼貌而不失亲切的笑容。

方肃冷笑一声，送了我四个字：“人面兽心。”

我：“……”

怎么有种女土匪调戏了良家男子的既视感？

我拱手，谦虚地说：“承让，承让了！”

我认定了“林怼怼”的人设，面对方肃时就没有什么不自然了。

我悠闲地收拾好自己的行李，吃过午餐，同方肃前往机场搭乘飞机回国。

飞机落地时，国内正是下午，我打开手机，三个未接来电，都是何景耀打来的。我刚准备回拨回去，手机电量告急，自动关机了。

我和方肃取了行李，走出海关，就见出口处蹲了好几家媒体和狗仔，扛着长枪短炮。我跟方肃玩笑说：“这是在蹲哪个大明星呢？”正说着，方肃的手机响了。

电话那头不知说了什么，方肃突然顿住了脚步，蹙着眉说了一句：“我知道了。”说完便挂了电话。

我问：“怎么了？”

方肃抓住我的手腕说：“我们先回关内。”

我莫名其妙地问：“你有东西落在飞机上了？”

话音刚落，原本蹲在出口处的媒体和狗仔看见我和方肃的身影，齐刷刷地眼前一亮，一蜂窝地拥过来，将我们团团围住。

“林艳阳，请问你和方董事长是在交往吗？”

“我们想知道，你跟何景耀的恋情是否属实？你对自己和方董事长的吻照又作何解释呢？”

“你跟何景耀交往多年，是什么让你背叛了这份感情？金钱还是名利？何景耀是否知道你对恋情不忠的事实？”

我被这噼里啪啦一连串的问题问蒙了，我跟何景耀的绯闻先不提，我和方肃的吻照又是怎么回事？

我这里热闹得很，方肃那儿也清净不到哪里去。

“方董事长，请问您是在跟林艳阳交往吗？你们是从什么时候开始交往的？”

“方董，您对林艳阳脚踏两条船的事情是否知晓？”

“如果女友出轨，您会选择原谅她吗？”

我：“……”

我大概知道发生什么事了，应该是前天晚上after party，我被美色冲昏了头脑，亲方肃的照片曝光了。

说真的，你们这些记者媒体要不要这么势利啊？！采访我就说我劈腿，背叛了跟何景耀的感情，就差戳着我的胸口问我的良心会不会痛了！对待方肃，就把责任全推到我身上，居然还用敬称“您”！你们怎么不问问他，是不是作为第三者介入我跟何景耀的感情啊？！是不是怕他一个不爽，你们杂志就“天凉王破”啊？！

我有小情绪了，拨开眼前的录音笔，冷漠地往前走。

记者紧追不舍：“林艳阳，你的沉默是不是代表你已经默认了这些事实？”

我：“……”

不说话也是我的错咯？！

我正准备怼回去，一只手突然环住我的肩，用不容挣脱的力道将我搂了过去。

我惊讶地转头看向方肃，他目视前方，隔开挡在前方的记者，搂着我的肩霸道强势地继续往前走。

方肃这一下，将所有记者的目光都吸引了过去，录音笔全都递到了他面前：“方董，您此举是想正式公开您和林艳阳的恋情吗？”

“你真的不介意你的女人除了你以外还有其他男人吗？”

方肃霸道总裁的气场全开，用八个字回应了所有问题。造谣我跟何景耀交往的，他一律回复“无稽之谈”，追问我和他的恋情，就用“无可奉告”四个字。

就这样艰难地走了一段路，我们的司机才带着安保人员赶到，将记者隔

离开来。我们一路被护送着上了车，总算是松了一口气。

经此一役，我算是彻底看清了，霸道总裁就是霸道总裁，有事的时候，还是得霸道总裁撑场子；没事的时候……我就窝里横！

方肃上了车，掏出手机查看这两天的新闻，我手机关机了，自觉地把脑袋凑过去一起看。

虽然知道亲吻的事情已经曝光，但真正看到照片，画面还是非常有冲击力的。

照片是从侧面拍摄的，正好将我和方肃的脸都照了进去，而且明显能看出是我主动亲方肃的。如果不是后面拍摄到了方肃背我离开的画面，完全就是我单方面勾引方肃，投怀送抱了！

这两张照片是外国媒体发布的，传到国内有延时，所以昨天我上网时，国内网络风平浪静，等我跟方肃上了飞机，这些照片也传到了国内……

新闻标题一个比一个劲爆：《实锤！何景耀女友劈腿！》《何景耀女友为嫁豪门，劈腿新时代老总！》《何景耀深夜买醉，女友 after party 劈腿被拍！》……

我真的好生气哦！编排我的绯闻，还省略我的名字，“何景耀女友”是什么鬼？嫌我没有名气，没几个人知道，那就别编排我啊！不蹭何景耀热度会死啊？！以及，何景耀深夜买醉是什么鬼？人家好好在家养伤好吗？！

我生无可恋地看着屏幕。

方肃瞥了我一眼，语气幽幽地补了一刀：“真相可能迟到，但绝不会缺席。”

我：“……”

我都承认自己亲过你了，你还想怎样？！

我瞪着方肃。

方肃勾起嘴角，挑衅：“怎么，还想亲我？”

前排的司机自认为不着痕迹地从后视镜里看了我们一眼。

我暗忖接下来有一个烂摊子等着收拾，不宜再得罪方肃，于是竖起大拇指跟方肃说：“你厉害！”

原定计划是我和方肃下了飞机，各自回去休息，但吻照的事情突然爆出来，我们也没心情休息了，直接到了新时代。

新时代门口围了一群记者，我和方肃被保安护着进了公司，迎接我们的是……公司员工或光明正大地围观，或默默地偷窥。我跟在方肃身后，直到进了他的办公室，才将那些灼人的目光隔绝。

我把烂摊子甩给方肃："现在怎么办？"

方肃问："你自己惹的事，问我怎么收场？"

我说："什么叫我惹的事，你也有份啊。那天晚上我亲你的时候如果你躲开，不就什么事情都没了？"

方肃："……"

他用一种不可思议的眼神看着我，似乎从未见过如此厚颜无耻之人！

我理直气壮地回视。

方肃瞪了我一会儿，才将这场烂摊子接了过去："现在有四个解决方案。"

我洗耳恭听。

方肃表示："一，不予回应。媒体挖不到料，自然会消停。"

我连忙把头摇得跟拨浪鼓一样，媒体是会消停，但那时我的名声已经跟臭鸡蛋一样臭了。

我眼神坚毅地说："我是干干净净地来到这个世界上的，我希望我走的时候也是干干净净的。"

方肃无语地看着我。

我催促说："第二个方案呢？"

方肃回答："酒后失德。"

我："呵呵，你说得非常正确，但我不听你的，直接说第三个。"

方肃勾起嘴角，指了指我，说："你，暗恋我，情难自禁。"

我："……"

我表示："方董，有自信是好事，但脑补过头就不好了。"

方肃问："如果不是这个理由，你亲我的动机又是什么？"

有完没完？！这件事你究竟要提几遍？！你是不是准备把它带进棺材

里？！

接吻一时爽，事后悔断肠啊！

我回答：“没有什么动机，我这个人就是喝醉酒会化身接吻狂魔，现在不是追究责任的时候，能不能直接说你的第四个方案？”

方肃说：“四，我们正在交往。”

我乍听觉得挺荒谬的，但仔细想想，又觉得这是现在可行度最高的一个方案了。我和方肃接吻的照片都被抓到了，再说我们是纯洁关系，谁信啊？！

要么交往，要么我单方面暗恋，只要不傻肯定知道选哪个。我言之凿凿地告诉方肃：“我们正在交往！”

方肃笑了：“你说交往就交往？我凭什么听你的？”

这个磨人的小妖精！

我气势一点没输：“因为我一直很听你的话啊！我的梦想就是发财，你要我当国模首席，我就一直朝着这个目标努力。这种人生大事我都听你的了，难道你还不愿意为了我做出一点点小小的牺牲？”

方肃气乐了：“这么说我还得谢谢你？”

我说：“谢就不必了。方董，您放心，我是在党的光辉下成长的，从小熟读‘八荣八耻’，我们就是名义上的情侣，除非你自愿，否则我是绝对不会强迫你的！”

方肃：“呵呵。”

我催促：“成不成一句话。”

方肃思忖了一会儿，提出要求：“从现在起，无论我说什么，你都不能顶嘴。”

我说：“人生大事我都听你的了，难道还能为一点小事跟你顶嘴？”

方肃表示：“那可不一定。”

知我者，方董也。

真到了那时，我是在顶嘴吗？我是在为自己争取合法权益啊！

在我的一再保证下，方肃终于点了点高贵的头颅，答应跟我“交往”。我们成功地狼狈为奸，不对，是建立了更深厚的感情。

方肃说："这件事我会让公关部门公布，你让何景耀出面澄清一下你们的关系。"

我勾起嘴角，和黑暗势力结盟："好的，方董，您放宽心吧！"

搞定了方肃，我趁热打铁跑去找何景耀。何景耀住的是高级住宅，小区外虽然有狗仔，但我躲在车里，进了小区才下车，顺利躲过了狗仔的视线。

何景耀此时已经可以下床走动，只是需要静养，不能进行任何剧烈运动。他一见我就揶揄："蜜月度得乐不思蜀，连我的电话都不接了？"

我嘴角一抽，冷漠地说："你不说话，没人把你当哑巴。"说完才想起我是来找何景耀帮忙澄清绯闻的，连忙抢救了一下我们的友谊。

"我刚下飞机手机就没电了。这几天身体怎么样？"

何景耀不甚在意地回了一句："就那样。"随后他又感叹说，"国外就是开放，纯洁的梦想合伙人出国一趟，吻照都爆出来了。"

我恼羞成怒，挥起了拳头："废话再多，我就要实施暴力了！"

何景耀能屈能伸，识相地转移了话题："好了，换个话题，这么晚来找我什么事？总不会是想我了吧？"

我说："你发个微博，澄清一下我们俩的关系。"

何景耀表示："让我澄清不难，但你先得让我把情况给搞明白吧，你真的跟方肃交往了？"

我说："没有……酒后失德。不过我和方肃商量好了，对外宣称我们正在交往，只等你出面澄清后这件事就能淡下去。"

何景耀弯起了眼睛："我帮你，我有什么好处？"

好处？

现在人与人之间的交往都这么功利了吗？

我问："你想要什么好处？"

何景耀坐在沙发上，支着脑袋看我。

我做好了被人趁火打劫的准备，谁知何景耀盯着我看了一会儿，说："这么晚了，要不你给我做一顿夜宵吧。"

我惊讶了："就这么简单？"

何景耀表示："不然你把天上的太阳摘给我？"

我立即表态："大佬您稍等，夜宵马上就好。"

由于已经是晚上了，我没有做热量太高的食物，一碗面加上一个水煮荷包蛋，再加几颗青菜。

我煮面的时候，何景耀就靠在厨房门口看我。煮完以后，我推着他去客厅，将面放在他的面前。

何景耀夹了一筷子面条送进嘴里，我咽了一口唾沫，问："好吃吗？"

他又夹了一筷子面送到我嘴边："你自己尝尝？"

作为模特必须严格控制体形，我怎么能吃夜宵呢？

我果断拒绝："我就吃个蛋吧。"

我欢快地弄了个小碗，把何景耀碗里的水煮蛋夹走，三两下解决后说："很晚了，我先回去了，你明天别忘了帮我澄清。"

何景耀毫无人性地说："等等，把碗洗了再走。"

我："你还是人吗？"

可有求于人，我只能乖乖坐在椅子上看着何景耀吃面。

我心里不平衡，说："少吃点，不要因为在家休息就暴饮暴食，得管理好自己的体重。"

何景耀看了我一眼，吃得更香了，甚至发出"呼哧呼哧"的吃面声。

我咬牙切齿："如果不是你长得好看，你早被人打死了。"

何景耀闻言，顺着竿子往上爬，朝我抛了个媚眼。他此刻就穿了一身睡衣，棕色的发丝凌乱地搭在额头上，嘴里含着面，依然坐稳了颜值担当、祸国殃民的人设，当真是老天爷赏饭吃的典型代表。

我耐着性子等何景耀吃完面，洗好碗才准备告辞。

何景耀又建议道："这么晚了，不如你今晚留在这儿？"

我说："还是不要了，万一再让狗仔抓住，我可真是跳进黄河也洗不清了。"

我拒绝了何景耀的挽留，毅然地踏上了归途。

我回到公寓简单梳洗了一番就睡了，翌日，我是被手机铃声吵醒的。我看了一眼手机，是方肃的来电。

我接通了电话。

方肃在电话那头说："你上微博看看自己的新闻。"

难道是新时代发了声明？

我登录账号找到新时代的官方微博，置顶的是今早发布的一条声明，上面按照我跟方肃的意思，公布了我们的恋情，顺便澄清了我跟何景耀只是好朋友。

这条微博是早上八点发布的，短短两个小时，转发和评论就已经过万。

这不是挺好？

方肃是来邀功的？

我点开下方的评论，然后……整个人都石化了。

底下的评论一片骂声，一个比一个骂得难听，导致官博不得不关闭了评论。骂我的话大同小异，无非是我见钱眼开，脚踏两条船。还有人问我午夜梦回，会不会做噩梦，良心会不会痛。还有人心疼何景耀，叫方肃擦亮眼睛，看清我这个水性杨花的女人。

照理说，官方发布了我和方肃交往的信息，何景耀再出面澄清，网友的话题顶多是从"今天何景耀和林艳阳分手了吗"，换成"今天方肃和林艳阳分手了吗"，可怎么还是一窝蜂地骂我？

我翻到何景耀的微博，然后……就找到了问题所在。

我一通电话打到何景耀那儿，刚接通我就吼上了："说！你是不是敌人派来的奸细？！你究竟是友军还是敌军？！"

何景耀不明所以地问："怎么了？我不是按照你的意思在网上澄清了吗？"

我表示："是！你是澄清了！你在微博上发了一条'我们只是好朋友'，后面加了三个微笑的表情！"

何景耀说："是啊，有什么不对吗？"

我说："有什么不对？你发文字就发文字，加什么表情！"

何景耀无辜地说："只发文字有些单调，我就加了几个表情。"

我“呵呵”了：“你那是微笑的表情吗？是，以前它是微笑的表情，但以前菊花还只是一种花呢，可现在呢？你这个微笑的表情代表的是‘礼貌而不失尴尬的微笑’，挂在你那条微博后面妥妥的就是强颜欢笑，不知道的还以为你是在嘲讽我呢！”

何景耀沉默了一会儿，安抚我说：“好了，后天就是《秀丽》的慈善晚宴，我亲自出面澄清好不好？”

《秀丽》是国内三大顶级时尚杂志之一，每年的慈善晚宴都是巨星云集，几乎将娱乐圈内的大咖都请了过去，影响力巨大。以何景耀如今的身价，根本不缺这些曝光率，他能出席就已经是给面子了。

我认真想了一下，还是觉得有点亏。

我的眼中闪过一道狡黠的光芒，说：“我记得你是 JK 的全球代言人？下次 JK 内衣秀给我弄一张邀请函。”说完，我不给何景耀拒绝的机会，挂了电话。

JK 内衣秀是男版的 Charites 秀，豪华的男色盛宴，上回方肃嘲笑我穷，进不了秀场。哼，我的确是穷，但咱们现在可是关系户啊！

我轻易就向男色势力低头，然后把自己裹得严严实实跑去新时代。

我义正词严地跟方肃讲：“方董，这事的确是何景耀办得不地道！不过您放心，他已经向我保证，在后天的《秀丽》慈善晚宴上，他会亲自出席澄清。”

方肃上下打量我，语气不善地问：“你今天这是什么打扮？”

我今天穿了一件玫红色的长款羽绒服，脚下一双毛茸茸的雪地靴，都是我大学时期的旧衣服。放在平时我肯定不敢这么穿，今天的话……

我表示：“我现在是人人喊打，外面那么多记者，绝对不能被他们认出来！”

方肃勉强认同了我的说法，又问：“那你的腿为什么粗了一圈？”

我害羞地笑了笑：“我加了一条秋裤。”

方肃脸上的表情就更不好看了：“你不知道秋裤是时尚界的禁忌？”

我知道啊！

但是！

“讲道理！上身可以穿毛衣，下身为什么不能穿秋裤啊？！难道腿就不冷吗？方董，你一年四季都不穿秋裤吗？”

方肃回了我两个字：“不穿。”

我无言以对，竖起了大拇指：“厉害，厉害！”

方肃评价说：“模特是时尚的风尚标，你是时尚界的一颗毒瘤。”

我嘴角抽搐，你以为我会这样认输？我可是林怼怼啊！我用一句名人名言反驳方肃：“王尔德说过，时尚不过是一种丑陋的形式，实在令人难以忍受，因此我们必须每隔六个月就要变化一次。”

方肃安静了一会儿，问：“发布公告前，你答应过我什么？”

我：“……”

我答应方肃，以后无论他说什么，我都不能顶嘴。

我带上我最后的倔强：“总有一天，我要让秋裤走上国际的舞台！”说完，我做了一个将嘴巴拉链拉上的动作。

斗嘴完毕，方肃回归正题：“既然何景耀会出席明晚的慈善晚宴，那我们也一同出席。”

我也是无语了，人家二三线明星挤破头皮都不一定能进去的晚宴，你能不能不用这种去菜市场买菜的语气说出来啊？

我问：“我们去干吗？”

方肃表示：“三人一起出席晚宴，不是能更加有力地打破谣言吗？”

我一想：“对哦！”

既然是参加晚宴，自然得准备礼服。新时代有专门合作的工作室，临时需要礼服，只能从现成的里面挑了。方肃为我选了一条绿色花纹的吊带长裙，长及脚踝，配上一双细跟凉鞋，主打清新自然。

我原本准备回去美美地睡一觉，迎接新的明天，谁知一波未平一波又起，当天晚上，一篇采访再次将我推到风口浪尖。

裴西在最新的采访中提及我和方肃的恋情，利用语言的艺术黑了我一把。

她表示：“我和林艳阳接触不深，不能断言她是个怎样的人。但阿肃，我认识他很多年了，他在感情方面是个非常单纯的人，又很专一，我很担心

他会受到伤害。”

几个意思？意思是我会伤害方肃？当年伤害他的人不正是你吗？

虽然方肃拒绝帮助裴西重返T台，但瘦死的骆驼比马大，还是有些大牌请她走秀代言。前段时间，裴西带着儿子上了一档亲子真人秀，圈了一大拨粉，如今这些粉全都变成我的黑粉，为她冲锋陷阵。

我生气地喝了两瓶AD钙奶，才将这笔账暂且记下，待来日讨还。

翌日下午，我由造型师、化妆师打理完毕后，同方肃一起前往现场。方肃今日穿了一身黑色西装，脖颈上一根墨绿色的领带，正好和我的礼服颜色相呼应，有点情侣装的味道。

我看着方肃的领带，露出一个微妙的笑容。

方肃狐疑地问：“怎么了？”

我回答：“没什么。”内心：你这么牛，咋不把绿色顶头上呢？

《秀丽》慈善晚宴的出席阵容非常强大，邀请了各界名流，光是红毯就得走好几个小时，还有电视台现场直播。我和方肃抵达后，在休息大厅中等候，里面星光璀璨，不少人向我和方肃投来目光，也有人上来跟方肃打招呼。

在此，我不得不表扬一下方肃的先见之明，他为我挑的这身礼服平时看着就是个小清新，但丢在今晚女星争奇斗艳的环境中，妥妥就是沙漠中的绿洲，清新得不行。

有商界人士向方肃问起我，他就大方地介绍：“她是我的女友。”

我挽着方肃的手臂，露出一个礼貌的微笑。

我们待了一会儿，大厅里就出现一个熟悉的身影，何景耀来了。他一进大厅，就有好几个人围过去，纷纷关心他的伤势。

何景耀一一礼貌地回复，随后发现了我和方肃的存在，向我们走来。

我能明显感觉到落在我身上的目光成倍地增长，八卦头条的三位当事人集聚一堂啊！

你们以为大明星和大老板就不八卦吗？不存在的！八卦是全民娱乐，是与生俱来的天赋！

何景耀走到我面前，噙着笑说：“你要出席晚宴的事怎么不告诉我，是不是有点见外？”

我表示：“昨天临时决定的。”

何景耀叹息一声：“你这样我很没面子啊！”

我问：“你怎么没面子啊？”

何景耀说：“你们成双成对地走红毯，我一个孤家寡人，还得澄清自己没有被戴绿帽子，不是很惨？”

我尽出馊主意：“那我们三个人一起走红毯不就行了？”

何景耀微笑脸：“宝宝还是不开心。”

我：“……”

我看你是皮发痒。

聚集在我们三人身上的目光越来越多，我不想成为别人茶余饭后的谈资，拉着方肃和何景耀在沙发上坐下。

我坐中间，何景耀和方肃分别坐在我左右。

三个人坐在沙发上，方董事长不说话，何宝宝不开心，气氛有些尴尬。

我作为中间人，主动揽下了活跃气氛的重担：“我给你们讲个笑话吧，小明和小红是恋人，小明是个富二代，小红只是普通家庭出身，小明的妈妈找到小红，丢下一张五百万的支票：‘五百万，离开我儿子。’小红认为小明妈妈是在侮辱她，非常生气地说：‘小明是我一生挚爱，得加钱！’”说完，自己先乐了。

方肃冷漠：“好笑吗？”

我：“……”

我转头看向何景耀。

何景耀很给面子，微笑着拍了拍手说：“很好笑哦。”

我：“……”

更尴尬了好吗？

我自讨没趣，懒得再开口，也坐在沙发上不说话了。

走红毯的活动一直在进行，除了媒体摄影，主持人也会进行简单的采访。工作人员跑过来问：“待会儿在红毯上可以采访三位的关系吗？”

我出席晚宴的目的就是澄清绯闻，当下表示：“当然可以。”

很快便轮到了我们，工作人员引着我们到入口处，方肃自然地牵起我的手，我顺着他的力道向外走了两步，却发现何景耀站在原地一动不动。

我问：“怎么了？”

何景耀表示：“你们两个牵着手，我一个人很尴尬啊！”

我忍住了没翻白眼。

都多大的人了，还跟小朋友一样，上台要手拉着手？

红毯上，主持人开始报我们的名字，我挽着何景耀的胳膊说：“这样行了吧？”

何景耀满意了，方肃却不乐意了，蹙眉说：“这样很奇怪。”

奇怪什么啊？你们一个个究竟是要闹哪样？！

主持人报完我们的名字，我们却站在原地僵持。工作人员焦急地催促：“三位快点上去吧。”

我松开了手，将方肃和何景耀推成一团：“你们俩手拉手走好了！”说完，我一马当先，踩着高跟鞋上了红毯。

方肃和何景耀没有继续折腾，紧随我而来。我们三个人在红毯中央站定，记者们像打了鸡血一样，闪光灯闪个不停。

何景耀受伤后首次出现在公众面前，主持人先将话筒递到了他的面前：“我想电视机前的观众都很关心一个问题，上个月您在摄影棚内遭遇意外，现在伤势恢复得怎样了？”

何景耀微笑着说：“谢谢大家关心，已没什么大碍了。”

主持人表示：“近日关于三位的流言遍布网络，今天三位当事人齐聚在我们的红毯上，能否正面做出回应呢？”

何景耀表示：“我和艳阳从小就认识，我们视彼此为亲人，并非网上传的那样。前几天的微博造成很多网友的误会，我在此澄清，那几个微笑不具有其他含义。希望大家将目光放到我们的本职上，而不是恋情上。”

主持人接着问：“那您对艳阳和方董事长的恋情持什么看法呢？”

“看法？”

何景耀的目光在我身上转了一圈，我的心一下子提了起来，生怕他自由发挥。何景耀看了我一眼后，徐徐道：“当然是……祝福她了。”

我暗暗把提起的心放了回去。

主持人采访完何景耀，又将目光放到方肃身上：“方董第一次向大众公开恋情，请问您和艳阳是从什么时候开始交往的呢？”

方肃一本正经地胡说八道：“一个月前。”

主持人又问：“艳阳有哪些方面吸引到了您呢？”

方肃表示：“她的脑袋里总有一些稀奇古怪的想法，叫人忍俊不禁。”

主持人问：“能举个例子吗？”

方肃回答：“收集我的照片做表情。”

我：“……”

主持人：“哈哈哈。”

主持人没忍住笑场了，随后送了我一个“666”的眼神，将话筒递过来：“艳阳呢？方董有哪些方面吸引了你？”

我毫不吝啬地夸：“很多方面，他非常优秀，为人处世、专业能力都值得我学习。他对我也很好，支持我的事业，默默陪在我身边，我非常感谢他。”

听到没有？！这才是专业的商业互吹！收集表情是什么鬼？！

主持人简单地采访后问：“两位能不能给电视机前的观众发一点福利？”

等等，什么叫福利？

是我想的那个意思吗？

我今晚参加的不是慈善晚宴吗？一言不合就要开车，你们还是不是正经的慈善晚会了？！

我用羞涩的目光看向方肃，把问题甩给他。方肃神色自然地搂住我的腰，将我带进他的怀里，随后将脸向我贴过来。

众目睽睽之下竟要上演限制级画面，我忍啊忍，没忍住，睫毛颤了颤，垂下了眼睑。

方肃慢慢地凑近我，在我的脸颊上落下一个吻，离开时悄声在我耳边问：“你在想什么？”

我："……"

咦，只是亲一下脸？我自作多情了？

方董你商业互吹不行，演技倒是满分哦！

自作多情的我和方肃以及何景耀一起进了会场，会场内已经三三两两坐了不少人。座位早有安排，演艺圈的艺人坐一块，商圈的大佬坐一块。我们三人落座后不久，晴天娱乐的宁总便带着他的太太梁爽，以及旗下的四位影帝影后级人物在我们这一桌坐下了。

我瞬间打开了迷妹模式。

提起宁总和他的太太梁爽，那真是现实版的童话故事。

晴天娱乐在娱乐圈的地位，如同新时代在国内模特圈的地位。宁总作为一个霸道总裁，不但颜值在线，人设苏，还是个宠妻狂魔。他最出名的语录就是："你吃过的香菇，只有我能吃。"

粉丝给予评价：从此看言情小说的男主都有了脸。

这种霸道总裁人设，我能嗑上三天三夜！

再说他的太太梁爽，娱乐圈的美貌担当，比美她称第二，没人敢称第一。明明前阵子才刚生完二胎，今日一见，她依然美得跟仙女下凡似的。

方肃和宁总似乎是旧相识，两人打过招呼后就攀谈了起来。我不好意思盯着人家老公看，于是猛盯着人家老婆。

人家老婆主动打招呼说："你好，我是梁爽。"

我说："你好，我是林艳阳。"

我看着人家老婆的盛世美颜，忍不住问了一句："仙女姐姐，你是喝露水长大的吗？"

仙女姐姐愣了一下，随即失笑："你要加入我们仙女界吗？"

方肃听不下去了，从聊天中抽出空来，捏了捏我的脸说："管理好你的表情。"

我表示："我们小仙女不需要管理表情。"

方肃盯着我看了一会儿，转过身问宁总："女朋友不听话怎么办？"

宁总看了我一眼，又看了小仙女一眼，回答："亲到听话为止。"

我："……"

小仙女："……"

先不管我要不要面子，小仙女不要面子啊？

我问小仙女："男朋友不听话怎么办？"

小仙女惊讶地问："男朋友还有不听话的？"

她想了想，建议道："换一个？"

我拍手称赞，连连叫绝！仙女下凡，果然不同凡响！

宁总目瞪口呆，立即将仙女姐姐拉过去讲悄悄话。

三言两语搞定了方肃的场外援助，我魅惑地看着方肃说："乖一点，不然换了你！"

方肃："……"

世间竟有如此厚颜无耻之人！

晚宴开始后，是慈善竞拍环节，第一轮拍卖的是一枚长命锁，市价一万左右，起拍价是五十万，宁总以三百万拍下。

有钱就是任性啊！

话筒被递到宁总面前，主持人问："在座的很多嘉宾都知道，宁总前段时间喜得千金，这枚长命锁是为令千金拍下的吗？"

宁总回答："慈善事业是一种传承，希望我的女儿长大以后能接过这一份传承，和她的母亲一样善良美丽。"

我听完后，猛地抓起一把车厘子塞进嘴里。

何景耀惊讶地问："你在做什么？"

我表情沉重地告诉他："这一把狗粮我吃了！"

明明是慈善晚宴，一言不合又秀恩爱，这是要闹哪样啊！

边上响起方肃凉凉的声音："抬头看前面。"

我抬起头看向前面，顿时看见……一台大大的摄影机对准了我。

我："……"

慈善拍卖继续进行，大佬们一个个慷慨解囊，方肃掏了二百五十万，买了一幅我完全不能欣赏的艺术画。

我不禁感叹："有钱就是任性啊！这种小孩涂鸦你买回家干吗？还不如拍一件衣服呢！"

方肃表示："送你了。"

我的眼睛瞬间亮了起来："我能不能提一个小小的要求？"

方肃想也不想地拒绝："不能。"

我还是提了："可不可以兑现？"

方肃冷笑了一声："你可不可以退货？"

我大惊，退货？

我问："我属于过你吗？"

我是独立的个体好不好？！

第八章 霸道总裁爱上我

慈善晚宴在我和方肃的拌嘴中结束了，翌日再刷微博，热门排行已经换了新气象。

头条热门依然是我，然而内容却是“林艳阳手把手教你吃狗粮”。

昨晚我和方肃以及何景耀一同出席晚宴，总算将闹得沸沸扬扬的三角绯闻澄清了，还有网友因为我狗粮吃得香，对我黑转粉了。

等等，明明我昨晚美了那么久，你们为什么偏偏截我猛塞一把樱桃的画面，还夸我吃狗粮吃得香，堪称教科书级别！

这一点都不让人觉得高兴好吗？

几天后，我接受了《Anne》的新秀专访，如果说之前《Anne》让我上新秀专栏是出于补偿，那在 Charites 大秀后，我登上新秀专栏就变得实至名归了。

国内有不少品牌抛来橄榄枝，邀请我代言。数量虽然不少，但大都是名不见经传来蹭热度的，或是口碑不好的。

模特代言必须慎重，如果为了来钱快自降身价，以后就不会有大牌愿意和你合作。方肃经过一番筛选，为我接了国内运动品牌“星锐”的代言。

星锐曾是国内运动品牌的龙头老大，随着国内运动品牌兴起，国外大牌冲击，星锐渐渐没落，从神坛跌落下去。

空有口碑，消费者却不买账，这就是近年来星锐的尴尬境地。

但在上个季度，星锐换了一任CEO，启用新锐设计师，对服装进行了大刀阔斧的创新，以极其亮眼的姿态重回大众的视线。

这一届的CEO清晰地认识到，曾经的消费主力老了，现在的消费者是新一代的年轻人，只有抓住年轻人，才能牢牢地占有市场。

星锐邀请我当代言人，是一步险棋。如果我能更进一步，成为真正的国际超模，势必能为星锐带来更多正面影响。但在不久前，我还因为个人绯闻上了头条新闻，万一我的专业能力不行，八卦却接二连三呢？

我把这个想法告诉了方肃，方肃以一种“你很天真”的表情看着我：“换成别人，他们或许会有这样的顾虑，但你现在的身份是我的女友，新时代最好的资源都为你所用，我会允许你折在半路？”

我：“……”

天哪，我以为星锐选择了我是风险投资，谁知他们提前就看好了哪一支是绩优股！

我问：“万一我们‘分手’了呢？”

方肃不悦地看了我一眼，才说：“有多少品牌会长期使用一位代言人？真到了那个时候，只能证明你的价值不大。”

我：“……”

城市套路深，我要回农村。

星锐是运动品牌，我阳光向上的外形正好正符合他们的品牌定义，广告与硬照的拍摄都非常顺利。

眨眼就将迎来新的一年，这意味着二三月的秋冬四大时装周即将来临。在那之前，是令无数模特趋之若鹜的巴黎高级定制时装周，简称高定时装周。

高定时装周与四大时装周的区别在于，四大时装周展示的是成衣、高级礼服，这意味着你可以在商店买到它们。高级定制基本是纯手工制作，价格高昂，量身定制，有钱都不一定买得到。

作为站在时尚界的金字塔顶端的模特，能在高定秀场上走秀，无疑是履历上漂亮的一笔。我也就想想以后可以登上高定秀场就好了，谁知方肃告诉我，今年的高定时装周上，法国品牌 Le Goff 将以中国元素为主题，由中国模特担任主秀开场。主秀人选待定，但他们的创意总监和方肃有点私交，开后门让我走一次秀，问题不大。

至于开秀，也是可以争取一下的呀！毕竟出名的国模就这么几个。

我：“……”

大佬就是大佬，高定秀场随便上。

后门是开了，面试却跑不了，两天后，我和方肃一起登上了前往巴黎的飞机。

Le Goff 的创意总监名叫亨利·勒高夫，是个棕发棕眼的中年男子，鼻梁上架着一副黑框眼镜，下巴上一圈胡子，颇有艺术家的落拓气质。

勒高夫是在他的办公室里见的我们，甫一见面就热情地给了方肃一个贴面礼：“Oh！ Finnson，好久不见。”

我看着两个大男人强行脸对着脸行贴面礼，嗯……对不起，这口狗粮我不吃！

两人打过招呼，方肃搂着我介绍说：“这是我的女友，Sunny。”

勒高夫高兴地说：“哦，上帝，你终于恋爱了，我以为你会单身一辈子。”说完，他将目光落到我身上：“你好，美丽的小姐，我是勒高夫，很高兴认识你。”

我伸出右手和勒高夫握了握：“您好，我是 Sunny，久仰您的大名。”

看见没！这才是正确的商业互吹！方董你好好学着点！

勒高夫表示：“你们来得真巧，Pacy 也在我这里，我们三个好久没有聚在一起了。”

Pacy 是裴西的英文名，我们一进屋就看见她坐在沙发上。中国有句俗话，叫“无事不登三宝殿”，毫无疑问，这位也是来走关系的。

裴西起身和方肃打了一声招呼，用的是法语，方肃礼貌却疏离地用中文回了一句：“好久不见。”

办公室里摆了一个双人沙发以及两个单人沙发，我们进来的时候，裴西坐在双人沙发上，勒高夫应该是坐在右边的单人沙发上，我自觉地坐在裴西身边，将她和方肃隔开来。

勒高夫先和我们聊了几句近况，他用的是英语，方肃用的也是英语，唯有裴西时不时地说一句法语。勒高夫是法国人，方肃和裴西都会法语，裴西用法语聊天，明显就是不想带我玩，或是让我难堪。

方肃可能看出了她的意图，始终没让她如愿。

我默默地给方肃点了个赞！

寒暄过后，勒高夫和我们聊起他的高定秀：“这次的设计我以中国的传统工艺刺绣为主题，由中国模特来演绎，更能体现出东方的古典韵味。刚才我和 Pacy 已经聊过了，我决定邀请她为我的高定开秀，时隔那么多年，还有机会再度合作，真是令人高兴。”

我：“……”

好了，争取也不用争取了，主秀都已经定下了。

勒高夫转过头看向我：“Sunny，你在这儿走一圈，我看看你的台步。”

办公室虽然不小，但和几十米长的 T 台肯定有差距，算是一个小小的考验。我沿着过道走了一圈，全程面无表情，没有露出两颗小虎牙。

一圈走完，我回到沙发坐下，因为是熟人，勒高夫的点评十分直接：“台步没问题，欠缺气场和个人特色。”

虽然是大实话，但……真的很让人气馁啊。

高级时装秀和商业秀不同，商业秀你可以尽情展现你的魅力，HF 需要的则是一个完美的衣架去展示他们的服装，而不是展示你的个性。我的两颗小虎牙在商业秀上是作弊利器，到了 HF 秀场却毫无用处。

方肃听了勒高夫的话，噙着笑说：“这是她的缺点，也是她的优点，现在的她好比一张白纸，你可以将她描绘成你喜欢的样子。”

勒高夫笑了笑，没有反驳。

我用崇拜的眼神看向方肃，这一番说辞相当强势啊，方肃完全就是被模特事业耽误的推销员啊！

公事聊完，勒高夫邀请我们共进晚餐。一行人转战餐厅，勒高夫喝了几杯小酒，就开始追忆往昔。

方肃和我提过勒高夫的经历，他曾临危受命担任过 Andrew 品牌设计师，然而他的新装发布未能挽救 Andrew 下滑的业绩，甚至被外界评价为偏离品牌风格，令人失望。勒高夫从 Andrew 离职后，在饱受争议中创立个人品牌 Le Goff，后来，他用实力证明了自己，在巴黎时装秀上大放光彩。

当时担任主秀的模特正是裴西。

三人可以说是患难之交，他们聊起这些时，我就觉得自己有些格格不入。那是他们共同经历的往事，我都来不及参与。

勒高夫好像并不清楚方肃和裴西的恩爱情仇，几杯水下肚，他玩笑说："Finnson，我一直以为你会和 Pacy 在一起，毕竟在你们中国，上一次床就得结婚。"

我目瞪口呆，转头看向方肃。

我是不是错过了什么？

我从方肃和裴西那儿听来的故事并不是完整版？

方肃被酒呛了一下，咳了两声后连忙向勒高夫解释："Henri，你这句话太有歧义了！我和 Pacy 只是住在一起。"

勒高夫一脸无辜地说："是啊，我说的就是这个意思。"

方肃："……"

过了一会儿，勒高夫问裴西："Pacy，既然你要重回时尚界，为什么不回到 Finnson 那儿，你们可是最佳拍档。"

裴西意味深长地看了方肃一眼，说："我当然愿意回 Finnson 身边，恐怕是他不愿收留我。"

勒高夫将目光投到方肃身上，用眼神询问。

这是在挖坑给方肃跳呢。方肃反问勒高夫："Henri，如果 Andrew 邀请你，你会重回 Andrew 吗？"

Andrew 正是当年勒高夫离职的品牌，勒高夫当即表示：“当然不会。”

方肃微微一笑：“我也是。”

这回勒高夫的情商总算上线了，转而聊起了其他话题。

一顿饭下来，我强颜欢笑，脸都僵硬了。勒高夫到最后有些醉了，方肃联系了他的助理，将他扶出餐厅并送上车。

餐厅里只剩下我和裴西两个人，勒高夫在的时候，我和裴西尚能保持和平的假象，勒高夫一走，气氛就冷了下来。

裴西冷笑着说：“你跟阿肃根本没有在交往吧？”

我并没有理会她，她也不需要我的回答，兀自说：“你不用掩饰，我听见你叫他‘方董’，你们两个的相处太生疏了，根本不是一对情侣该有的状态。阿肃对外公布你们正在交往，想必是因为吻照的事情没法收场。你为了获取资源，费尽心思勾引阿肃，又有什么资格嘲笑我忘恩负义？”

打嘴仗，我林怼怼输过吗？

我表示：“卑劣的人，只能用卑劣的想法去揣测别人。”

裴西嗤笑说：“不然呢？你是要告诉我，你是真心喜欢阿肃，即使他身后没有新时代，你也愿意跟他在一起？”

我：“……”

掐架就掐架，能不能不要一言不合就让我剖析感情问题？你想听什么？听我表达爱意吗？

我说：“我和方肃有没有在一起，不劳你费心。”

裴西表示：“你在我面前装什么清高？在你眼里，阿肃就是一块踏脚石，等你达到目的，阿肃对你再无帮助，你就会去寻找新的目标。”

这个人真的好烦哦！

绕来绕去就是逼我表白！

我说：“你想听什么？听我承认你说的一切都是对的吗？我告诉你，无论将来如何，方肃都会是我敬重的人。”

裴西一副长了见识的表情：“原来你喜欢用接吻来表达对一个人的敬意。哪怕是你主动亲吻阿肃，也不具有任何意义？对你而言，他只是个值得敬重的人？”

我：“……”

我怎么有种越描越黑的感觉？

裴西看着我的身后，露出一个不怀好意的笑容，我心中有一种不祥的预感，转过身去就看见方肃站在我身后。

方肃见我回头，淡淡地说了一句：“走了。”说完，率先向门外走去。

我：“……”

好你个裴西，挖了这么大一个坑让我跳！

我真想回到上一刻，给表忠心的自己一个耳刮子，该秀恩爱的时候表什么忠诚！现在尴尬了吧！

回去的路上，方肃没有说话，我也不知道该说些什么。

难道说我先前亲你，是因为看你长得可爱，所以才亲你？还是因为喜欢你，所以亲你？无论说哪个，都是表白的啊！

可我要是说我只是随便亲亲，那我肯定是见不到明天的太阳的！

诡异的气氛一直持续到我们回到酒店，我佯装若无其事地和方肃道了晚安，回到房间悔断了肠子。

我跟裴西真的是八字不合，以后我见了她绕道走还不行吗？

翌日，在我纠结该用什么态度对方肃的时候，方肃态度自然地和我说话，仿佛昨夜的对话并没有发生过。

我：“……”

我是该高兴呢，还是不高兴？

Le Goff 的试妆安排在两天后，勒高夫让我试了两套礼服，一套是白色的长款旗袍，上面盘着一条手工绣制金龙，外面罩了一层薄纱，金龙在白云间若隐若现。另一件则是红色的一字肩礼服，上面绣着精致的花卉图案，抓人眼球。

勒高夫问我：“你喜欢哪件？”

我惊讶地问：“我可以自己选吗？”

勒高夫表示：“是的。”

勒高夫挑的这两身 look 都是我能够驾驭的风格，同时是我穿过最贵的衣服，我难以抉择，转过头问方肃：“你觉得哪件更好？”

方肃回答：“旗袍。”

我活跃气氛说：“你也觉得我比较适合有仙气的衣服吗？”

方肃没有接我的话茬，公事公办地用中文说：“龙的主题适合开场或是闭场，这套高定是白色，放在后半场会让人觉得头重脚轻，我猜这套服装的出场顺序会很靠前。”

我：“……”

我的妈，人世间处处都是心机啊！

勒高夫打趣说：“Finnson，不要在我的面前说悄悄话。”

有了方肃这句话，我自然坚定不移地选择了旗袍。选定 look 后，就轮到彩排，这场高定秀的开场模特是裴西，闭场则是如今炙手可热的巴西超模弗莉塔。

虽然我不待见裴西的为人，但我不得不承认她的专业能力，她的台步充满了力量，踩点精准，气势不凡。彩排的时候，我终于知道了自己的出场顺序，是紧跟裴西出场的第二顺位！

一场秀最受关注的当然是开场和闭场，其次就是开场前三位！

方董你不去算命，真的是一大损失哦！

上回走 Charites 大秀的时候，我紧张得手心冒汗，这次走 Le Goff 高定秀，我镇定了许多。高定秀当天，我顶着一张面瘫脸，内心默念着“高贵冷艳！高贵冷艳！”走完了这场秀。

高定秀落幕后，晚上是庆祝宴，勒高夫将我带在身边，为我介绍人脉。我被灌了两杯红酒，好不容易逃脱，打算拉着方肃溜回宾馆休息，谁知在厅里转了一圈，却不见方肃的身影。

难不成在厕所？

我有点猥琐地打算去厕所蹲点方肃，经过一扇落地窗时，在小花园看见了一片熟悉的衣角。

裴西？这么冷的天，她在外面干什么？

我想到不见踪影的方肃，鬼使神差地推开门走了出去。刚推开门，凛冽的寒风就将我冻成了冰棍。我哆哆嗦嗦蹑手蹑脚地靠近裴西，打算确认她是一个人后就离开。

裴西走得并不远，我稍稍走近几步，就听见了她的声音。

“你还是不愿意放弃吗？你利用自己的人脉，也只让她获得一个走秀的名额，你在她身上下的投资，注定得不到预期的回报，她不可能超越我。”

裴西没有点名道姓，但我一下就听出了她口中的这个“她”指的是谁。

我停在原地，静静地偷听。

一道清冷的男声响起：“能否将她推上顶端是我的事，与你无关。”

裴西问：“与我无关？如果与我无关，当初你为什么要回国创办新时代，你为什么不回美国？”

方肃说：“我的确是因为你才回国创办新时代的，但我现在所做的一切都与你无关。那个赌约是输是赢，我早已不在乎。”

空气静寂了两三秒，裴西放软了语气说：“阿肃，你是不是还在生我的气？我知道当年是我的错，我已经知道错了。回到我的身边，别在其他人身上浪费时间了好吗？”

方肃冷漠地回答：“你太自信了，如果没有其他事，我先走了。”

我见方肃有离开的意思，急忙要退回大厅，可裴西紧跟的话让我停下了脚步：“你说我太过自信，难道你现在做的一切是为了林艳阳？你真的对她动了心？”

我的心猛地一跳，顿住脚步，竖起耳朵，投以十二分的关注。

方肃并没有回答。

但曲解一下，沉默就是默认呀！

裴西显然也是这么曲解的，她荒谬地说：“你知道结果是什么，难道你还要再撞一次南墙？”

这一回我听见了方肃的声音：“她和你不一样。”

裴西咄咄逼人地问：“哪里不一样？那天你也在场，你听到了她的回答，你为她做了这么多，最后能换来什么呢？她现在巴着你，是因为你还有价值，

一旦她达到目的，你觉得还会继续留在你身边吗？如果这一切是我捏造的，为什么她躲在树后面不出来澄清呢？”

我：“……”

所以躲在墙角的我一早就被人发现了吗？

现在我该怎么办？

不行，我一定不能承认自己在偷听！

我一副刚来的样子，哆哆嗦嗦地跑过去挽住方肃的胳膊，如同真正的情侣那样娇嗔：“你怎么跑到这儿来了，我找你很久了，我们赶紧回去吧，我好像喝多了。”

方肃看了我一眼，双目沉沉，没有多说什么。我一拉，他就跟着我走了。

说真的，事情到了这种地步，摊开来讲清楚是最好的，但摊开来讲该怎么讲呢？回去的路上，我欲言又止，最后……又㞞了。

我回到宾馆就冲进浴室，洗洗后睡了。

我在床上翻来覆去半宿，依然没能睡着。庆祝宴上喝了两杯酒，我有些尿意，爬起来上了一趟卫生间。回屋的时候我看见阳台上有一点猩红，定睛一看，是方肃站在阳台外抽烟。

我的第一反应是赶紧回房，免得撞见了尴尬。然而我看着方肃独自一人的背影，刚迈出的脚步停下了。

我披上一件外衣，打开阳台的门，走到方肃身边问：“这么晚了还不睡？”

方肃看了我一眼，回答：“抽完这支烟。”

我站在方肃身边，静静地陪他抽完这支烟。深夜的巴黎很安静，寒风刮到脸上，冻得厉害，但此时此刻，我的心里有一种奇异的安宁。

要㞞到什么时候呢？

两个人之中，总要有一个人先打破这层暧昧不明的关系。

既然方肃内敛，那我就豪放一下？

我用聊家常一样的语气说：“那天裴西问我，如果有一天你对我再无帮助，我会不会离开你……”

话音落下，我就感觉到方肃的目光落在了我的脸上。我目视着眼前的风景，继续说：“我不能保证自己一辈子都待在你身边，以后的事情谁又说得准呢？我唯一能保证的是，即使有一天我离开，也不是因为你对我再无价值。”

我转过头和方肃对视：“裴西的很多想法我都不能认同，人与人之间的交往，难道非要这样功利吗？她这是在侮辱我，更是在侮辱你。即使有一天你对我的事业再无帮助，那又怎样？至少你长得好看啊！就冲着你这张脸，我也愿意包养你啊！”

说得好好的，我话锋一转，将气氛毁了个彻底。方肃的脸色瞬间沉了下来，他问：“一定要皮这一下才开心？”

我哈哈大笑，有点开心。

我一个女孩先表白，肯定是会紧张的呀，缓解一下气氛嘛！

我见方肃真的生气了，双手捧住他的脸，不给他反应的机会，就凑上去在他嘴上亲了一下。

方肃盯着我看了一会儿，问：“这次又为什么亲我？”

我趴在栏杆上，笑眯眯地说：“我也不知道，想亲就亲了，大概是你讨人喜欢吧？”

我也不知道自己对方肃的感情是从什么时候开始变质的，反正不知不觉间，我们两个就越线了。我对方肃有感觉，这是毫无疑问的事实，同时我也在迟疑，一时兴起太容易，要维持一段感情太难，有重重考验在等着我们，不到生命的最后一刻，我们谁都不能确定彼此是不是对的那个人。

我原本想一点一点地确定，一点一点地加深这份感情，但现实不容我迟疑，一旦我没有及时抓住方肃，我就可能永远错失他。

我感叹道：“感情真是个磨人的小妖精，吃过一次亏，就会变得瞻前顾后，不愿付出。但这一步总是要跨出去的呀。你告诉裴西，我不是她。我现在也告诉你，我不是她。我不知道未来会如何，但我想，我们都应该珍惜眼前人。”

说完这番话，我含情脉脉地盯着方肃，他也目不转睛地凝视我。我觉得气氛非常好，心又蠢蠢欲动起来，缓缓地向方肃贴了过去。贴到一半的时候，我突然想起来，每次都是我强吻方肃，只要他不同意，我就绝对不会强吻他的！

我当即准备退回去，谁知方肃搂住了我的腰，阻止了我后退的动作，紧接着，一双唇就压了下来。

方肃的吻和他含蓄内敛的情感完全不一样，占有欲十足，霸道得很。我被亲得有些喘不过气来，抓了抓他的肩，撤退一些，待缓过气以后才重新亲了上去。

这一回就温存许多，辗转缠绵，我觉得自己就一丁点喜欢方肃，怎么亲嘴就恨不得抱着他啃上三天三夜呢？

唉，人类果然是欲望动物。

亲完以后，我懒洋洋地趴在栏杆上，突然想起我说了这么多，方肃除了亲了我一下，什么都没有表示。

我愤愤不平地说："我讨厌有钱人。"

我坚持认为，门当户对真的非常重要！

方肃的脸又沉了下来，不等他发难，我就不紧不慢地补上一句："等我有钱了，我们就可以……嘿嘿嘿——嘿嘿嘿——"

我盯着方肃英俊的小脸，邪恶地笑了。

方肃被我的神转折闹得没脾气了，无奈地叹了口气，随后也笑了，嘴角挂着一个浅浅的小酒窝。

我内心狂刷"666"，忍不住用手戳了戳他的小酒窝，同时像个登徒子一样对着他唱："小酒窝、长睫毛，迷人得无可救药，我放慢了步调，感觉像是喝醉了……"

我越唱方肃脸颊的小酒窝就越深，眼睛也像盛了天上的星星，我觉得自己的心都要化了。我要知道方董事长谈起恋爱来这么可爱，我早就上了啊！

我问方肃："方董，你是不是吃可爱多长大的呀？"

方肃问："还叫方董？"

我想了想，有些苦恼地说："那叫什么呢？'阿肃'肯定不行，一点都不独一无二，要不……叫方方？"

方肃立即收起小酒窝，板起面孔瞪我。

我跟他讲道理："你也可以叫我小仙女呀。"

方肃回了我三个字："想得美。"

我："……"

这个对象可不可以换一个啦？

正式和方肃搞对象后，我们之间最大的变化就是相处变得自然了，之前我和方肃牵手搂腰，都是在有外人的情况下才会发生。现在的话，一切亲密都变得自然了。

可惜我和方肃来不及甜蜜，就陷入了繁忙的工作中。巴黎高定时装周结束后，紧随而来的就是国际四大时装周。只有亲身经历，才知道赶时装周有多辛苦，上午还在纽约走秀，下午就得坐飞机前往伦敦面试，连个倒时差的时间都没有。

这次的秋冬时装周，星锐也在纽约办了一场秀，作为星锐的代言人，我负责开场和闭场。

我每天忙着面试、试装、走秀，还得应对各种各样的状况。有些设计师的创意简直是反人类，将油漆泼在你头上，在你的头上盘一个花瓶，让你穿根本迈不开脚步的紧身裙。我经常做完造型都认不出镜子中的人是自己。

我忙得连轴转，方肃也清闲不到哪里去。我的工作都是由他安排，国内的新时代也需要他管理，遇到路线复杂的地方，他担心我迷路还得负责接送，我前脚刚从秀场出来，他就为我裹好围巾、大衣，带我赶下一场秀。

我累得站着都能睡着，经常回去洗完澡，顶着湿漉漉的头发倒头就睡。这时，方肃贴心小棉袄的设定就显露了，我倒在床上睡觉，他就取来吹风机为我吹干头发。

这天，又碰到一个特立独行的设计师，在我的身上绘满了油彩，洗澡的时候我用沐浴露搓了搓，只搓淡了一点。我实在太困了，回宾馆的时候已是深夜了，四个小时后又得起床去赶今天的秀。

我破罐子破摔，胡乱将身上的水珠擦了擦，打算等睡满三个钟头再起来想办法。至于我能不能成功起床……有方董事长在，怕什么？

方董事长叫我起床，未曾有败绩！

我裹了一件浴袍走出浴室，方肃看见我露出的一截小腿，问："你身上

没洗干净吗？”

我表示：“用水洗不掉。”

方肃问：“你用卸妆液试过吗？”

我假装咸鱼：“等我睡醒了再说。”说完就倒在床上了。

我一沾枕头就睡着了，可惜睡得不太安生，总觉得有人在搬我的老胳膊老腿。等我感觉到睡袍松动，胸前一凉的时候，本能将我唤醒了。

我迷迷糊糊睁开眼，就见方肃的一张俊脸近距离地出现在我面前。他目光专注地盯着我的胸，一只炙热的手贴在我的腰间，一只手在我胸前动作。

我睡得有些傻，问：“你在干什么？”

方肃表示：“帮你擦油彩。”

我往自己的胸前看了一眼，睡袍的带子早已解开，睡袍大开，而我……并没有晚上穿内衣睡觉的习惯。

所幸方肃还知道男女的构造不一样，扯过被子的一角，帮我挡住了重点部位。但是……解开睡袍的时候，他看没看到谁又知道呢？

我意味深长地说了一句：“是狼是羊，果然一试便知啊！”

我轻轻地摸了摸方肃的头发：“看了我的身子，你不想负责也不行了。”说完，我继续化身咸鱼，睡觉。

我想好了做一条咸鱼，可胸口让人用化妆棉擦来擦去，我始终无法真正地陷入沉睡。等到方肃的动作一停，打算起身的一刹那，我伸出手拉住他的胳膊，将他往下一扯。

方肃顺着我的意，单膝跪在床上，俯下身问我：“怎么了？”

我搂住他的腰说：“一起睡？”

方肃挑了挑眉，问：“你确定？”

这有啥不确定的，难道他还想变身不成？

我抱紧方肃的腰，亲了亲他眼下的黑眼圈，将脑袋埋进他的怀里说：“六点别忘了叫我。”说完，便放任自己陷入香甜的睡梦中。

我睡前的最后一个念头是，我跟方肃的进展怎么像坐了火箭似的？前几天才说开，一言不合就相拥而眠了？明明我以前不是这样的，我的人设是纯洁而不做作的白莲花啊！

翌日，我是在世界颠倒的情况下醒来的。我脑袋趴在方肃的背上，抗议说：“你叫起床能不能温柔一点，没有一个甜甜的早安吻，至少不要把我扛进卫生间啊！”

方肃将我丢在马桶上，将挤了牙膏的牙刷递给我，非常不解风情地说：“你再不抓紧，走秀就迟到了。”

我认命地接过牙刷，安慰自己说：“遇到一个长得帅，又有钱，眼睛还瞎的男人不容易了，要是甜言蜜语的技能都点上了，哪能轮到我捡漏啊？”

方肃在边上问：“你不好好刷牙，在嘀咕什么？”

我顶着满嘴的泡沫告诉方肃：“万不可与人知道。”

方肃：“……”

纽约时装周结束后，我和方肃转战伦敦。秋冬时装周安排在二三月，正好碰上中国农历的新年。随着中国的国力强大，农历新年在国外的影响力越来越大，伦敦的不少店铺都贴上了“新年快乐”的标语，特拉法尔加广场还有大型的庆祝活动。

年前我爸打来电话，问我过年会不会回家。我怎么回得去啊，大年三十依然奋战在时装周的前线。

伦敦比中国慢了八个小时，在中国进入新年倒计时的时候，伦敦时间下午四点，我在异国他乡迎来了新的一年。

当天的工作是在晚上八点结束的，方肃站在秀场外等我，然后一起回酒店。回去的路上经过一家商店，我跟方肃说：“等我一下。”说完，独自跑进了商店。五分钟后，我拎着一个购物袋出来。

方肃问：“你买了什么？”

我从购物袋中掏出一条棕色的羊绒围巾，一圈一圈地缠在方肃的脖子上，告诉他：“这是送你的新年礼物，希望你在新的一年里顺顺利利，平平安安。简而言之，秋裤是个好东西，希望你也有。”

方肃无语地看着我，脸上的两颗小酒窝出卖了他。

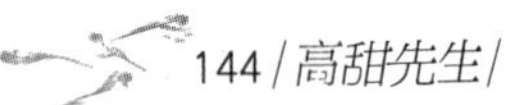

我心中一动，立即掏出手机拍下这一幕，又打开图片编辑器编辑图片。方肃凑过来看了一眼，问：“你的兴趣爱好什么时候能变一变？”

我告诉他：“怕是变不了了，收集你的表情包是我的终生事业。”说着，图片编辑完成，照片上的方肃脸颊多了两抹红晕，底下加了一行字：你的小可爱突然出现！

回到酒店，我先进浴室洗了个澡，出来后方肃自觉地帮我吹头发，门铃突然响了。我奇怪地问：“大晚上的，是谁敲门？”

方肃放下吹风机去开门，门外站着一位推着餐车的服务员：“您好！先生，这是您点的餐。”

方肃侧身让他进屋，他将餐点放在桌上，说了句“用餐愉快”后便离开了。

哇，有大餐吃！

我积极地掀开盖子，不是蔬菜色拉，也不是没有肉的汉堡，是玉米虾仁、香煎鸡脯肉、一盆水饺，以及两盆炒时蔬。

酒水也不缺，一瓶红酒以及……一瓶AD钙奶。

能在异国他乡见到AD钙奶，真的是分外亲切啊！我迫不及待地戳开AD钙奶吸了一口，随后垂涎欲滴地盯着面前的佳肴。

方肃问：“看着做什么，看能看饱？”

我眼前一亮：“我也可以吃吗？”

方肃没有正面回答，叮嘱说：“睡前别吃太饱。”话音落下，我的眼前一片猩红，“嗷呜”一声，猛虎扑食。

我效率十足，干掉一块鸡脯肉的时候，方肃才在桌前坐下。

我戳了一个水饺送到方肃面前，方肃张嘴吃下，我问他：“好吃吗？”

方肃点了点头。

“那我也尝尝。”

我上身越过桌子，凑到方肃面前在他嘴上亲了一下，最后舔了舔嘴唇，说：“嗯，的确很好吃。”

方肃：“……”

他问：“你的套路怎么这么多？”

我魅惑一笑：“我撩汉的技能可以说是冠绝当世，不过小帅哥你别害怕，我不是什么坏人。”

方肃啼笑皆非，讲又讲不过我，那该怎么办呢？他伸手……捏住我的右脸颊扯了扯。

我：“……”

痛是不怎么痛啦，但我百兽之王不要面子的啊？

我威胁说：“放开！不然我咬你啊！”

方肃一点都不㞞，挑衅道：“你试试。”

试试就试试！

我目露凶光，露出两颗尖锐的虎牙，打算用实力捍卫自己的尊严。咬哪里好呢？嘴巴是个好地方，可万一方肃的目的就是让我亲他呢？

不能让他得逞！

我将方肃掐在我脸上的那只手扒下来，找到他的食指一口咬下，随后……磨了磨牙。

一个被窝都钻过了，总不能下狠嘴吧？

方肃盯着我看了一会儿，撸猫一样顺了顺我的头发，说：“乖，松开，有东西送你。”

新年礼物？

我瞬间松开了方肃的手指。

方肃抽回自己的手指，在餐布上把口水擦净后，从房内取出两个礼盒推到我面前，示意我先打开大的那个礼盒。

我按照方肃给的顺序拆礼物，礼盒内放置着一个透明的玻璃瓶，瓶内是一束漂亮的永生花。花上缠绕了小夜灯，打开盒盖的瞬间，一个个小夜灯亮了起来，散发出璀璨的光芒，超漂亮的！

盒内还有一张小卡片，我拿起卡片打开，三行清隽的字迹出现在眼前。

艳阳：

愿你所有的付出，都能得到回报。

明明是浪漫的气氛，一瞬间我竟然觉得有泪意，我掩饰地拿起另一个礼

盒打开，然后……笑趴在桌上。

礼盒里居然装着一条秋裤。

方肃开启霸道总裁模式，用开高层会议的严肃表情告诉我：“秋裤是个好东西，希望你也有。”

我：“哈哈哈——哈哈哈——你是想笑死我，继承我的秋裤吗？”

这是不是叫以彼之道，还施彼身？

我问方肃：“你不是说秋裤是时尚圈的禁忌吗？为什么还要送我秋裤？”

方肃一本正经地回答：“真正关心你的人，不会在意你的穿着是不是有品位，只会担心你是不是冷。”

我又趴在桌上笑了好一会儿，随后对方肃竖起大拇指：“你赢了！”

方董事长的情感哪里内敛、哪里不解风情啦，霸道总裁该有的套路，他一样不少！

我得了新年礼物，开心得不得了，当即就把秋裤换上，调暗灯光，在客厅里搞起了个人秀。

交叉步！剪刀步！定点动作来十套！

秀秋裤！凹造型！今天我是万人迷！

我一个人撑起了一台秀，作为唯一的观众，方董事长打趣道：“你要是能保持这种状态，Charites 主秀就能拿下来了。”

我毫不谦虚地说：“说不定Charites明年的主秀就是我呢？叉一会儿腰，可把我牛坏了！”

方肃：“……”

你开心就好。

第九章 向金钱势力低头

我兴奋过度，翌日就被打回原形，连起床都是被方肃从被窝里拽出来的。

四大时装周的最后一站是米兰，这日，方肃交给我一个艰巨但并不光荣的任务……去 Lei 面试。

方肃表示：“Lei 是 Giulia 的副线品牌，他们的品牌标志是只小老虎，鬼马的服装风格与你十分契合。你只需展露出本性，露出你的小虎牙，就能惊艳众人。好好把握好这次机会，得到 Lei 的青睐，对你的事业大有助益。”

我：“……”

契合，当然契合！

因为 Lei 的服装设计师就是江锐，这个品牌的灵感来源就是我！Lei 是意大利语，翻译成中文就是“她”，这个“她”指的就是我！

当年江锐出国后，我就很关注国外的时尚圈，当我知道 Lei 的诞生时，心里是欢喜的，但是现在……

真的很尴尬好吗？

我的内心陷入纠结，要不要跟方肃说我和江锐的事？如果我和方肃还是纯洁的梦想合伙人关系，那说一说我那些不得不说的往事当然没关系，但我跟方肃现在是在搞对象，跟男朋友讲过去的情史，怎么想都不是个明智的选择吧？

可能我的表情有些奇怪，方肃狐疑地问："你怎么了？"

我本能地回答："没什么。"

好了，林艳阳，你完了！蓄意隐瞒，对男友不忠诚，被方董事长发现你就等着被杀头吧！

我咽下喉头的一口血，带着"风萧萧兮易水寒"的心情去面试了。

Giulia是意大利的奢侈品品牌，拥有近百年的历史，他的副线Lei成立至今不过四年，却凭借其鬼马的服装风格迅速抢占市场，在时装界占得一席之地。

这样的大牌，面试的模特自然不少。为了提高效率，采用的是多人面试。有对比就会有伤害，几个人同时走秀，台步好坏，一看便知。

我以为今天会见到江锐，进屋后发现，里面坐着三位陌生的面试官。也是，人家一个大设计师，哪能为了这种小小的面试耗上一天？

真是棒棒的！

面试先是台步考验，踢掉台步不扎实的，随后是静态面试，如果面试官对你有意思，会问你几个问题，拍几张照片。

如何在几位模特中脱颖而出呢？

我勾起嘴角，露出两颗小虎牙。

系统：您对面试官使用外挂"小虎牙"，魅力值增加99%。

小虎牙的外挂一出，三位面试官顿时露出惊喜的神色，相互交流起来。他们用的是意大利语，即使我听不懂，也知道肯定不是坏话。

三位交流完毕后，对我说："露出你的两颗牙齿，让我们拍几张照。"

我露出灿烂的笑容，对着镜头摆了几个pose。面试结束后，面试官直接告诉我："回去等好消息。"

当天晚上，方肃接到了Lei打来的电话，通知我去试装。

方肃问我：“你认为自己会走什么位置？”

我厚颜无耻地回答：“开场？闭场？”

方肃难得不泼我冷水，甚至助长歪风：“抓住机会，Lei 的代言就是你的。”

我：“……”

代言 Lei 能赚多少钱啊？我马上被金钱蒙蔽了双眼，向欧元势力低头！我一定好好表现！

试装当天，我干劲十足地出现在 Lei 地工作室，然后……见到了前男友。

上次见面是去年的超模大赛，当时我还怀疑自己对江锐余情未了，今日再见……除了尴尬，我的内心毫无波动。

工作人员不知道我和江锐是旧相识，介绍说：“这位是我们的艺术总监 Ray。”

我佯装初次见面的样子，伸出右手说：“您好，我是 Sunny。”

江锐回握住我的手，公事公办地回了一句：“你好。”

现场有很多的工作人员，摄影师、造型师、换衣工等，用来搭配服装的配饰随处可见，工作人员取出一套衣服说：“Sunny，先试试你的第一套 look。”

第一套？

我立即从中得到了一个信息。

我的第一套 look 是条吊带长裙，大腿处开衩，外面搭配一件橘色的小外套，颜色非常亮眼，张扬而充满活力。脚上一双单鞋，耳饰是 Lei 的经典饰品，一只小老虎头的耳钉。

工作人员为我搭配完后，询问江锐的意见。

江锐盯着我看了一会儿，走过来抓了一把我身侧的衣料，转身对边上的工作人员说：“胸围收小。”随后用中文对我说了一句：“最近瘦了不少。”

我：“……”

方肃对我的体重控制非常严格，最近时装周连轴转，瘦是肯定的。但我刚刚和江锐假装陌生人打了招呼，突然又讲这么不见外的话，真的合适吗？

江锐丝毫不觉得自己的话有什么问题，神色自然地说：“外套半脱。”

我按照江锐的意思，将左肩的外套脱下搭在手肘上，随后在江锐的示意下转了一圈，走了几步。

江锐又说："露出你的小虎牙。"

我扬起一边的嘴角，露出一颗牙齿。

江锐终于点了头："可以。"

一套秀服搞定，摄影师拍摄好试装照后，工作人员取出了另一套秀服，我看见那套秀服的第一眼就是"哇哦"的惊叹！

那是一条珊瑚色的单肩礼服，深浅不一的花朵从肩上蜿蜒而下，曳地的裙摆层层叠叠，与其说是礼服，不如说是一条公主裙。从小被人捧在手心的小公主应该就是穿着这样的裙子，在花海中嬉戏。

工作人员为我换上礼服后，我自恋地在原地转了一圈，自我欣赏了一会儿。

每件秀服都有搭配好的手绘图纸贴在白板上，这件秀服原本的设计是头上簪上花朵，耳朵上不戴任何饰品。可江锐在看过我的造型以后，将我头上的小花除去，只是简单地盘起来，耳朵上戴上真花制成的小花。

一切完成后，我看着镜子中的小公主，问江锐："Lei 的秀票可以给我一张吗？"

江锐回答："当然。"说着，就让助理取了一张邀请函来。

我道了一声谢，随后收入包中。

江锐并没有告诉我走秀顺序，但我知道，Lei 的服装风格一直以来都偏日常，我今天试的第二套秀服如果不是闭场，那闭场得华丽成什么样啊？

回去以后，我将今天的两套服装跟方肃说了一下，随后炫耀说："这场秀我十有八九是闭场！"

方肃搂住我的腰，让我坐在他的腿上，捧场地说："那你不是很棒？"

我毫不谦虚地点头，从包里掏出邀请函递给方肃，表示："这场秀你一定要去看，我希望自己所有漂亮的样子你都能记住！我可以不说自己是小仙女，但你心里一定要清楚。"

方肃面无表情地盯了我一会儿，最后还是破功，笑了出来，很敷衍地说：

“知道了，小仙女。”

Lei 秋冬发布会当天，所有模特齐聚彩排现场，我终于知道了自己的走秀顺序。

开秀加闭秀！

Lei 作为米兰时装周的最后一场秀，关注的人本就多，光是闭场就足够引人注目，开秀闭秀一起上，说我不是 Lei 力捧的新人都没人信！

我实在不明白江锐的想法，那么一大顶绿帽子戴在头上，他还能力捧我，那得公私分明、宽宏大量到什么地步啊？

晚上八点，Lie 的秋冬发布会正式开始，我身着吊带长裙、橘色外套上台开秀。

Lei 将本次的秀场设计成了森林的样子，观众坐在木椅上看秀，模特在草坪上走秀。高级时装秀上的模特基本都很高冷，定点简单，稍作停留即离去。但在 Lei 的秀场上，无须这样严谨，你可以流露出自己的情绪。

我目不斜视，精准地踩着音乐的节拍走向台前，等站上定点位置，我勾起一边嘴角，将一颗小虎牙完整地暴露在镜头下，另一颗藏在唇间若隐若现。随后我利落地转身，返回后台。

这场秀我有两套 look，我一进后台就立刻被工作人员拉去换装。二十分钟后，我身着珊瑚色的礼服重新登上 T 台。礼服的风格和开场秀不同，走秀的风格也不同，我面部呈现放松状态，落落大方地走向台前。

你以为我心里也很淡定？不存在的！

我现在满满的都是迷之自信，觉得自己超美超仙！我恨不得拿喇叭喊上几句：“方方你快看我！是不是超美？！”

方肃的票是我给的，我自然知道他坐在哪儿，可我不能转头看他。

我心里想着有的没的站上定位点，露出笑容，如同穿上水晶鞋，换上华丽礼服的辛德瑞拉，张开双臂转了一圈。层层叠叠的裙摆在我的身下散开，这一刻，我就是穿上水晶鞋的灰姑娘！

所有服装展示完毕后，我很快重返秀台，带领所有模特谢幕。

Lei 秋冬时装发布会的结束，意味着本次四大时装周正式落下帷幕。当

晚 Lei 办了一场庆功宴，作为主秀，我必然要出席。

回酒店换礼服的路上，我向方肃求表扬："我今天是不是超漂亮？"

方肃没有回答，而是用一种微妙的眼神看着我。

我问："你干吗不说话？"

方肃表示："今天的时装发布会前，我认为 Lei 的品牌风格与你非常契合，你的出现必然能获得众多瞩目。但当你真正站上 Lei 秀场，我产生一种错觉……不是你契合 Lei 的品牌风格，而是 Lei 本就是为你而生，无论你用何种方式展现，它都能与你完美融合。"

我："……"

这眼光是不是太毒辣了？这都能看出来？

我讪笑两声，表示："是吗？呵呵，这真是老天爷赏饭吃。方董，你这个想法可以有，毕竟梦想有多远，野心就可以有多大！"

方肃微微眯起双眼，盯着我说："老实说，你是不是有事瞒着我？"

我表现出惊讶："怎么可能，你不要胡思乱想！"

方肃威胁说："最好没有，否则……"

他露出个残忍的笑容。

我："……"

好了，我知道了，打死都不能让你知道！

我插科打诨将这个话题带了过去，回去换好礼服，便前往 Lei 的庆祝宴地点。这次的庆祝宴方肃不会陪同，说到底，这种庆祝宴和商人应酬饭局没有本质上的区别。

作为主秀，我入了庆祝宴就受到不少关注。我一番应酬后，躲到角落的点心区填肚子。

我嘴里咬着甜甜圈，心中默默吐槽，时尚圈这个地方真是与美食有仇，餐桌上出现的肉类永远是海鲜、鸡胸肉这类低热量的食物，油沫星子都不见几滴，最丧心病狂的就是做点心不放糖！

甜甜圈不放糖叫什么甜甜圈？人家甜甜圈不要面子的啊？！

我嘴里啃着甜甜圈，心里幻想着回国后开启暴饮暴食模式，包里的手机突然响了。我掏出手机看了一眼，是方肃打来的电话。

我有种干坏事当场被抓包的感觉，迅速将嘴里的甜甜圈囫囵咽下，灌了一口香槟，才接通电话。

方肃在电话那头问：“庆祝宴几点结束？我去接你。”

我果断拒绝了：“还是不要了，我一会儿就回去了，你早点睡吧。”我正说着，耳边突然响起另一道声音。

“你怎么躲在这儿，我四处找你。”

我转头一看，是江锐。

我对电话那头的方肃说：“我很快回去，你先睡吧。”说完，我挂断电话看向江锐：“你找我有事吗？”

江锐表示：“我介绍一个人给你认识。”

我：“哦，好的。”

江锐将我带到一个留着充满艺术气息的胡子、眼睛炯炯有神的白发老头面前，介绍说：“这位是《La Moda》的主编Fernando。”

咦，这就是传说中一言能定人生死，宇宙大刊《La Moda》的主编费尔南多？

在看见那个超有个性的小胡子的时候，我心里就有了预感，只是觉得难以置信。一言不合就带我见传说中的大人物，这样真的可以吗？

费尔南多和蔼地同我打了招呼，又和江锐开玩笑说：“Ray，恭喜你终于找到了自己的缪斯女神。”

江锐回答：“以后还得您多关照。”

我：“……”

江锐这是真的打算捧我？

江锐介绍大人物让我认识，我全程都不在状态。见完费尔南多后，我打了一会儿酱油，就准备偷偷遁走，谁知出门正好碰见江锐在跟人说话。江锐见我出来，结束了眼前的谈话，问：“你现在就走？外面在下雨，我叫车送你。”

我急忙拒绝：“不用了，我自己打车就行。”

江锐看了我一会儿，突然笑了，说：“你不用和我这样客气。”

我忍不住问道："你为什么要帮我？你知道以前我……"在你头上戴了一顶绿帽子！

我至今还记得江锐当时愤怒的表情。

江锐神色淡然地说："那都是过去的事了，何必执着于过去不放。假如没有发生那件事，或许我不会有勇气去追寻自己的梦想，更不会走到今天这一步，这样一想，我还得感谢你。"

我："……"

我从未见过如此大度的男人，让我自惭形秽，自愧不如！

江锐的样貌算不上出挑，但当年在我们学校，他也是很受欢迎的。

江锐有些近视，戴着一副细框眼镜，看似温和，实则性子清冷，没有几个人能真正同他亲近。

我觉得江锐身上有一种贵气，一看就不是普通人家能教出来的。就他这种性子，当年能对何景耀动手，可想而知是有多生气。饶是这样，几年不见，他还能一脸平静地跟我说："那都是过去的事了……我还得感谢你。"

江锐虽然出色，但我的立场非常坚定，我现在是方董事长的女人，必须跟前任撇清关系！不然哪天东窗事发，我就真的完啦！

我表示："你能放下过去，我很高兴，但你不需要帮我。"

江锐问："你为什么觉得我是在帮你？Lei 的灵感来源是你，你为 Lei 走秀，才能真正展现它的光芒。艳阳，你不用觉得亏欠，你是我的缪斯。"

江锐口中的缪斯，是希腊神话中象征艺术的女神，设计师们总是喜欢将为他们带来设计灵感的人称为"缪斯女神"。当年江锐对我说出这句话时，我觉得它是一句别出心裁的情话，现在的话……

我露出礼貌而不失尴尬的微笑："如果没有其他事的话，我先走了。"

江锐淡笑说："看来有人来接你，那么……再见。"

我："……"

几个意思？

我心里冒出一个可怕的念头，抱着上刑场的心情转过身，就看见……方肃站在我身后不远处。

他的脸……称得上是暴风雨前乌云密布的天空了。

他是什么时候来的？

他听见了多少？

我告诉自己，身正不怕影子斜，若无其事地问："你怎么来了，不是告诉你我自己会回去吗？"

方肃面无表情，眼中却蕴含着怒火。我凑上去想要抱他的胳膊，却被他躲开了。

我知道隐瞒江锐的事是有些不妥，但我和江锐什么都没有发生啊，我的立场非常坚定！为什么他要用这种抓奸的眼神看我？

我看着方肃。

方肃瞪着我。

他……是不是在等我解释？

我："……"

我和江锐什么都没发生，究竟要解释什么呀？难道要我指着江锐离开的方向说"看见没，刚才那个，我前男友"？

我正想着措辞，方肃的忍耐却到达了临界点，他怒气冲冲地伸出了手！

他要做什么？家暴？

我心中一惊，就见……方肃递给我一把雨伞，随后转身就走。

我："……"

我未来公公怎么给孩子取名字的？方董的人设这么可爱，为什么叫方肃？明明应该叫方甜甜！

方董化身方甜甜给我送伞，却撞见我和前男友在一起，气到爆炸，却有始有终地将伞送到我手中。

我的原则和理智瞬间都不要了，方甜甜不高兴了，肯定就是我不对！

我一个箭步冲过去，卡住即将合拢的电梯门，强行挤进电梯。

"甜甜，不……方方，你听我解释，关于刚才的事情，我请求组织给我一个坦白从宽的机会。"

我刚说完这句话，电梯便到达底层的大堂，电梯门"叮"一声打开了，

方肃没有看我一眼，大步流星地走出电梯。

我追在方肃身后出了大堂，见他淋着雨走向一辆出租车，连忙冲过去想要给他打伞。然而我的腿长，方肃的腿更长，我眼睁睁看着他上了车，然后……车没走？

我赶紧蹿上车。

出租车重新上路，车内只有雨打在玻璃窗上的声音，我有千言万语想对方肃说，又不好意思当着外人的面说太露骨的话，即便对方根本听不懂中文。

回到酒店后，方肃再次利用自己腿长的优势，将我甩在身后。等我进了客厅，就见方肃双臂环抱，扭头坐在沙发上，一副“拒人于千里之外”的样子。

倘若做成表情，绝对不是“宝宝生气了，快来哄我”，而是“宝宝很生气，后果很严重”！

我一点都没尿，倒了一杯水后坐过去说：“来，先喝口水消消气。”

方肃看都不看一眼。

我坦白从宽说：“我承认，我和江锐交往过，但我保证，我们现在的关系比白莲花还要纯洁！就算是他让我代言 Giulia 我都不会心动！”

方肃将目光落到我身上：“你说的那个前男友，就是江锐？你说你们是清白的，那我两次问你，你为什么要隐瞒？”

我对犯罪事实供认不讳：“是，是他。那都是陈芝麻烂谷子的事了，我是怕你心里不高兴才没有说。”

方肃冷笑一声：“怕我不高兴？如果今天不是被我撞见，你是不是想一直瞒下去？呵，‘你是我的缪斯’？这是我听过最动人的情话了。你坚持要进时尚圈，是不是为了他？”

我吃了一惊，这锅我可不能背呀！

我说：“口不择言了啊，方董！我进时尚圈主要目的是为了实现自我价值，其他原因只占小部分，包括实现中华民族的伟大复兴。你什么都可以怀疑，就是不能怀疑我对你的心意！”

我这句表忠心的话不知哪里得罪了方肃，他站起身说：“是，我无理取闹行了吧？”说完转身进屋，“砰”的一声关上了房门。

我好心塞哦。

我是不是拿错了剧本？明明是《霸道总裁爱上我》，一言不合就能“壁咚”的题材，怎么到了我这儿，就是方肃把自己关在房间生闷气了？不是应该好好惩罚我这个小妖精，让我以后不敢到处勾搭吗？

原本我和方肃住酒店，在条件允许的情况下，开的都是两室一厅的套房。我们的关系突飞猛进后，直接同床共枕了。可今天吵了架，我只能一个人凄凄惨惨地入眠了。

我洗完澡躺在床上，翻来覆去就是睡不着。谈恋爱真磨人，甜蜜的同时也伴随着烦恼。今天的事情，在我看来就是一件小事，我和江锐早已是过去式，重要的是现在和未来，何必为了过去的事情不愉快呢？

我想不通，最后匿名上网求助：现任男友吃前任的醋怎么办？！在线等！急！

我：楼主最近因为工作的关系和前男友有了交集，因为觉得尴尬就没告诉现任。今天被现任撞破，他气成了球，一个人回房间生闷气，楼主都不知道怎么哄他了！

棉发糖：楼主不觉得这样的男朋友有点可爱吗？

吱吱为不吱：这样爱吃醋的男朋友不分手，留着过年啊？

爱情导师金坷垃：男人脾气大的程度不能大于他的颜值，楼主你先告诉我，你男朋友颜值几分？

我：“……”

一群不靠谱的！

我：说正经的呢，大家严肃点！问楼主男朋友颜值的……满分 10 分，我给 9.9 分！平时他都是一副霸道总裁的样子，但谈起恋爱来超可爱的！脸上还有小酒窝！我每次看到都忍不住戳他的小酒窝！今天下雨，他特地带伞来接我，结果撞见我跟前男友说话，你们懂的……超市的醋都被搬空了！

棉发糖：居然有酒窝！和市面上的霸道总裁一点都不一样！楼主说得我也超想戳！这样的小可爱，楼主好好珍惜吧！

后面一群同想戳酒窝的。

我："……"

不给戳！方甜甜是我的！

大部分留言都是灌水，但有的留言还是有参考价值的。

爱情导师金坷垃：楼主的男朋友会这么生气，主要是因为楼主不坦诚吧？换位思考一下，如果你的男朋友背着你和前女友有联系，你也会不高兴吧？

嗯，好像说得挺有道理。

如果方肃背着我跟裴希联系……我肯定要挠死他。

再看看下面的回复。

我真的不胖：男朋友生气怎么办？没有亲一顿解决不了的事！如果有，那就两顿！

我："……"

老司机带带我！

这条留言吸引了我全部的注意力，我一边看评论，一边暗暗地想，究竟要亲几顿方肃才能不生气。

秋名山车神：比起哄男朋友开心，楼主不觉得将他欺负到哭出来更有趣吗？

我："……"

新世界的大门开启了！

将方肃欺负到哭……

听上去像是天方夜谭，但是……真的好让人心痒痒！

霸道总裁文里，不是经常有霸道总裁蛮不讲理地说"我的女人只有我能欺负"吗，同理可得"我的男人只有我能欺负"！

这条留言令我莫名兴奋，夜里做梦都是将方肃欺负到哭的画面。

翌日醒来，我的内心陷入纠结，我今天见到方肃究竟是要哄他开心呢，还是将他欺负到哭呢？

我打开房门时，方肃已经坐在客厅吃早餐。他见我出门，主动开口说："过来吃早餐。"完全看不出昨日生气的模样。

睡了一晚上，他就将心情调节好了？虽然是好事，但……总觉得有点失落。我都还没有哄他，或者欺负他！

很快，我就发现方肃看似恢复了心情，实际心里还是存有芥蒂。比如平时用餐的时候我们会闲聊，但今天坐在餐桌旁，方肃几乎没有多余的话。

哎，“方甜甜”不开心，还主动跟我和好，我还是不要欺负他了吧？否则良心会痛！

吃过早餐，我们收拾好行李，搭乘飞机回国。有十几个小时的飞行时间，睡觉是打发时间的最好方式，“方甜甜”盖着毯子躺在位子上睡觉，我悄悄伸出一只手探入他的毯子，找到他的手后十指交握。

“方甜甜”的眉头动了动，没有挣扎。

胜利的曙光就在眼前！

我整个人都趴到方肃的座位上，用身体挤他。方肃睁开了眼睛，被我闹得没有办法，只能侧身让我挤了进去。那么小的座位，挤了两个人之后连一点多余的空间都没有了。

我面对面跟方肃挤在一起，用手戳他小酒窝的位置。那里平坦得很，一点下凹的迹象都没有。

方肃抓住了我的手指：“别闹。”

我特别柔情蜜意地问：“方方，你是不是还在生我的气呀？”

方肃口是心非：“没有。”

我说：“你就别骗我了，咱们俩谁跟谁呀。我跟你道歉，江锐的事情是我不对，没有提前跟你说。我就是把Lei当成一份工作，不想牵扯从前的事，才没有说。你要是心里不舒服，以后Lei和Giulia的工作我都不接了，全听你的好不好？过去的事就让它过去吧，让我们携手共创美好的未来，好不好？好不好？好不好？”

我追问不休。

方肃盯着我的眼睛问：“你还有没有其他事瞒我？”

我认真地想了想：“没有了，从今以后我拥有的二十四年人生经历都向你开放权限，你想知道什么我都告诉你。当然，我想知道的事情你也得告诉我。”

方肃表示：“最好是这样。”说完，他抓住我的手指亲了亲。

我被方肃亲得手指痒痒的，挣开他的手，继续戳他小酒窝的位置，同时追问:“我小酒窝呢，我的小酒窝？说！你把它藏哪里去了？快把它还给我！究竟要我怎么做才能见到它？你说啊！”

方肃叹息一声，表示：“你戏真的很足。”说完，他直接使出撒手锏，用手摁住我的后脑勺，用自己嘴堵住了我的嘴。

“呜呜——”

说好的小酒窝呢？！

我和方肃的打情骂俏瞬间成了……限制级画面。

这一趟四大时装周行，可谓是收获颇丰，我一共走了三十几场秀，包括Le Goff的高定秀、星锐的开秀闭秀，但真正让我声名鹊起的，是Lei秋冬时装发布会上的开闭场。

我在飞机上闲着无聊，拉着方肃看各国媒体的评价，“方甜甜”的主要任务是……翻译。对于我在Lei秀场上的表现，各国媒体的评价是“令人印象深刻”。

Lei的品牌定义是古灵精怪、变化多端，当我站在Lei的秀场上，露出两颗小虎牙开场时，叛逆张扬，完全体现了Lei的风格多变。而闭场时的那套look，我的华丽转身，让在场所有的观众都感受到了Lei的美丽蜕变。

Lei就像是一个精灵古怪的少女，时而俏皮，时而张扬，时而叛逆，变化多端，让人又爱又恨。但是有一天，当她出现在众人面前，你发现不知不觉中，她有了惊人的蜕变，那个精灵古怪的少女长大了！

她依然个性十足，但同时，她如同一朵绽放的玫瑰，展现出了她真正的美丽。

意大利的一家媒体评价，Lei找到了他们品牌的灵魂模特，而我，则是为Lei而生。

我有小情绪了，什么叫我为Lei而生，明明是Lei因我而生！

对此，方董事长的回应是……

“哼！”

我：“咦？”傲娇！

如果说出国前我只是在国内有点存在感，那回国的时候，我已经在国际上狠狠地刷了一回好感度。在国内机场都有人认出我，让我签名了。

方董事长看完我的签名，回去的路上就在网上订购了一堆字帖，让我回去练字。

何景耀知道我为Lei走秀的事，第一时间打电话来揶揄：“见到江锐有什么感觉？有没有重燃爱火，破镜重圆？”

我下意识地看了方肃一眼，方肃察觉到我的视线，回了我一眼。

方董事长就在我身边，这种话能随便乱说吗？

我义正词严地跟何景耀说：“你说的这是什么话？我现在可是有家室的人了，你再说这样的话，我就告你玷污我的名誉！”

“家室？”何景耀试探着问，“是方董？”

我扬扬得意地说：“就是他，我们纯洁的梦想合伙人关系，现在已经成了不纯洁的男女关系。”

方肃在边上扶了扶额，说：“好好说话。”

我一脸悲痛地向何景耀解释：“老同志，对不住，我没能抵抗住资本家的诱惑，成了资本主义的奴隶。”

边上的资本家沉默了。

电话那头安静了一会儿，随后响起何景耀的轻笑：“你终于谈恋爱了？那得庆祝一下，请我吃饭，让我沾沾你们的喜气，早日脱单。”

我在心中默默吐槽：你要是愿意脱单，想跟你搞对象的女人能环绕地球三圈好吗？但是想想何景耀的黑历史……还是让他单着吧。

我说：“行啊，你什么时候有空？”

何景耀说：“这几天都可以。”

我侧过头问方肃：“你明天有空吗？”

方肃点头。

我跟何景耀说：“那就明天晚上吧。”

我跟何景耀约定好时间，挂断电话方肃就问：“何景耀的电话？你们说

了什么？”

我说：“何景耀让我们请他吃饭，祝他早日脱单，我约了明天晚上。”

方肃表示：“你决定就好。”

晚餐的时间是我定的，用餐的地点则是何景耀选的。这叫啥来着？这叫主随客便，嘿嘿。

何景耀选的是一家口味比较重的餐馆，主打香辣小龙虾，价格非常亲民。何景耀要了一个小包间，我跟方肃到的时候，他坐在包间内，无所事事地拨弄桌上的餐具，眼神……阴沉。

我心中猛地一跳，太久没有见到何景耀的这副表情，我都快忘了他私下真正的性格是阴郁。

何景耀见我们进门，立即收敛了眼中的情绪，起身笑容阳光地说：“你们来了，我可等了好一会儿了。”

彼此都认识，我也就没有详细介绍，简单地说了一句：“方肃，我对象；何景耀，我发小。好了，我们点菜吧。”

这家餐厅的特色是香辣小龙虾，何景耀问方肃：“方董吃辣吗？艳阳从小就喜欢吃重口的东西。”

方肃客气地说：“直接叫我名字就好，我能吃辣。”

我跟何景耀讲：“你不要小看了方方，他可没有偶像包袱，跑时装周的时候，我们俩一起蹲在路边啃汉堡，唯一的区别就是我的汉堡里没有肉。”

方肃澄清说：“我没有蹲。”

我说：“是吗？那就是我一个人蹲了，不要在意这些细节嘛。”随后转过头用讲悄悄话的语气跟何景耀讲：“我收回刚才那句话，他还是有偶像包袱的。”

方肃：“……”

何景耀：“……”

我自娱自乐结束，终于开始好好点菜了，一盆香辣小龙虾，加上几道素菜，酒水是啤酒跟雪碧，方肃跟何景耀喝啤酒，我喝雪碧。

香辣小龙虾上桌后，我们齐刷刷地丢掉偶像包袱，戴上一次性围裙和手套，齐心协力消灭小龙虾。

何景耀啃了一会儿小龙虾便开始邀功：“艳阳，我算是你和方董的媒人，这顿饭你们请得不亏。”

我：“呵，要点脸。”

何景耀表示：“你不是为了我才去参加新时代的模特大赛吗？我不是你们的媒人？”

我：“……”

无法反驳啊！

这么一说，何景耀真的算是我跟方肃的半个媒人？

方肃停下手中的动作，转过头盯着我，用眼神示意：坦白从宽，抗拒从严！

我一㞞，连忙为自己的黑历史洗白：“那时候何景耀的奶奶病了，我们拿不出钱为她治病，正好看到你们公司模特大赛的海报，上面说第一名可以获得十万元的现金奖励，我就去了……”说着说着，我脑子突然转过弯来了，“不对啊，这么说的话，何景耀，今天应该是你请我们吃饭啊！”

当年我是为了何景耀才坑了方肃十万，这锅得何景耀背。

何景耀发现我的脑子这么好使，他不埋单都不行了：“好好好，这顿我请行了吧？一点亏都不肯吃。”

提起这件事，何景耀不免有些感慨，说：“那时候真是走投无路了，我们还去血站卖过血。”

我想起何景耀去世的外婆，也觉得伤感，打断他说：“说这些事干吗，都是自己人。”倘若《Anne》场景坍塌真的只是一场意外，何景耀也是为我两肋插刀了。

我举起手中的杯子：“来，一口闷了。”

我用一杯雪碧骗何景耀喝了一杯啤酒，放下杯子后，就见方肃似笑非笑地盯着我：“你的自己人可真不少。”

我：“……”

这是特殊的吃醋方式？

龙虾被干掉一半的时候，何景耀从裤兜里掏出两张漂亮的卡片递到我面

前。我定睛一看，是今年 JK 内衣秀的邀请函，全球顶级的男色盛宴！

上回方肃暗示我穷，进不了 JK 秀场，我就走后门，问何景耀要了一张邀请函。

今年的 JK 秀地点定在上海，外国的资本主义一个个向人民币势力低头，特别方便吃瓜群众看戏。

我拿着邀请函对何景耀狂刷“666”，随后转过头向方肃吐舌炫耀。

方肃看不下去，往我嘴里塞了一口蒜泥黄瓜。

我问何景耀：“今年你走什么位置？”

何景耀回答：“开秀。”

我很捧场，说：“那你很棒棒了，闭场是谁？”

何景耀说了一个名字：“David。”

我竖起大拇指：“希腊男神，上帝的宠儿，三百六十度无死角！”

边上响起方肃的轻咳声。

我恍若未闻，继续问：“除了 David，还有哪些男模？”

何景耀说：“斯蒂芬·杨。”

我竖起大拇指：“行走的荷尔蒙，大胸肌！想想就让人热血沸腾……呜！”话说了一半，嘴里又被强行塞了一口蒜泥黄瓜。

我转过头瞪了方肃一眼，把嘴里的黄瓜嚼完，继续问：“还有呢？”

何景耀看了看我，又看了看方肃，露出不怀好意的笑容：“冈萨雷斯。”

我对男色势力如数家珍：“突破屏幕的大长腿，那双腿我可以玩一年……呜！”正说着，嘴里再被塞了一口蒜泥黄瓜。

这回我连头都不转了，嚼完嘴里的黄瓜，又继续问何景耀：“还有谁？”

何景耀说：“博格。”

我露出暧昧的笑容：“我知道他，传说中菲利普斯的小男宠？”

这回我做好了心理准备迎接不知何时会被强塞的蒜泥黄瓜，然而等我说完整句话，嘴巴都停下来了，那口黄瓜还没有来临。

我转过头看向方肃，他已经把脸转了过去，明显是有小脾气了。

我恶作剧得逞，坏笑了一下，捏住他的下巴将他的头转向我，说：“甜甜，不管是盛世美颜还是大长腿，或是大胸肌，对我而言就像是在夸‘这个花瓶好漂亮’‘这颗珍珠好白’，一点其他的想法都没有，我最喜欢的就是你啦！”说完，我凑过去在他嘴上亲了一下。

方肃哭笑不得，捏住我的脸扯了扯，说：“你这张嘴，有时特招人恨，有时又跟抹了蜜一样。”

我表示：“你放心，我只跟你抹蜜，别人都是掺了砒霜的。”

方肃满意了，何景耀却在边上抗议：“够了啊，这还有个单身的呢，这把砒霜是想毒死我吗？”

我松开方肃说：“好了，好了，不要吵了，吃菜，吃菜。”

一顿饭结束后，何景耀打车回家，方肃开车送我回公寓。在路上的时候，我突然想起自己还不知道他住在哪儿，便对他说：“我还没去过你家呢。”

方肃目视前方车况，问：“想去看看？”

我点头，非常不矜持地说：“择日不如撞日，就今晚吧。”现在已经是晚上九点，到方肃家就更晚，今晚肯定是要睡他家了。

方肃临时掉头，把车开去他现在居住的公寓。

方肃的公寓坐落于寸土寸金的中心地带，周围的绿化设施非常漂亮。我一进公寓，就将他的家参观了一番。屋子的装修是简约风，没什么多余的装饰，三室一厅，一间是卧房，一间是书房，另一间放了健身器材。

我问：“我是第二个踏进你家里的女人吧？”

方肃非常残忍地告诉我：“不是。”

我有点伤心：“那我是第三个？”

方肃回答：“也不是。”

这下我是真的伤心了：“第四个？”

方肃反问：“我不能请家政吗？”

我：“……”

嘁，浪费我的感情！

我瞬间收起自己那一丁点儿伤心。

方肃问：“你为什么会认为自己是第二个踏进这所公寓的女人？第一个

女人是谁？”

我表示：“当然是你妈啊！”

方肃回答：“我父母住在美国，他们是华裔。”

我第一次听到方肃谈论他的家庭，惊讶地问：“所以你也是华裔咯？”

方肃点头。

我忧郁了：“你家不会很有钱吧？”

方肃表示：“你的职业目标不是成为豪门吗？”

我：“……”

话是这样说没错啦，但我就算成为第一超模，也跟那些真正的豪门有差距吧？

我化悲愤为占有欲，放下一句狠话：“以后你的公寓，除了你妈，只有我一个女人能进来！”

对！家政阿姨也不可以！

参观完公寓，就该洗洗睡了。

今晚我是临时决定睡方肃这儿的，没带换洗的衣物，方肃便取了一条睡袍给我，贴身衣物的话……

我看了方肃一眼，要不穿他的？嘿嘿，我有点小害羞呢。

方肃非常不解风情地说：“贴身衣物你用吹风机吹干。”

我任性地表示：“不，我要穿你的！”

方肃看了我一会儿，表示：“会掉。”

我：“……”

好像是这样哎。

我依然不罢休，说：“缝一缝就好啦。”说着，我当着方肃的面，从他的抽屉里抽出一条内裤，随后露出暧昧的笑容。

方肃脸红了！

我一副发现了新大陆的表情：“天哪，方董，你怎么这么容易害羞？以后要是我们真的住一块，我还得给你洗内裤呢，你现在就害羞啦？”

方肃忍无可忍地夺走我手里的内裤，推着我往浴室走：“你该去洗澡了。”

我笑得像是一只偷了腥的猫。

我并不是非穿方肃的内裤不可，就是……想逗逗他，看他露出那种“小妖精，拿你毫无办法”的表情。我怕方肃恼羞成怒，不再逗他，顺着他的意思进了浴室。

我一点也不见外地用了方肃的洗漱用具，洗完澡后换上他的睡袍，将自己的贴身衣物洗干净再吹干。

公寓里有两个卫生间，方肃并未使用另一间，而是等我出去后才进浴室梳洗。

我躺在方肃的床上，骨碌碌地滚了几圈，突然想起一件事：Charites 大秀前，方肃曾对我进行过针对性培训，他说从我身上看不到性感两个字，对于我的挑逗和勾引，他的评价是……卖弄风骚。

虽然以我们火箭般的进展来看，他应该早就对我有意思了，但……哪个女人能够容忍男朋友说自己不够性感，卖弄风骚？

即使是曾经也不行！

还有！这些日子我跟方肃同床共枕，他都是规规矩矩的，盖着棉被纯睡觉，难道……他真的觉得我不够性感，一点动手的欲望都没有？

不！我拒绝相信！

今晚我一定要一雪前耻！

我脱下身上的睡袍，打开方肃的衣柜，找出一件衬衫换上。

等方肃走出卫生间，看到的就是这样一幕：我穿着他的白衬衫趴在床上，衬衫的下摆堪堪遮住臀部，两条大长腿向后弯起，在半空中晃呀晃。

我是横趴在床上的，方肃没法睡觉，只能在我身边坐下，捏捏我的脸说：“不好好睡觉，又闹什么？”

我：“……”

你还是不是男人？！

我从床上爬起来，从背后搂住方肃，在他的耳边暧昧地吹了一口气，随后吻上他的耳后根，顺着耳垂吻上喉结的时候，我明显感觉到他的喉结动了一下。

我倍受鼓舞，嘴啃个不停，手解开方肃领口的扣子，探入他的衣内。

哎哟，手感不错！

我正想多摸两把，方肃一把抓住我作乱的手，声音有些嘶哑地说："别闹。"

我吻上他的下颌，挑衅道："是不是男人，我都脱成这样了你还无动于衷？该不会是……不行吧？"说着，就打算上手试试。

我也不知道自己哪来的勇气，反正方肃一退让，我就能上天，方肃一强势，我就……尿成一团小可爱。

我此刻正是要上天，谁知手探到一半，就被方肃抓住，紧接着只觉天旋地转，整个人都被他压在身下。方肃身上的气息变了，具有侵略性的目光落在我身上："你知不知道自己在做什么？"

我被镇住了，紧张地咽了口唾沫，提醒他："这个时候你该说另外一句话。"

方肃问："什么话？"

我尽量让自己的表情酷一点："女人，你这是在玩火。"

方肃："……"

十八禁的片场瞬间变成了《欢乐喜剧人》。

方肃的气势因为我这句话瞬间弱了一大截，他无语地说了另外一句话："女人，你点的火，你来灭。"

我："……"

我笑得停不下来，问方肃："你要不要这么举一反三啊？"

我觉得方肃跟我待久了，反套路的能力见长。

下一刻，我就笑不出来了。

方肃堵住了我的嘴。

我搂住他的肩，两个人躺在床上亲亲。不知道亲了多久，反正放开的时候我的嘴唇有点麻。

我侧躺在床上凝视方肃，他刚洗完，发丝柔软地贴在头上，跟平日里一丝不苟的形象截然不同。我玩弄着他的发丝说："方董，你这就完事了呀？"

方肃问："你想要怎样？"

我以为方肃让我调戏过了，又会搞暴力镇压，谁知他认真地看着我说："你真的准备好了吗？"

我看着方肃仿佛能看透一切的目光，难得没有回嘴。

其实吧……我就是纸老虎，嘴上逗逗方肃，真要提枪上阵，我秒尿。

方肃一副了然的样子："墙高基下，虽得必失。我们有共同的梦想等着去实现，有很多的时间了解彼此，不必贪图这一时的欢愉。我更希望在通往终点的那条路上，我们始终相伴。"

我听得心中酸酸麻麻，方董事的套路见长，煽情也是一把好手！

于是，这次换我堵住方肃的嘴！

第十章 停靠在八楼的二路汽车

JK 大秀的地点定在上海，何景耀给了两张邀请函，我在网上订机票的时候问方肃："明晚八点的秀，我们坐上午十点的飞机去上海，你觉得怎么样？"

方肃表示："我答应了会去？"

我目光沉沉地问："哦？那你的意思是你不去？你确定？"

方肃似笑非笑地看着我，既没肯定，也没否定，存心吊我胃口。我转头就往门外走，方肃在身后问："你去哪儿？"

我笑嘻嘻地说："JK 大秀的门票现在炒到十几万一张了，你不去的话我正好把它卖掉，赚点零花钱。"

方肃："回来。"

我听话地回到方肃面前。

方肃发话："订两张明天十点的机票。"

他这是要一起去的意思了，我向方肃伸手说："十万，支票或者网上转账，恕不赊账，谢谢。"

方肃难以置信地说：“你再说一遍。”

我跟他解释：“我刚才是以女朋友的身份邀请你去看 JK 大秀，不用掏钱，你拒绝了我。后来你叫回来的是黄牛身份的我，所以这张门票你得掏钱，折后价十万。”

方肃用一副“从未见过如此厚颜无耻之人”的表情看着我。

我厚颜无耻地伸手：“掏钱。”

有钱就是任性，方肃真的从抽屉里取出支票写了一张给我。我接过支票，凑过去在他脸上亲了一下。

方肃戏谑说：“你卖黄牛票还送香吻？”

我笑嘻嘻地说：“我现在是以女朋友的身份亲你的，刚才有个土豪花十万跟我买了一张门票，我心里高兴，看见你就亲一下。”

方肃：“……”

翌日，我和方肃一同搭乘飞机前往上海。如今我也算是个不小的名人，出入机场得跟明星一样乔装打扮。尽管如此，我依然被人认了出来，耽误了一些时间。

晚上七点五十，我有点激动地和方肃坐在秀场内，等待大秀开始。为了表达自己坚定的立场，我的手和方肃的手十指紧扣。

八点整，大秀准时开始，何景耀上身赤裸，只穿着内裤上台开秀。

同样是裸露身体，露得高级那叫性感，露得低级那就是色情。毫无疑问，JK 大秀是性感的代名词。秀台上的何景耀染着金黄色的发色，容颜俊美，神色疏离，如同传说中的神祇，光芒万丈。

至于内裤的设计……喀喀，不要注意这些细节，我就是看看脸和身材，作为少女的我，怎么好意思盯着人家男性的那个地方看？

我的手心有点冒汗，不自在地动了动，深感自己跟方肃十指紧扣是个非常不明智的决定。

一个个行走的荷尔蒙从你面前走过，你的内心怎么可能毫无波动？我的内心一波动，我的手就忍不住一紧，我的手一紧，方肃不就什么都知道了？

几位男模过去后，我感受到了方肃略带杀气的目光。

我跟方肃保证过，除了他，其他男人在我眼里就是物件，再好看也只是一个好看的物件。我是个重承诺的人，于是又一双大长腿从我面前经过时，我一脸正直地跟方肃点评："这个花瓶的瓶身挺长哈，现代艺术品的技艺真是精湛呢！"

又一位皮肤黑亮的男模从我面前经过，我点评说："这颗黑珍珠光泽度挺高，这是来自大自然的馈赠。"

方肃对此的回应是："你的良心不会痛吗？"

我："……"

有一点点痛？

在我老学究般的点评下，JK 大秀落下帷幕，大秀后还有泳池 party，何景耀给的邀请函里包括了泳池 party 的入场券。

我拉着方肃准备赶去泳池 party 的酒店时，方肃发话说："很晚了，回酒店休息。"

我说："来都来了，还是看一眼吧，我泳衣都带好了。"

真正的狂欢还没开始，休息什么！

方肃态度坚决："回酒店。"

我有小情绪了："你究竟去不去？！你不去我就自己去咯？"

说真的，JK 大秀只是个幌子，我真正的目的是泳池 party！

其他男人的肉体再好看也是白搭，唯有方肃的肉体是属于我的。虽然我跟方肃同床共枕不少次了，但他的肉体我一次都没见到过。方肃帮我擦身上的油彩的时候，可是把我全身上下都给看光了，这也太不公平了吧？

泳池 party，方肃肯定不会西装笔挺地去，他肯定是要脱衣服的！

方肃微微一笑："不止我不去，你也不能去。"

我："……"

还有这样霸道的人？

我不信邪，自己往泳池 party 的方向走。结果没走两步，就感觉眼前的世界颠倒了，整个人腾空而起。

我像麻袋一样被方肃扛在肩上，往泳池 party 的反方向走。

我哀号：“你顶到我的肺了！”

方肃问：“你的肺长在肚子上？”

我声泪俱下地控诉：“要不要这么霸道啊，爱美之心，人皆有之，欣赏一下美好的肉体怎么了？”

方肃冷酷地说了两个字：“驳回。”

你无情！你残酷！你无理取闹！

眼见计划注定落空，我咸鱼状瘫在方肃的肩上，心灰意冷。有路人注意到了这一幕，对着我和方肃指指点点，甚至掏出了手机。我连忙对着方肃低喊：“好了，好了，我不去泳池 party 行了吧，赶紧放我下来，我小仙女的面子都要丢光了！”

方肃闻言，这才将我放下来，拉着我大步流星地离开。

我都这样委曲求全了，谁知翌日我又上了热门头条，标题是：林艳阳咸鱼瘫。

配图是我一副生无可恋的咸鱼模样，被方肃扛在肩上。

网友们看图说话的本事一流，我在 JK 大秀的附近被方肃扛走，不用脑子，只用一根头发丝想就能知道是怎么一回事了。

网友们纷纷化身“哈哈党”，“哈哈哈哈”地笑个不停，夸方董事长霸气十足，连吃醋的方式都别具一格，狗粮也撒得别出心裁。

其实我跟方肃的恋情刚公布时，有不少人看出了我和方肃的恋情是危机公关，但这次的扛麻袋图一出，怀疑我们恋情的人就都散了。

谁家公关会把人扛肩上啊？！

我觉得自己有点邪门，怎么每次我用专业能力证明了自己，我的八卦新闻都会不甘示弱，把我的专业成绩给压下去呢？我委屈成球。

JK 大秀后，我回归忙碌的工作，四大时装周令我的知名度大大提升，广告、代言、走秀的合约像雪花一样飘了过来，并且质量有了显著的提升。方肃为我接下了全球知名彩妆“Miller 米勒”的代言，我又以新生代超模的身份成为美国版《Anne》的封面女郎，一时间在国内时尚圈风头无两。

国外的工作依然有方肃陪同，国内的话……完全就是散养了。

方肃直接将工作丢过来，告诉我今天应该去哪里，明天又该跑哪里。

模特的工作一般都是经纪人电话通知，模特身价越高，就越是难得出现在公司。然而我的情况不同，我男朋友在新时代，我不往新时代跑又往哪里跑？

事业飞速上升，加上我和方肃的恋情，使得我在公司的地位迅速提升，有的模特见了我甚至会叫一声“林姐”。

虽然我觉得将我叫老了，但我的年纪就是比她们大，又能怎么办？

虽然我不开心，但还得保持微笑。

这一日，我去新时代找方肃，正好在门口碰到丁曼丽和另一位并不熟的模特。

丁曼丽见了我，笑着打招呼道：“艳阳，好久不见，你现在可是红了，风头正劲，有好机会别忘了好姐妹。”

我：“……”

你对“好姐妹”三个字是不是有什么误解？

我心里“呵呵”，面上回了一句：“有机会的话。”

另一位模特也笑着跟我打招呼：“林姐。”

我礼貌地回了一句：“你好……”随后佯装很忙的样子，跟她们告别，“不好意思，方董找我，先走一步。”

我先一步上了电梯，原本是打算直接去方肃办公室的，半路想上个厕所，于是又折了回去。

我在厕所的内间解决完生理需求，正准备出去的时候，就听见外面有人在说话。

“你刚才听见没，我叫她林姐，她竟然应了，还真以为自己是个人物？不就是抱上了方总的大腿才有那么多的好资源吗？以色侍人，我看她能笑到几时。”

我：“……”

这句话中的“林姐”是在说我吗？“以色侍人”是个什么鬼，我的新人设？

我停下了打开门锁的动作。

另一个嘲讽的声音响起："人家有本事抱上方总的大腿，我们有什么办法。"

这声音我认得，正是刚才在门口跟我打招呼的丁曼丽。

先前说话的那人义愤填膺地说："曼丽，我真为你鸣不平，明明你才是超模大赛的冠军，凭什么好资源都到她身上去了？她就会耍手段，勾引方董，有什么真本事？"

丁曼丽颇为沧桑地感叹了一句："我早就看透了，这世上哪有什么公平可言？勤勤恳恳地干上十年，还不如跟老板睡上一觉，睡完就什么资源都有了。"

我站在内间听着，内心极为不爽，什么叫跟老板睡上一觉，就什么资源都有了？我跟方肃睡了那么多觉，都还处于盖棉被纯聊天的阶段，要是被人知道我勾引方肃还没勾引成，我的面子还要不要了？

一般人听见背后有人说自己坏话，会假装不知道，免得彼此都尴尬，可我是谁？林怼怼啊！我不高兴了，还能让别人高兴？

于是我打开内间的门，若无其事地走了出去。

丁曼丽和另一位模特都惊呆了，尴尬布满她们的面孔。

我淡定地洗了手，整了整自己的头发，向门口走去。快出门的时候，我突然想起一件事，转过身对后面两位说："你们可能有些误会，认为我是抱上了方董的大腿，才会有那么好的资源。理论没错，只是顺序搞反了，是方董看好我，才给了我抱他大腿的机会，简单来说……"

我顿了顿，露出人生大赢家的笑容说："我……赢在了起跑线上。"说完，我潇洒地转身离去。

我的确是靠着方肃有了更好的资源，那有什么问题？公司的资源是有限的，不可能平均分给每个人，用来重点培养可塑之才不是很正常的事吗？我不是靠着抱方肃的大腿才拥有这些资源的，是方肃决定培养我，我才有抱他大腿的机会。

换成别人坑他十万块，再吃回头草试试？

我走进方肃的办公室，方肃见了我，放下手头的工作问："什么事这么

高兴？”

我有些惊讶：“很明显？”

方肃表示：“你说呢？”

我不要脸地打小报告：“我刚在卫生间听见丁曼丽和另一个模特说我坏话，她们说我抱上了你的大腿，才能有那么好的资源。”

方肃饶有兴致地问：“那你怎么回复的？”

我往方肃的大腿上一坐，搂住他的脖子扬扬得意地说：“我告诉她们，自打臣妾入宫以来，就独得皇上恩宠，我劝皇上要雨露均沾，可皇上呀，就宠我！就宠我！”

方肃：“你开心就好。”

说起这个，我也有些好奇：“说真的，新时代模特那么多，你为什么就看上我了？还有当年的模特大赛，其他评委都选择了朱晓清，你为什么选择了我？”

方肃搂住我的腰说：“说了你不准骄傲。”

我信誓旦旦地点头。

我不骄傲，我就上天！

方肃说：“东西方审美存在差异，你的两颗小虎牙个性鲜明，五官却足够简单，平衡了两者的差异。朱晓清的条件是不错，但她的风格太像裴西了，时尚圈不需要第二个裴西。”

这一番话听得我通体舒畅，虽然我不是一眼就让人惊艳的大美女，但平衡东西方审美差异什么的，一听就很厉害啦！我露出一副“果然如此”的骄傲表情说：“看吧，我就说自己是赢在了起跑线上吧！”

方肃没有继续这个话题，一只手搂住我的腰，免得我掉下去，另一只手打开邮件，说：“你看看这个。”

我往方肃的屏幕上看了一眼，是Lei发来的邮件，邀请我成为Lei的全球代言人。

我：“……”

虽然Lei是Giulia的副线，但它在时装界的影响力不亚于Giulia，成为 Lei 的全球代言人，势必能大大提高我在时尚界的地位和影响力。

我看了一眼方肃的脸色，政治选择非常正确地说："哼，一个小小的 Lei 就想动摇我的信念，让我背弃组织？做他的青天白日梦去吧！方方你放心，我不是什么公私分明的人，只要你不乐意，这代言我就不接，欧元的面子都不给！"

方肃睨我一眼："我什么都没说，你心虚什么？"

我惊讶地说："我心虚了？"

我看得出方肃不是真的生气，而是情侣间的小情趣，难道是小情趣我就要被方肃拿下吗？不可能的事！

我的眼珠子骨碌碌地转，瞥到方肃的书架时，灵光一闪，从方肃的腿上跳下来，走到书架前从一堆书底下抽出几本杂志，气势汹汹地往桌上一丢，质问："这是什么？"

我随手抽出一本杂志，翻出一页摊到方肃面前，指着裴西的照片伤心欲绝地问："你为什么还留着她的杂志？你还是忘不了她对不对？！我做了那么多，还是不能让你忘了她。你说，究竟要我怎么做，才能让你的心里只有我一个人？！"

我这招神来之笔完全将方肃镇住了，他瞥了一眼桌上的杂志，果断败下阵来："停，我输了。"

我见好就收，将那摞杂志往垃圾桶里一丢，扬扬得意地说："方董，不是我吹牛，说起搞事，从小到大，我就没输过。"

情趣归情趣，方肃作为大 BOSS，公事还是要公办的。最终，他为我接下了 Lei 的代言，随后我便飞往意大利进行 Lei 的广告拍摄。

Lei 的风格是古灵精怪，变化多端，为了突出这一主题，拍摄的时候我换了不下三十套衣服。广告拍摄完毕，Lei 正式宣布我成为他们新一季的代言人，我的海报铺遍 Lei 全球旗舰店，并投入了大量广告。

Lei 代言人的身份，令我以强势的姿态杀入了顶尖时尚圈，成为时尚圈不可忽视的新生力量。

时间迈入八月，过了走秀和拍摄季，我终于得了一些空闲，躲在公寓"葛

优瘫”。何景耀打电话来问：“你有没有兴趣上一期综艺节目？我接到了《针锋相对》的邀请，据说他们有意邀请你，只是一直卡在方肃那儿。”

《针锋相对》是九州卫视的王牌综艺节目，有固定成员，每期都会请两位以上的大腕作为嘉宾，针锋相对。

我懒洋洋地翻了个身，躺着问：“你想上？我记得你从没上过综艺节目。”

何景耀表示：“偶尔上一次也无伤大雅，综艺节目的出场费动辄千万，我认为你会有兴趣。”

我：“……”

我原本是没有兴趣的，一听何景耀提出场费，兴趣顿时就来了。娱乐圈是出了名的人傻钱多，我辛辛苦苦走几十场秀，都不一定有一期综艺节目的出场费高，所以很多模特出名后就转投娱乐圈。裴西不也向人民币势力低过头，带着儿子上了亲子综艺？

我说：“我是有兴趣，但至于上不上，我得跟方肃商量一下。毕竟我们是有职业规划的，仙女是不能随便下凡的。”

何景耀没有嘲笑我的“下凡”，反倒嘲笑说：“这点小事都要方肃同意，你是‘夫管严’吗？”

我冷哼了一声，说：“这叫甜蜜的负担，你这种单身狗是不会明白的！”

何景耀打发他说：“行了，找你家那位商量去吧，等有了结果再告诉我。”

我挂了何景耀的电话，转头就投入方肃的怀抱，打电话给他说：“九州台的《针锋相对》是不是找过我？我可以上一期综艺节目吗？”

方肃问：“谁告诉你的？”

我毫不犹豫地将何景耀供出：“何景耀啊，如果我接了这期综艺，应该就是跟他针锋相对。虽然闲在家里很幸福，但有钱赚的话我也想赚一下，在不影响我后期发展的情况下，我想上一期。”

方肃考虑了一会儿，说：“商业和HF你都要抓，既然你想上，那就上一期。”

我高兴地说：“甜甜，最爱你了，亲一个。”

方肃非常冷酷无情地说：“再叫甜甜，你的综艺就取消。”

我：“……”

好好好好，我闭嘴就是了，不叫就不叫嘛！

得到方肃首肯后，接下来就是同《针锋相对》的节目组接洽，谈妥档期和出场费。正式录制前的一天，节目组将所有成员和嘉宾聚在一起开会，讲讲比赛环节以及注意事项，当我看到本期同我针锋相对的嘉宾时，整个人都不好了。

本期的另一位嘉宾不是何景耀，而是……裴西。

我忍不住问导演："原定的嘉宾不是何景耀吗？"

导演表示："原计划是这样的，但何景耀的档期出现问题，挪到了下一期。"

我："……"

有一句脏话不知当讲不当讲。

《针锋相对》为了收视率，时常会邀请一些在外界眼中不合的嘉宾，这种情况一般都会提前同嘉宾商量，倘若真的一声不吭叫两位生死仇敌来录制节目，这档综艺早就玩完了。节目组没有提前告知我，说明在节目组眼中，我跟裴西没什么深仇大恨，只是录制一期普通的节目，然而事实却是……

我们是生死情敌啊！

节目组要事先告诉我，何景耀换成了裴西，我早撤了啊！还有何景耀这厮，明明是他约我上综艺节目的，档期出问题挪到下一期，竟然都不知会我一声？

我深呼吸了几次，告诉自己要淡定，要泰山崩于前而面不改色，要公事公办。方肃为我接下了Lei的代言，让我跟何景耀一起上综艺节目，难道我的度量不如他，竟连一期综艺节目都忍不了？

就算是为了人民币，我也得忍了！

我心里在呕血，面上却保持微笑。等会议一结束，我出了九州大楼，一通电话就打到了何景耀那儿。

何景耀接到我的电话，声音里居然还带着笑意："艳阳，找我有事？"

我皮笑肉不笑地说："何大超模不愧是世界顶级男模，日理万机，连通告临时变动都无暇知会我一声。"

何景耀终于想起了这回事，解释说：“我现在身在法国，临时有通告，来不及告诉你。怎么了？这么大火气。”

我表示：“我理解，贵人多忘事嘛，我们这种小人物哪能让您费心。”

何景耀说：“你这么在意跟我上综艺节目的事吗？我在你心里，什么时候有这么重的分量了？倘若你真的想跟我一起上，我们再接一档就是了。”

我高冷地说：“别，本仙女高攀不起。”

何景耀找不出我生气的理由，投降说：“仙女，你究竟哪里不高兴，就给个痛快吧。”

我问：“你知道替代你的另一位嘉宾是谁吗？”

何景耀问：“是谁？”

我告诉他：“裴西。”

何景耀停顿了一会儿，问：“你和她有过节？”

我：“……”

等等，我想起来了，何景耀似乎不知道我跟裴西结仇的事？在外界眼中，我和裴西唯一的交集就是上回我和方肃的吻照风波，她利用语言的艺术黑了我一次。

何景耀不知道我跟裴西有过节，所以不知者无罪咯？

无罪个球啊！

他不知道的情况下都坑了我一把，知道了那还得了？专业坑队友一百年！

我放出一句狠话：“一个月内别让我看到你，否则见一次怼一次！”说完，便干脆利落地挂断了电话。

本期嘉宾换成别人就算了，可偏偏是裴西。

我从来不是个大度的人，方肃喜欢过裴西这件事，我虽然心里不爽，但陈年旧醋也不好再吃。裴西总是踩我，我也可以不计较，但她挑拨我和方肃感情这件事，我万万不能忍好吗？！

如果连这我都忍得了，我不就成了忍者神龟了？

虽然我分分钟想走人，但明天就是正式录制了，如果我突然毁约，也太没职业道德了。事已至此，我也只能硬着头皮上了。

节目的录制地点定在重庆，录制当天，固定成员一一亮相后，就轮到我上场了。节目组为我准备的出场服装是一身皮衣、一顶黑帽，手中一根小皮鞭，走女王路线。

娱乐圈的明星演技一流，明明昨天开会的时候彼此都见过了，等我在红毯上亮相，成员们全都一副压根儿不知道嘉宾是谁的表情，夸张地嚷嚷——“哇，居然是林艳阳！”

“好长的大长腿！”

“脖子以下都是腿！”

我：“……”

你们开心就好。

我面不改色地自我介绍：“大家好，我是林艳阳。”

在我简单地自我介绍后，就轮到裴西出场了，节目组为我安排的身份是新生代超模，裴西则是传奇超模。当裴西穿着一袭金色礼服踏上红毯时，成员们又是一副毫不知情的模样一起捧场。

人员到齐，接下来就是分成两队比赛。我和裴西是本期《针锋相对》的主角，节目组让我们互相放狠话，营造出剑拔弩张的气氛。

裴西面带笑容，以一副高高在上的姿态说：“你永远都不可能超越我。”

我：“……”

一言不合就说真心话，真的没问题吗？

考验演技的时候到了，我必须摆出一副我和裴西很和睦，但为了节目效果故意挑衅的姿态。

我笑眯眯地回道：“我会让你的传说成为历史。”

裴西笑吟吟地看着我，我笑眯眯地回视，目光相交，剑拔弩张，一触即发。

气氛瞬间就炒了起来，成员们一起起哄。

有人喊道：“警报！警报！非战斗人员请迅速撤离！她们要打起来了！”

我跟裴西当然不会打起来，但在接下来的环节中，我们俩把针锋相对、寸步不让演绎得淋漓尽致，以至于所有成员都看出了我们不合。

不过娱乐圈的都是人精，心知肚明，却不会挑破。

本期节目以模特这个职业为主题，设定的比赛环节为服装搭配、拍片、走秀等。

前面两轮比赛我和裴西互不相让，各有输赢，第三轮是拍摄杂志封面，模特与动物合作拍摄。

与动物拍摄充满了不确定性，你很难让动物听从你的指挥，只能是你尽量去迁就它们。

这不算难，难的是……与你合作拍摄的动物是你最害怕的动物。

正式录制前，节目组曾让我们填过一张表，上面让你填写喜欢的食物、讨厌的食物、害怕的动物等等，我都如实填写了。

这轮比赛的规则一出，我就觉得眼前一黑，仿佛世界末日来临了。

昨天的那张表格上，我填写的最讨厌的动物是蛇，所以今天与我合作的拍摄动物是……蛇。

当节目组取出一条金色的蛇时，我吓得汗毛都竖了起来。

工作人员要将蛇放到我身上，我连连后退，不敢接受这位合作伙伴。

我天不怕地不怕，就是见不得蛇，是谁说综艺节目人傻钱多的？站出来我保证不打死你！

赚钱真是太不容易了！

成年人的生活真的是太艰辛了好吗？！

工作人员安抚我说，这是无毒蛇，性格温顺。

我含着两汪热泪，依然拒绝。

导演拿着喇叭喊："林艳阳，如果你真的不能完成，可以选择弃权，你确定要弃权吗？"

我："……"

我不能弃权！

不只是因为我不想输给裴西，更因为我的职业素养。我是一个模特，无论服装多么奇葩，道具多么另类，我都不能临阵退缩，必须完成自己的工作。

我闭上眼睛，默默地做了一会儿心理建设，随后睁开眼睛告诉工作人员：“我可以了。”

工作人员将蛇放到我身上，这条金蛇是活物，一到我的身上，就缠住了我的手臂。冰冷滑腻的蛇身缠着我的手臂向上攀爬，我只觉全身的血液都冻结了，汗毛直立。

我接过这条金蛇，却无法控制自己的身心，不能全身心地投入这场拍摄，几乎是浑身僵硬地拍完了这次的片子。

其他成员也有人填写了蛇，都被折腾得面无血色。最幸福的是填写了老虎的人，节目组没法弄来一头真的老虎，只好抱来了一只田园猫，在它的脑门上写了一个“王”字。

嫉妒使我质壁分离。

裴西填写的是老鼠，节目组拿来了一只小仓鼠。

我：“……”

人性呢？

就搞我是吧？！

虽然不是真的老鼠，但裴西也是一脸难以忍受的表情，冷着脸拍完了片子。

比赛结果显而易见，我输了。

三轮比赛结束，裴西组赢了两轮，我所在的组只赢了一轮，接下来就是决赛，T 台比拼。两组成员使用前三轮比赛得来的服装和配饰进行 T 台走秀，由现场观众投票决定最终的获胜队伍。

重庆是座山城，房子建在山上，轻轨从高层大楼中穿过，底楼出门能看见人家的房顶。我刚上学的时候，刀郎的一首《2002 年的第一场雪》红遍大江南北，歌中的一句歌词至今令我记忆犹新。

“停靠在八楼的二路汽车，带走了最后一片飘落的黄叶。”

二路汽车为什么会停靠在八楼？好好的一首情歌，突然诡异了起来。时隔十多年，当我来到重庆，才终于明白“停靠在八楼的二路汽车”，就只是停靠在八楼的二路汽车，跟语文课本里窗帘是蓝色的一样，不具有任何含义。

决赛地点定在一处广场上，要到达广场，得爬上一层又一层的阶梯。

炎炎夏日，三十八度的高温，顶着烈日爬阶梯，真是又一场魔鬼考验。

我爬得气喘如牛，两条老残腿直发抖，其他队友也好不到哪里去。节目组尚有些人性，爬完阶梯后，给了我们一段休息时间。

裴西是一把人际交往的好手，休息的时候，她让助理订了冰饮以及甜品分给两组成员以及工作人员。我不愿欠她的人情，众人分东西的时候，我就躲到了小角落给方肃打电话。

跟拍的摄影师没有跟在身边，我和方肃的通话百无禁忌，吐槽重庆的阶梯，关心重庆人民的膝盖，再谈谈那条令我毛骨悚然的蛇。

方肃说："你不是常说自己是林怼怼吗？怎么一条蛇就让你吓破了胆？"

我狡辩说："五行相克，这世上所有的东西都是有克星的，蛇就是我的克星，我就是怕蛇怎么了？！"

方肃评价说："我看你是五行克我。"

我一听乐了，甜言蜜语不要钱似的往外撒："方董，不是我克你，我是五行缺你呀。"

这句话一出，我们两个都乐了。

我跟方肃煲着电话粥，目光随处乱飘，不小心跟裴西的对上了。我见她拿着一杯饮品向我这边走来，转过身去，嘴里的话尽量往正直的方向靠拢，免得让人听去了。

我问："公司的模特选拔怎么样了？今年有你看好的模特吗？"

今年的新时代模特大赛已经启动，和方肃在一起的时候，我关注了一下。

方肃说："有两位资质不错，具体看她们后期的表现。"

我表示："能得方董的一声夸奖，必定是前途无量了。方董，不论新人如何优秀，你的立场可要坚定啊，千万别让野花迷了眼！"

方肃忍俊不禁："又开始胡说八道了。"

我胡说八道？我是有理有据，用事实说话！

方肃帅气又多金，对他有想法的女人一抓一大把。那些我并不担心，他高冷得很，压根儿不会给她们近身的机会。

危险的是他看好的新人啊！他一看好就忍不住要培养她们，培养来培养去，不就培养出感情来了？

你不信？我不就是活生生的例子？！

正说着，我感觉有人走到了身后，转身向后看去，背上突然传来一股力道，有人用力地推了我一把。

我身形不稳，向后摔去的同时看到了站在我身后的人，是裴西！

我站在广场的边缘，下面是几百级的阶梯，跌下去肯定摔得不轻。

千钧一发之际，我抓住了裴西的手腕，借她稳住了身体。裴西未有防备，这股力道瞬间转移到了她的身上，她往前一扑，滚下了阶梯。

我惊魂未定，就见裴西从我面前滚了下去，周围有工作人员看到了这一幕，尖叫了一声。

几百级的台阶并不连贯，每百阶就有一处供人歇脚的小平台。裴西这一摔，滚了足足百来级阶梯，才在小平台上停了下来。

工作人员立即向台阶下跑去，我的大脑瞬间空白，回过神来后对着电话说了一句：“出事了，我待会儿打给你。”说完，我也一同跑下了阶梯。

裴西躺在小平台上，双目紧闭，表情痛苦，额头上满是鲜血。

工作人员立即用纱布捂住她的伤口，打电话叫了救护车。救护车赶到后，裴西被抬上救护车送往医院，裴西的助理以及两名工作人员陪同。

虽然少了一位重要嘉宾，但拍摄还得继续。《针锋相对》的成员中有人气小生、当红花旦，她们的档期都是排满了的，还有现场那么多的工作人员，今天不拍完，不仅要多出一笔不菲的费用，连播出都可能受到影响。

裴西被送往医院后，我打电话给方肃，电话只响了一声就被接通了，方肃在那头问：“出了什么事？”

我说：“刚刚和你打电话的时候，裴西从背后推了我一把，我为了稳住自己就拉了她一把，结果她从台阶上滚下去了。现在她已经被送去医院了，不知道伤得怎么样。”

方肃说：“我马上订机票过去。”

我应了一声，心顿时放下大半。方肃就像是我的定海神针，有他在，无论什么事都能解决。

挂断电话，拍摄继续。另一组少了裴西这位重要成员，士气溃败，我们组没费多少力气就获得了最终的胜利。

录制结束的时候，已经是晚上十点，此时距离裴西被送往医院已经有四个小时了。其间从医院那边传来消息，裴西身上除了几处外伤，严重的是手肘骨折，需要动手术。

电话那头的工作人员不知说了些什么，导演看我的眼神变得很奇怪。录制结束后，导演以及节目中的几位成员打算去医院探望裴西。

我一点门面功夫都不想做，只说："我有事，先回酒店了。"

导演叫住了我："艳阳，我认为你需要去一趟，医院那边传来消息，说裴西受伤的事与你有点关系。"

我原本想等方肃过来后再由他处理这件事的，既然现在导演开了口，我便跟着他们一起去了医院。

我们一行人赶到医院的时候，裴西正躺在单人病房里，面色苍白。

几位成员与裴西没什么太大的交情，简单地关心过后就离去了。病房内除了我和裴西，就只剩下制作人、导演以及裴西的助理。

导演说："人都到齐了，当时究竟是个什么状况，裴西你说说吧。"

裴西躺在床上，虚弱地说："当时艳阳在打电话，我过去想给她送一杯饮料，可能是吓到她了，她抓住了我的手腕，我一没留神就滚了下去。"

这话听着像是将责任都揽在了自己身上，实则往我身上狠狠地捅了一刀。我和裴西的关系用势同水火来形容都不为过，她会好心给我送饮料？当时我背对着她，她又为什么要推我那一下？

裴西的话刚说完，她的助理就愤愤不平地说："裴姐，你为什么要帮林艳阳隐瞒呢？我亲眼看见她抓住你的手腕，是她故意把你拉下去的。"

我忍不住露出一抹讥讽的笑。

裴西和她的助理一个唱红脸，一个唱白脸，配合倒是默契得很。

导演问："林艳阳，你怎么说？"

我实话实说："的确是我拉裴西下去的，我当时在打电话，裴西从背后推了我一把，我为了稳住身形才拉了她一把。"

裴西的助理反驳说："你胡说，裴姐怎么可能故意推你？"

我说："我问心无愧，如果你们认为我是蓄意伤害，那就走法律途径解决好了。"

导演看了我一会儿，语重心长地说："林艳阳，我们现在站在这里，是想把事情弄清楚，私下和解，你这样的态度根本不能解决问题。你的事业正当红，事情闹大了对你没有好处，节目组也不想闹出负面新闻。"

听导演这话，是认为我是故意推裴西的？

我压制着自己的火气说："张导，你的意思我听出来了，你认为这件事是我的责任。凡事要讲证据，你有什么证据证明是我故意伤害裴西的？"

这件事错不在我，将裴西拉下台阶是我的无心之失，压根儿不需要有什么负罪感。倘若当时我没有抓住裴西，那现在躺在医院的人就是我，凭什么我要受这飞来横祸。

导演听我这话说得不客气，脸色也不好看了："这件事的真相如何，节目组已经清楚了，现场都是摄像头，当时的画面也被拍了下来，哪怕你不承认，事实也摆在眼前。你现在的态度，只会让事情恶化，裴西受伤，节目的收视率势必受到影响，节目组保留向你索要赔偿的权利。"

我有些惊讶。

当时的画面被拍下来了？

既然如此，导演为什么认定是我的责任？

我说："张导既然有证据，那就拿出来，让我心服口服。"

导演见我不承认，将带来的一部摄像机拿出来，回放了一段画面，正是事发时的画面。

摄像机是固定机位，从我的左后方拍摄，画面中裴西拿着一杯饮料向我走来，我显然看到了她，却转身背对她，显露出我们不合。等裴西走到我身后，我突然转身握住她的手腕，将她拉了下去！

画面中完全没有裴西推我的那一下！

裴西用右手推我，正是摄像的死角，而我拉住她左腕的举动，全都暴露在了镜头里。

这世上怎么可能有那么巧合的事！

裴西推我之前，肯定计算过摄像机的拍摄角度，即使当时摔下去的那个人是我，裴西也不会有任何责任。

我刷新了对裴西的认知，铁青了脸不说话。

导演问：“林艳阳，你现在还有其他话说吗？”

我说：“摄像机有死角，不能作为定罪的证据，我坚持自己的说法。我的经纪人很快就到了，后面的事情由他全权处理。”

说曹操，曹操就到了。

我的话音刚落，方肃的电话就打来了，他问：“你在几楼？”

我在来医院的途中已将自己知道的情况都跟方肃说了，只差摄像机的事。

我报了裴西的病房号，不过两分钟，方肃就出现在病房内。他环视了一圈，同制作人和导演打了招呼，再对我说：“你先回去休息。”随后他又跟导演以及制作人说：“这起事故的经过我已经知道了，后续事宜将由我处理。”

我并没有立刻就走，当着众人的面同方肃咬耳朵，将摄像机的事给说了。方肃看了裴西一眼，说：“我知道了。”

我将情况都告诉方肃后，转身出了病房。

我心里憋屈得很，虽然刚才我话说得硬气，但我心里明白，这次的事吃亏的肯定是我，我很有可能面临裴西及节目组的双重索赔，那巨额的赔偿金……可能会让我倾家荡产，一朝回到解放前。

天哪，发财难，难于上青天！

第十一章 我们仙女是喝露水长大的

我回到酒店后什么都没做，就坐在沙发上等方肃。约莫等了一个小时，方肃回来了。

我一见他就问：“事情处理得怎么样了？”

方肃回答：“谈妥了。”

我表情沉重地说：“你说吧，究竟得出多少赔偿金，我也好有个心理准备。”

方肃说：“这是一起意外事故，你只需承担裴西的住院费用。”

我惊讶地说：“我只需承担住院费用？裴西能这样轻易地放过我？”

方肃看着我，没有立即回复。

我一看方肃不说话，就知道这件事有内幕：“你是不是答应了她什么条件？老实交代！”

方肃说：“裴西会对外公布是她从背后拍了你一下，你受到惊吓，站立不稳，才会抓住她的手腕。作为交换条件，我将成为裴西的经纪人。”

我的第一个念头就是荒谬！

裴西自己制造了这出意外，凭什么要我来承担代价？赔偿金钱也就算了，偏偏对象是方肃！

一旦裴西成为方肃手下的模特，他们俩就掰扯不清了。即使裴西整天在方肃面前晃荡，我也不好说什么了。

我甚至怀疑裴西制造这场意外的目的就是想要方肃成为他的经纪人，无论我当时有没有摔下阶梯，裴西都会是赢家！

我压抑不住心中的怒气，问方肃："谁让你答应这个条件的？你用自己作为交换，你觉得我会高兴？赔偿就赔偿，百万、千万又怎样？我有手有脚，不能再赚吗？"

方肃试图把手搭到我的肩上，安抚我，却被我躲开了。

他说："钱的确不是问题，问题是这件事情传出去，以后有几家品牌敢用你？"

我负气说："不用就不用！我明知是裴西自己导演了这出戏，还得配合她演出吗？难道你相信裴西说的话，认为我是故意推她的？"

方肃说："我相信你说的是事实，但事情已经发生了，我们要做的就是将影响降到最低。与裴西达成和解，是目前最好的方案。"

我承认方肃的危机公关处理得非常好，但我的情感不能接受。凭什么我要吃这哑巴亏，凭什么我明知道这是个坑，却还要往下跳？

我深深地看着方肃，此刻深切体会到了我们为人处世的不同。方肃是个出色的商人，出了意外，他会在第一时间将损失压到最低。而我奉行的是以牙还牙，宁愿伤敌一千，自损八百，也不愿让步。

放在平时，我们的这点不同根本不会构成任何问题，但出了事情，这点不同就立即在我们面前竖起一道深深的沟壑。

我说："成为全球顶尖超模就真的那么重要吗？如果我的模特事业就此中断，对你而言，我是不是就没有价值了？"

此言一出，方肃的脸色瞬间就沉了下来："别说气话。"

我自觉失言，闭上了嘴。

为了避免自己说出更多不理智的话，我说："我累了，要休息了。"说完，澡也不洗，衣服也不脱，往床上一倒，用被子盖住头，明显摆出一副“对方拒绝与你交谈”的态度。

酒店是节目组订的，双人大床，多睡一个方肃完全没问题，但我们刚吵完架，需要一点私人空间，让彼此都冷静一下。

方肃在床边站了一会儿，随后我听见他的脚步声，房门打开又合上了。

方肃离开后，我掀开被子，盯着头顶的灯，一点睡意也没有。翻来覆去地折腾到天亮，我收拾了行李，没有跟方肃打招呼，独自踏上了归途。

我回到公寓，瘫在沙发上，继续我的颓废人生。其间方肃打来几通电话，我视而不见。傍晚时分，我从冰箱里翻出一颗西兰花和一根玉米，准备白灼后当晚餐，门铃突然响了。

我住的是公司提供的公寓，难得有访客，我一听门铃声就猜出了来人是谁。一天时间根本不够我自我调节，于是我假装没有听见门铃的样子。

门铃响了一会儿后便停了，紧接着我的手机响了。

我见躲不过，无奈地走到玄关开门。方肃一进门就问：“你回来为什么不告诉我？”

我面色冷淡地说：“你跟裴西达成共识的时候，有征求过我的意见吗？如果没有，我回来为什么要跟你汇报？”

语气太冲，方肃原本就不好的脸色顿时更差了。他说：“你准备跟我冷战下去？我知道你很生气，可这是目前最好的方案，只是经纪人，不会对我们造成太大的影响。”

不会造成太大的影响？

所以我就要乖乖认栽，看着裴西算计了我，靠着方肃东山再起，成为人生赢家？

倘若不是考虑到方肃在我身上花的心血，我早就跟裴西拼个鱼死网破了。

“三观”不同，还怎么谈恋爱？！

我心烦意乱，不想跟方肃吵架，干脆不说话。手机突兀地响了起来，我看了一眼来电显示，是何景耀打来的电话。

这个始作俑者！

不是他突然改档期，我能撞上裴西，碰上这种糟心事吗？

方肃要是不在这儿，我肯定将这厮打入十八层地狱。可现在方肃在这儿……我接起电话，借此逃避和方肃的交流。

何景耀在电话那头说："我回国了，晚上在家烧烤，你要不要过来？就当给我一个赔罪的机会。"

烧烤？

这种高热量又致癌的食物……我最喜欢啦！

何以解忧？唯有卡路里！

我说："行，我现在就过去。"

挂上电话，我回房间换了衣服就准备出门。

方肃问："你要去哪儿？"

我说："何景耀请我吃烧烤，你走不走？我要关门了。"

方肃抓住了我的手说："别去。"

我非常好说话："也行。"然后我掏出手机递到方肃面前，"你现在就打电话给裴西，告诉她经纪人什么的想都别想，她要赔偿金就上法院告我，她要让媒体搞我也随意，有本事让时尚圈封杀我，我林艳阳奉陪到底。"

方肃说："你理智一点。"

理智？

没问题！

我平心静气地说："你不打电话的话，我就先走了，你走的时候别忘了关门。"说完，不等方肃回答，我穿上鞋走了。

我到何景耀公寓的时候，他正在忙活，阳台上架着烧烤架，他正往一盘盘的烤肉上刷酱料。

我咸吃萝卜淡操心："你在高级公寓烧烤，真的没问题吗？烟要是大了，物业报火警怎么办？那明天我们可就上《头条新闻》了！我们现在可是有头有脸的人物！"

何景耀勾着嘴角说："那就小心点，别把烟弄大了。"

我抽了抽嘴角，觉得跑到这里躲方肃是个非常不明智的决定。

这人究竟有没有一点自己是公众人物的自觉？

何景耀虽然不靠谱，但赔罪的态度非常诚恳，准备了我最爱的AD钙奶，不用我动手，他负责烤，我负责吃。

我化悲愤为食欲，高热量食物吃得津津有味，AD钙奶喝得“呼哧呼哧”响。

何景耀在边上问：“前天你说跟裴西有仇，你们俩到底有什么过节？”

我：“……”

他真是哪壶不开提哪壶！

我说：“夺夫之恨算不算？”

何景耀饶有兴致地说：“夺的是方肃？你夺她所爱了？”

我瞪着何景耀说：“我凭自己的本事交的男朋友，什么叫夺她所爱？你还好意思问，就因为你突然改了通告，让我跟裴西撞上了。她故意装被我推下阶梯，现在手肘骨折了躺在医院里。方肃为了息事宁人，答应重新做她的经纪人，为了这事，我们俩冷战了。”

何景耀挑眉道：“他为了你牺牲自己，你难道不感动？”

我说：“感动个鬼啊，我恨不得亲自上阵，跟裴西掐上三百回合。息事宁人是什么鬼，要是你，你忍得了吗？”

何景耀说：“忍。”

我用一副“我不认识你”的表情瞪着何景耀。

何景耀由着我瞪了一会儿，才露出一口白牙说：“事后再找机会搞死她。”

我肃然起敬，竖起大拇指说：“厉害厉害！小女子甘拜下风！方肃要是跟你一样不要脸，我也就不用操心了。”

何景耀说：“你这是夸我还是骂我？”

我肯定地说：“当然是夸你了！”

何景耀在我身边坐下，炭火的高温熏得他出了一身薄汗。他就着啤酒瓶干了半瓶冰啤下去，说：“艳阳，你有没有想过，你和方肃是两个世界的人，成长环境不同，决定了你们的很多观念都不一样。刚开始不觉得，交往久了矛盾就凸显出来了。”

我：“……”

扎心了，老铁。

我和方肃确实存在很大的差异，我比较随性，习惯在大排档里吃烤串，穿街头几十块钱一件的T恤。方肃呢？他举止优雅，谈吐不凡，出入的是高级场所，来往的都是各界名流。他可以在大排档里吃烤串，和我一样穿几十块钱的T恤，但这对我而言是自然而然的事情，对他而言却是忍受。

看看，我们中间就是有那么大的差距。

可是难道这样，我们就不能在一起吗？

生活习惯不同又怎样，为人处世不同又如何，他可以和我一起蹲在路边吃汉堡，我也可以穿上礼服，陪他一起出席高级场所。

我可以走进他的世界，他也可以来到我的世界。实在不行，我们就共创一个新世界，怎么就不能在一起了？

我说：“两个人在一起，产生矛盾不是很正常的事吗？一个娘胎里出来的双胞胎都会吵架呢，两个毫无血缘的人走到一起肯定会有很多问题。有矛盾就磨合，大家各退一步不就行了。”

何景耀问：“如果磨合不了呢？很多事情，自出生时就已经决定了，艳阳，这样的亏你早就吃过了。”

何景耀这句话是在提醒我江锐的事，我和江锐不就是因为家庭背景而分开的？

何景耀神色认真地说：“艳阳，方肃和我们不是一个世界的人。”

我问：“那你认为我和你是一个世界的人吗？我不这样认为，或许出生的时候，我们是一个世界的人，但现在的你，早已脱胎换骨，成了众人欣羡的对象。等我爬到你的高度，我和方肃就是同一种人了。出身决定了我们的起点，却不能决定我们的终点，不同世界的壁垒是可以打破的。有钱人可能破产，穷人可能发家致富，事在人为。”

说完这番话，我拨云见日，豁然开朗，原本郁结的心情舒畅了。

是了，何必一定要争个对错出来，上次方肃为了我让步，这次换我让步好了。何景耀说的我大都不认同，有一句话却说得不错，先忍，以后有机会再奉还。

君子报仇，十年不晚！

如果我和方肃现在冷战，不是正中裴西的下怀？

我举起AD钙奶说：“你这友军终于派上了一回用场，我想通了，敬你一杯！”

何景耀盯着我看了一会儿，噙着笑说：“艳阳，你这是不撞南墙不回头。”

我有了开玩笑的心情：“不撞一下，我又怎么知道究竟是南墙，还是一层薄纱呢？”

我在何景耀处吃了个痛快，回公寓的时候已经是半夜十一点，打开公寓大门，屋内灯火通明，空调兢兢业业地吹着冷气。

我：“……”

Excuse me？

方肃走的时候没把灯和空调给关了？资本家真的很嚣张哎，钱是你的，可资源是大家的呀！

我心里正吐槽着方肃，耳边突然响起一道低沉的嗓音：“回来了？”

我吓了一跳，往窗边看去。方肃倚在窗口，手指间夹着一支烟，窗户开了一条缝。他见我进屋，将烟摁灭后放进烟灰缸，关上窗子向我走来。

我说：“你还没走？”

方肃走到我面前说：“我们别再冷战了，好吗？”

我望着方肃，没有说话。

其实从何景耀家出来的时候，我就已经不生气了，甚至想好了明天就去找方肃和好。突然在公寓见到方肃，知道他一直在家等我，我感觉既心酸又甜蜜。

方甜甜真是我的克星啊！

方肃不晓得我内心的弹幕，见我不说话，又接着说：“艳阳，如果你坚持自己的想法，我尊重你的决定。”

我惊讶地说：“你的意思是，不担任裴西的经纪人？”

方肃回答说：“是。”

我问：“你的原则不要了吗？”

方肃凝视着我，眉宇间有些疲惫，叹息了一声说："对你，我的原则只能让步。"

我忍不住露出笑意，说："我想告诉你的是，这次不需要你来妥协，我想好了，既然我答应了你，这件事交由你解决，那我就应该尊重你的决定。你认为暂时的妥协是最好的方案，那我们就暂退一步吧。"

这回惊愕的人成了方肃："你认真的？"

我说："我还能跟你认假的？"

这个笑话非常冷，但气氛一下子轻松起来，方肃露出了笑容。

我戳了戳方肃的小酒窝说："方董，你的小酒窝一出来，我的原则也都不要了，色令智昏呀。这次的事就这么过去了，下次你再不跟我商量，擅自做主，我可就没这么好说话了。"

方肃抓住我的手，不让我戳他的小酒窝。

我不死心地继续戳，暗示他说："我为你做了这么大的让步，你就不知道表现一下？"

方肃露出一副很懂的表情，然后……我就被他吻住了。

我："……"

我说的表现一下，是指小酒窝继续让我戳几下！不要瞎曲解我的意思呀！

可既然事已至此，那我就……从啦？

我和方肃抱着互啃了半天，才喘着粗气分开。方肃捏了捏我的脸说："答应我，以后无论发生什么事，都不能冷战。"

得了便宜还卖乖！

我被方肃捏得露出了一颗小虎牙，扑上去咬他的脸。我下嘴丝毫不留情面，听见方肃痛呼的声音才松开。

方肃摸着脸上的牙印说："你是属狗的吗？"

对呀，我就是属狗的。

不对，方肃说的不是生肖，他是在损我！

我说："你再说我还咬你哦。"

方肃盯着我看了一会儿，突然问：“你这儿有钳子吗？”

我说：“好像有，我找找。”说完，我翻箱倒柜地找了起来，最后在角落的一个抽屉里找到了。

我将钳子递给方肃，才想起来问：“你要钳子干吗？”

方肃露出一抹不怀好意的笑容，捏住我的下巴，强迫我露出两颗虎牙，随后用老虎钳钳住其中一颗虎牙说：“还横不横？”

我：“……”

天哪，还有这样的套路？

我一颗虎牙受制于人，气得头发都冒烟了，口齿不清地说：“你敢动我试试！”

方肃作势真的要下手。

我秒㞞：“不横啦！不横啦！大佬放过我！”

方肃这才松开钳制住我的手。

我一获得自由，立马弹开两米远，捂着自己的小虎牙，心有余悸地说：“方甜甜你等着，此仇不报，我枉为林怼怼！”

方甜甜微微一笑，端的是人生大赢家的姿态。

清闲的日子是短暂的，八月一过，就是明年春夏的四大时装周，忙碌的日子又将来临。

这一日，我到新时代拍摄新一季的秀卡，用在本季的四大时装周上。拍摄完后，我去找方肃，结果在他办公室外的秘书处见到了一个蓝眼褐发的外国小孩。

男孩长得很精致，乖乖地坐在椅子上用 iPad 打游戏，可惜我丝毫没有心情欣赏萌萌的小孩，推开方肃办公室的门就问：“外头的小孩哪儿来的？”

方肃给了我一个“你懂的”眼神。

我是懂了，却难以置信：“你别告诉我，是裴西的？”

方肃说：“裴西说她住院，没办法带孩子。”

我“呵呵”两声说：“搞得她平时工作有空带小孩一样，不是有保姆吗？让你带小孩，几个意思？”

方肃站起身说："你先别激动。"

方肃越是这么说，我越是激动："我能不激动吗？今天让你带孩子，明天你就是孩子他爸！四舍五入你就是孩子的亲生父亲！"

方肃无语地说："四舍五入是这么用的？你语文老师和数学老师的棺材板都压不住了。"

我瞪他："让你说话了吗？皮这一下很有意思是不是？"

方肃立即闭上嘴。

看来我平时的家教还是不错的！

我的气稍稍顺了一些，继续发作："好个裴西，我以前真是小看她了，得寸进尺的本事一流。这么厉害，还当什么模特，怎么不去当谈判官？"

方肃双手交握放在膝上，乖乖任我发作。

我说得嘴巴有些干，拿过方肃的茶杯，"咕嘟咕嘟"将里面的茶水一饮而尽，戳着方肃的胸口定了罪："方肃同志，组织对你近期的表现很失望，希望你能够深刻反省，坚定理想信念，不要再让组织失望……"说完，我双手背在身后，往门口走去，背影萧瑟孤单，"我买几个橘子去。你就在此地，不要走动。"

方肃："……"

我说是去买橘子，其实一去不回。我答应了方肃不再冷战，可我有说过不给他点颜色瞧吗？家教这种东西，得从小事教育起！

裴西动完手肘复位手术，在医院待了一个礼拜，又出来搞事情了。这一日我上新时代临幸方肃，正好撞见裴西带着儿子坐在方肃的办公室里。

母子俩坐在一张双人沙发上，方肃则坐在旁边的单人沙发上。小孩专心地玩着手上的玩具，裴西则在和方肃说话。

知情的，知道方肃是我男朋友，不知情的，还当这是幸福的三口之家呢！

我露出塑料花般的笑容说："哟，我来得真是巧，这里热闹得很啊！"

方肃见是我，起身揽住我的肩，带着我在他方才坐的那张沙发上坐下，态度自然地问："吃饭了吗？"

我丝毫没被讨好到，凉凉地说："我们小仙女不需要吃饭，我们是喝露水长大的。”

方肃忍不住笑了。

我瞪了他一眼：笑笑笑！现在是笑的时候吗？！

我问：“在聊什么？带我一起啊。”

裴西说：“你来得正好，我和阿肃正在说米兰斯卡拉慈善晚宴的事情，公司的两个出席名额有了变动，我认为你有必要知道。”

阿肃是你叫的？在我面前装什么亲近！

米兰斯卡拉慈善晚宴有时尚圈奥斯卡之称，由国际大刊《La Moda》举办，云集好莱坞巨星、世界顶级超模，是出了名的名利场。国内大红大紫的一线大咖费尽心思，都不一定有资格踏上斯卡拉晚宴的红毯。

方肃前阵子跟我提过，今年公司有两个名额，一个给了朱晓清，一个是我，韩纾不占名额，作为Column的代言人，她由赞助晚宴的Column邀请出席。

我看向方肃：“出席名额有什么变动？”

方肃尚未说话，裴西抢先一步说：“今年出席斯卡拉的两个名额，一个是朱晓清，另一个改成了我。”

我难以置信地看向方肃，还有这种玄幻的操作？

方肃并未否认，而是说：“这件事稍后我再向你解释。”

男朋友和挖墙脚的女人一起打我的脸，这种事情我忍得下去吗？

不用稍后了！现在！立刻！马上！给我解释清楚！

看来我的家教的确出了一点问题！

我看向裴西：“我和方肃有些私事要处理，请你先出去。”

裴西表示：“公司是谈公事的地方，你的私事，留到下班以后再说吧。”

呵！上次的事我让了一步，她真当我是个软柿子？

我说：“作为老板的家属，公司就是我的家，就算我上班时间在这儿开party，也轮不到外人来多管闲事。如果你一定要留着下来……我无所谓。”说完，我站起身，揪住方肃的领带狠狠一拽，将他拽到单人沙发上，随后愤恨地吻了下去。

我一点都不怜香惜玉，两颗小虎牙逮住方肃的唇就咬，嘴里尝到了血腥味也不放开。方肃被我突如其来的吻弄蒙了，回过神来，吃痛之下想要撤退，可我哪里肯放过他？

我霸道总裁附体，用手摁住方肃的后脑勺，不让他逃脱，抱着他继续啃。方肃知道躲不过，只好小心翼翼地用双唇安抚我，好不容易才让我收起两颗小虎牙，双唇相交。

我和方肃旁若无人地亲了好一会儿，才松开彼此。裴西还坐在原位，只是方才的得意劲儿消失了。我惊讶地看着她说："咦，你还没走？我是不介意你继续看啦，不过接下来是限制级画面，对你儿子的启蒙会不会有点早？"

裴西的儿子早就放下了手中的玩具，睁着一双褐色的眼睛天真地望着我和方肃。

裴西看了儿子一眼，黑着脸说："我有事先走一步。"说完，她便牵着儿子走了。

办公室内只剩下我和方肃，我刚才对方肃的亲热劲儿全不见了，气势汹汹地往沙发上一坐，冷冷地说："方董事长不得了啊，联合外人一起打我的脸，那是啪啪作响，我的脸直到现在都在疼。"

方肃在我身边坐下，准备搂我，被我推开了："说话就说话，别动手动脚！小心我报警告你骚扰！"

方肃无奈地收回手说："我的确答应了裴西，将斯卡拉的一个名额让给她，但这不会对你造成任何影响，我可以通过其他渠道让你获得斯卡拉的邀请。"

我敲黑板，画重点："这是能不能出席斯卡拉的事吗？是你把原本属于我的名额给了裴西，你是在打我的脸！"

方肃说："裴西既然签进公司，公司必定要给她一部分资源，斯卡拉只是一场宴会，这几天我已经帮你谈妥了戈莉斯的代言，过两天就能签约。"

戈莉斯是全球知名的珠宝品牌，如今我已经强势闯入世界超模榜，接下来的目标是进击 Industry Icons 榜单，代言戈莉斯不仅能助我一臂之力，而且非常有"钱"途！

跟谁过不去，都不能跟钱过不去不是？

我忍不住眼前一亮，转头看向方肃。

方肃见吸引了我的注意力，接着说道：“斯卡拉的晚宴是虚名，戈莉斯的代言才是实的。什么事可以让步，什么事不能让步，我心里很清楚。”

他说得好像很有道理的样子？

我戳着方肃的胸口说：“参加斯卡拉晚宴和代言戈莉斯有冲突吗？有冲突吗？面包是我的，牛奶也是我的，你现在把牛奶给了别人，还好意思来跟我邀功？是不是觉得我傻？”

方肃自知理亏，打起了感情牌。

他抓住我的指尖放在嘴边亲了亲，说：“面包可以是别人的，牛奶也可以是别人的，只要我属于你就行了。”

我眼神轻蔑，特别冷酷无情地说：“面包没有，牛奶也没有，那我还要你这个人干吗？除了美貌，一无所有。”

方肃露出笑容，抓住我的手指戳他脸颊上的小酒窝，用事实证明美貌的重要性。

我倒吸一口气。

他笑容超……超甜的！

我在心中默默唾弃自己，林艳阳你这只颜狗，能不能有点节操？

算了，算了，有情饮水饱，我们小仙女是喝露水长大的，牛奶可以没有，面包也可以没有，只要有盛世美颜就行！

我非常没有立场地拜倒在了方肃的美色下，不计较方肃当着外人的面打我脸的事了。

论美貌的重要性！

我与方肃的账可以一笔勾销，裴西的账却不能就此算了。裴西既然敢算计我，我必定是要加倍奉还的。裴西故意摔折手臂要挟方肃，同样下作的手段我使不出。她千方百计要方肃成为她的经纪人，为的就是重回巅峰。裴西一向瞧不上我，她最不能忍受的就是我超越她，想要报复她，就要将她狠狠地踩在脚底下。

两日后，我同戈莉斯签下了全球代言人的合约，我看着代言费高兴了没

几天，就传出裴西即将成为顶级名表雷斯的亚太地区代言人的消息。

我在心里狂骂，微笑都不想保持了。

雷斯是世界顶级奢侈名表，价格动辄六位数，雷斯和戈莉斯的区别，大概就是法拉利和奔驰的区别吧？

开奔驰确实不错啦，但法拉利的档次明显更高好吗？！

唯一值得安慰的就是，我是戈莉斯的全球代言人，而裴西只是雷斯亚太地区的代言人，一定要说谁更厉害一点的话……

当然是何景耀更厉害啊！

因为何景耀是雷斯的全球代言人。

怎么又是何景耀？怎么哪里都有他？！

得知这个消息后，我痛心疾首地跑去找方肃："说好的牛奶给别人，面包留给我，结果你不仅把我的牛奶拿走了，还买了面包一起送给别的女人！我还是不是你的小公主了？！"

方肃解释说："雷斯的代言不是我争取来的，是对方指名要裴西，我也很意外。"

以裴西如今在时尚圈的地位，代言雷斯无疑是件名利双收的事，争取到这个代言怕是要费不少力气。

可这个机会不是方肃争取来的，我心里也就释怀了。

方肃将出席斯卡拉晚宴的名额让给了裴西，虽然他承诺了会用其他方式让我出席，但我们小仙女也是有脾气的好不好？

跟裴西一同出席斯卡拉晚宴，肯定不会是一件愉快的事，最终我拒绝了方肃的提议。

明星出席宴会，礼服通常由品牌商赞助，原定计划要出席晚宴，我们向Lei借了一件礼服，计划取消，礼服自然也取消了。

江锐得知这件事后，特意打了一通电话来询问："怎么回事，突然取消了行程？"

我难以启齿，难道我要说男朋友把我出席晚宴的名额给了别人，我有小脾气了？

江锐继续说：“我以本期的主题为你设计了一件礼服，你确定不参加了？”

斯卡拉晚宴的着装每年都有一个主题，晚会结束时会有主办方评选出当晚最佳着装。去年的主题是奇幻梦境，今年的主题为穿越星际。江锐特地为我设计了一件礼服，我说取消就取消了，好像真的很不厚道哈。

江锐说：“我能知道你取消行程的原因吗？”

我只好说了个大概：“公司出席的名额有了变动。”

随后我听见了电话那头的轻笑声，江锐说：“我还以为出了什么问题，邀请函的事你不用担心，新时代没有名额，我以设计师的名义邀请你，或者你希望受到主办方的邀请？你知道的，我和 Fernando 很熟，这完全不是问题。”

Fernando 就是主办方宇宙大刊《La Moda》的主编，上一季时装周结束后，Lei 的庆祝宴上，江锐为我介绍过 Fernando。后来《La Moda》刊登 Lei 新一季的服装时，我还为此拍摄了十多页的照片。

江锐话说到这个份上了，我也不好再拒绝。想了想方肃先斩后奏的事，我决定让他也尝尝这种滋味，于是说：“那就麻烦你了。”

江锐说：“放心，没有问题。”

谈妥了斯卡拉晚宴的事后，我一直没有将这个消息告诉方肃。直到斯卡拉晚宴前的两天，我准备出发前往机场了，才拖着行李跑到新时代逛了一圈。

方肃见我拖着行李箱，疑惑地问：“你要去哪儿？这两天你不是没有工作吗？”

我理所当然地说：“我去参加斯卡拉晚宴啊！”

不待方肃发问，我就主动解释说：“江锐邀请我去的，嘿嘿，想不到我的路子这么广吧？惊不惊喜，意不意外？”说完，我一边发出得意的笑，一边拖起行李箱就跑。

身后响起方肃气急败坏的声音：“林艳阳！”

来啊，互相伤害啊！

第十二章 宝宝有小脾气了

我在机场取登机牌的时候，有路人认出了我，跑来要签名和合影。我一一满足后，取了登机牌，见不远处也有一群人围着，应该是撞上了哪个大明星，好奇地看了一眼。

随后我发现，那个大明星是……何景耀。

何景耀今天穿了一件白色 T 恤，下身穿一条蓝色牛仔，头发染回了黑色，脸上架着一副墨镜。一身再简单不过的装扮，放在他一米八九的身高上，顿时变得不普通起来，放人堆里就两个字：扎眼。

我见是何景耀，也不着急走了，就待在外围看他忙活。他的粉丝签完名后认出我，又跑来问我要签名。

何景耀被这个现象吸引了目光，往我这儿瞥来一眼，脸上露出惊喜的表情。他草草地签完名，走到我身边说："这么巧，你也去斯卡拉？"

我拽住他的胳膊，一边往前走一边说："是啊，赶紧走吧，待会儿人又多了。"

我跟何景耀寄存了行李，过了安检进了VIP休息室，才终于获得清静。

闲着无事，我问了何景耀一句："你的邀请函是谁给的？"

斯卡拉的邀请也分三六九等，主办方邀请的属于第一等，设计师邀请的为第二等，购买桌位的品牌商邀请的为第三等，最末的就是《La Moda》员工邀请的。

我属于第二等，新时代的两个名额属于《La Moda》杂志社员工邀请的第四等。

何景耀风轻云淡地回答："主办方。"

我："对方拒绝接受你的消息，并把你拉入了黑名单。"

何景耀露出迷人的微笑，嘴上毫不留情地插刀："你努力做到最好，还不如别人随便搞搞。"

我："滚。"

何景耀火上浇油地问："要不要一起走红毯？"

我表示："敬谢不敏。"

我在飞机上睡了一觉，飞机落地后一起在斯卡拉大剧院的附近找了家酒店下榻。下午的时候，我跑了一趟Giulia总部，试穿江锐为我设计的礼服。

那是一条深蓝色的深V露背礼服，裙摆层层叠叠的纱。上面点缀着一颗颗银色亮片，如同天空璀璨的繁星，华丽却不显厚重。江锐没有为我搭配任何饰品，只是让造型师帮我打理了一下发型，鬓角处的碎发弄成了月牙儿形状。

斯卡拉慈善晚宴当天，我挽着江锐的手踏上红毯，周围的闪光灯不停闪烁，谋杀无数菲林。

我个人在国际时尚圈的关注度当然不至于那么高，托了江锐的福，明天的各大时尚版面肯定少不了我。

何景耀先一步进入宴会厅，我到的时候，他已经坐在位子上了。也是巧了，何景耀的位子就在我边上。斯卡拉晚宴的座位同国内不同，不是一张张大圆桌，而是一排排的长桌。

江锐一落座，就有人上来寒暄，我无所事事地跟何景耀聊天，时不时地

四处张望。斯卡拉晚宴可谓是国际巨星遍地走，小透明不如狗。平时随便拉一个出来都能屠版的巨星，现在就跟菜市场的白菜、萝卜一样扎堆。

我看见了朱晓清和裴西，两人坐在一块，韩纾则坐在另一桌，应该是品牌商一桌。我目光乱飞的时候，意外地扫到了一张非常熟悉的面孔，让我惊讶地睁大了眼睛。对方也看到了我，只是看了我一眼，又若无其事地低头摆弄起手机来。

五秒钟后，我的手包里响起短信铃声，我掏出手机查看，发件人：方肃。

内容：惊不惊喜，意不意外？

我："……"

我抬头看向不远处，方肃双手交叠置于胸前，一副非常冷酷无情的表情。

我实在忍不住，将脸埋进臂弯趴在桌上，双肩不停地抖动。

何景耀不明所以地推了推我说："你在做什么？"

我迅速整理好表情，抬起头看向何景耀，面无表情地说："没事……噗——"

我还是没能绷住，笑了出来。

方肃发的短信最后的那个微笑表情，跟他真人冷酷无情的样子形成了巨大的反差，萌得要命。还有那句"惊不惊喜，意不意外"是什么鬼？要不要这样以其人之道，还治其人之身啊？

我将目光投向方肃，向他竖起一个大拇指。

方甜甜，你赢了！

何景耀顺着我的目光看到了方肃，打趣道："你们俩可真够黏糊的，分开一天都不行？"

我用过来人的语气说："分开了啊，我们俩昨天就没在一起，所以今天见面就成了小别胜新婚，理解一下。"

接下来的时间，我就用短信跟方肃你来我往。方肃将姿态摆得很高，回复也非常高冷，但我丝毫不受影响。

方肃要是真高冷，他就不会回复我了嘛！他现在这姿态，摆明了就是要我哄他。看在他没有跟裴西坐在一块，而是坐在投资人、慈善家那一堆，我就给他发点甜枣吃好了。

我：甜甜，真巧，能在这里遇见你。千里姻缘一线牵，珍惜这段缘！

方肃：呵！

我不要脸地继续发糖：是什么让我们远渡重洋，在此相聚？是爱啊！是灵魂的牵引，是对彼此的思念，是不可割舍的牵挂！

方肃：呵呵！

我回复：嘿，扎巴嘿。

方肃忍无可忍，发了话：我认为你有必要上一趟洗手间。

这是要当场处决的意思？

我乖乖地起身，跟何景耀打了一声招呼后，就往宴会厅外走去。方肃紧跟而来，不等避开所有人的目光，他就强势地抓住我的手，将我拉到僻静无人的地方“壁咚”了。

我后背紧紧贴在墙上，身前是极具侵略性的方肃，不由得紧张地咽了一口唾沫，瑟瑟发抖地说：“你想要做什么？这里到处都是人，你不要乱来，我……我是绝对不会叫的！嘿嘿嘿——想不到吧，我也不是什么好人。”

方肃根本不配合我演戏，极具侵略性的目光落在我身上，战前宣言都不发表，直接攻城略地吻住了我。我被攻了个措手不及，最后丢盔卸甲，俯首称臣。

一吻结束，方肃趁着我平复呼吸的时候，捏住我的小虎牙晃了晃，说：“搞事！搞事！搞事！”

我抓住方肃的手，千辛万苦地从他手中抢救回自己的小虎牙，挑衅道：“生命不止，搞事不息！”

方肃黑着脸问：“左拥右抱，真是快活啊！”

我用朗朗上口的神曲模板改编道：“我快活呀快活呀，我做梦都在笑！我左手一个男闺密，右手一个前男友。我今天秀场看JK，明天男模上阵玩湿身，后天开了宝马带了影帝去兜风，我快活似神仙呀！”

眼见方肃的面色越来越黑，我一反之前不正经的模样，深情款款地捧着方肃的脸说：“世上的诱惑那么多，可我愿意为你画地为牢，成为你爱情的俘虏。”

方肃：“……”

他没忍住，笑了。

我伸出两根手指戳方肃的小酒窝，跟外星人对接一样，嘴里发出类似电流的声响：“嘀——哔哩哔哩哔哩。”

哄男友，so easy！

我说：“甜甜，你怎么这么好哄呀？”

方肃控诉说：“你就是仗着我喜欢你而肆无忌惮。”

我自得地说：“那是，有人说过，我若喜欢你，你脾气再大都叫个性；我若不喜欢你，就算你温顺得像只猫，我都嫌你掉毛！现在的你，只能拿我的脾气当个性咯。”

我们俩躲在僻静处打情骂俏，过了好一会儿才回宴会厅。

晚宴开始有一会儿了，嘉宾席的灯已经暗了下来，只剩下昏暗的灯光照亮身边的路。我原本打算跟方肃悄悄回座位，谁知一进入宴会厅，周围的目光都聚集到了我身上，因为……我身上的礼服亮了起来。

这身礼服是深蓝色，置身昏暗的环境中应该是毫不起眼的，偏偏礼服上点缀的一颗颗亮片不知道用了什么黑科技，在灯光下不显山露水，一旦周围的环境昏暗下来，它们就散发出璀璨的光芒。

亮片大小不一，光芒的亮度也不一，即像天空中璀璨的繁星，又和在地面上仰望到的星空有所不同，它更为壮观，也更为璀璨夺目。

如果换一个情境，离开地球，走出太阳系，置身静谧的太空，就能看到数万光年外的一颗颗恒星化作一点点光芒，无数的光芒汇集，形成璀璨的银河！

这件礼服上的点点亮片，就是那一颗颗恒星，我是将银河披在了身上！

正应了本次斯卡拉的主题：穿越星际！

这么大的外挂，江锐竟然事先一点都没提起，都不让我有个心理准备！

我瞬间觉得自己就是小仙女本人了，我有一根仙女棒，变大变小变漂亮。我顶着众人欣羡的目光，满载着星光回到座位上，随后跟江锐嘀咕：“你怎么事先没告诉我这件礼服会发光？”

江锐淡笑着说：“一个小惊喜，不喜欢？”

我：“……”

你说现在的男同志，怎么一个个都喜欢玩“惊不惊喜，意不意外”这种把戏？难道这就是传说中的“自古真情留不住，唯有套路得人心”？

慈善晚宴除了拍卖环节，也有嘉宾表演，然而坐在场内的嘉宾，出席过的宴会没有一百也有八十了。宴会内容大同小异，台上进行得热火，台下开启私聊模式。下月就是明年的春夏时装周，江锐便跟我谈了谈工作的事。

上一季的时装周我为Lei走了开闭场，成了Lei的代言人，本季度江锐打算只让我为Lei展示一套服装，领衔闭幕。而我的重点放在主线Giulia上，为Giulia的高级定制走秀，成衣秀开场。

Lei是Giulia的副线品牌，从Lei跳到Giulia，无疑提升了我在时尚圈的地位。并且Lei的品牌定位是鬼马，Giulia的定位是高级时装，精致优雅，这对我而言是一个转型的好机会。如果转型成功，打破局限，我将获得更多的机会。

只是，我心里有些犹豫。

Lei是因我而生，我因Lei一夜成名，Lei找到灵魂模特，可以算是互利关系。可Giulia与我毫无瓜葛，让我为Giulia的成衣秀开场，真的是江锐用自己的资源在捧我了。倘若我和江锐只是普通的模特与设计师的关系，得到江锐的赏识，获得他的力捧，当然是一件天上掉馅饼的好事，我保准抱紧大腿，顺势而上。

偏偏我们有过一段不得不说的故事，虽然现在清清白白，但能避讳还是避讳的好，毕竟方甜甜的吃醋技能可是一流的。我有些纠结，究竟要不要将到手的机会往外推？

江锐见我不说话，了然地说：“你又在纠结相同的问题？每位成名的模特背后都少不了设计师的赏识，你如果觉得占了我的便宜，等我成立了个人品牌，来为我走秀吧。”

我：“……”

确定让我为你的个人品牌走秀是在还人情，而不是又欠下一笔人情？看来，我只有努力往上爬，站上时尚圈顶端了。届时，无论是为Giulia走秀，还是为江锐的个人品牌走秀，都是互利，而不是我单方面占便宜了。

慈善晚宴的拍卖与捐款环节后是舞会环节，给予嘉宾足够的时间和机会交流。

我和方肃跳了第一支舞后，又分别跟何景耀、江锐跳了一支。我今天的这身银河礼服太出彩了，不出意外，今晚的最佳服装非我莫属。不少不认识的男嘉宾都来邀请我跳舞，方甜甜表示很不高兴，但面上还是得保持微笑。

晚宴结束的时候，我同江锐打了一声招呼，就准备和方肃一起离开。谁知江锐叫住了我："艳阳，能不能陪我走一会儿？我喝得有点多。"

我仔细看了看江锐，面上微醺，眼中也有些醉意。今晚这样的场合，想跟江锐搞好关系的不少，他喝的酒肯定也不少。我想了想，回答说："好啊！"

我转头看向方肃："要不你先回去？你订的哪家酒店，今晚要不要住我那儿？"

方肃一副不可思议的表情。

我伸手揉了揉他的头发，顺毛说："乖啦。"

我报了自己的酒店名跟房间号，交代说："房卡我寄放在前台，报我的身份证号码就好了。你先回去，我过一会儿就回。"

方肃正准备说什么，何景耀从边上冒出来："方董，顺路，一起走？情侣之间，保持适当的空间，留一点神秘感嘛，别整天黏在一起。"

何景耀插科打诨，方肃不好再说什么，留给我一个"宝宝很不高兴，宝宝有小脾气了"的眼神后，就跟着何景耀一道走了。

我和江锐就在附近随便走了走，打算等江锐的酒意散了一些后再回酒店。江锐说："你和方肃看上去相处得很好。"

我露出一副颇无奈的表情："他什么都好，就是爱吃醋。"我还在心底默默加了一句：他吃醋的样子也超讨人喜欢的！

江锐走到一座桥上，倚靠着栏杆，目光平静地望着面前的湖面。过了好一会儿，我听见他爆了一个猛料："艳阳，我要结婚了。"

我有些惊讶，正准备说恭喜的话，又听见江锐语气平静地补了一句：“家里安排的。”

我默默地将恭喜的话憋了回去。

既然是家里安排的，女方必定与他门当户对，最不济也是家世清白，祖上三代无不良记录。

我转头看着江锐，银白色的月光落在他的身上，皎洁无瑕，倍感清冷。从江锐平静的面色中，我感受不到他有一点喜悦，这场婚姻，十有八九是政治婚姻。

江锐这样的出身，人生应该是按部就班的，从事时尚行业已经是他的任性行为，那么婚姻，他就得听从家中的安排了。

这没有什么不公平的，你享受了家庭带给你的优越生活，同样得为它牺牲。

我不知道自己此刻应该说些什么，所以我什么都没说。

江锐收回落在湖面上的目光，转头看向我：“艳阳，我一直想问你，你为什么会进时尚圈？我记得你对这一行不感兴趣的。”

为什么？

这个问题方肃也问过我，我当时告诉他，我不甘心，我不甘心自己的人生由出身来决定，我要改变这一切。可不甘心的源头又是什么呢？

是江锐。

当时的我……想离江锐更近一些，哪怕我们再无可能。

眼前的这个人，曾是我年少时的一个梦，时至今日，他在我眼中依然是无瑕的，只是我们有缘无分。现在，我所有的努力都是为了和另一个人一起实现梦想，江锐是我的过去，而他是我的现在和未来。

这个原因，没有说出来的必要。

我笑眯眯地说：“比起时尚圈，我对娱乐圈更感兴趣。不过可惜呀，老天爷不赏饭吃，长得太高，娱乐圈不收，你看过几部电视剧女主比男主长得还高的？”

气氛稍稍活跃了一些，江锐笑着说：“你怎么不去打篮球？”

我：“别说话，我只想安安静静地做一个美少女。”

分开的时候，江锐叫住我，说了一句：“艳阳，祝你幸福。”

我说：“你也是。”

我略带感慨地回到酒店，打开门，见房里灯火通明，方肃就坐在沙发上。我瞬间换了一种心情，一招猛虎下山，扑过去用力将方肃压倒在沙发上，用甜腻腻的嗓音叫道：“甜甜，我回来啦！”

方肃被我扑了个措手不及，教育我：“好好说话。”

我不听不听就不听，捧住方肃的脸糊了他一脸的口水。

方肃刚洗完澡，头发尚带着湿气，身上一股薄荷的清新味，实力演绎了“秀色可餐”四个字，被我毫不留情地糟蹋了。

方肃颇为无语地用手擦脸上的口水，我郑重地在他的额头上落下一个吻说：“甜甜，谢谢你陪在我身边，你是我二十几年来收到的最珍贵的礼物。”

方肃停下手中的动作，盯着我看了一会儿，挑眉说：“新套路？你甜言蜜语的技能已经满级了。”

我竖起两根手指指天：“这绝对不是套路，我对你的心天地可鉴，日月可表！”

方肃点头，评价道：“态度诚恳，屡教不改。”

我：“嗯……陛下英明，然臣妾不服。”

我洗完澡后，抱着方肃陷入了甜甜的梦乡。翌日醒来，我一边吃早餐一边刷昨晚斯卡拉的新闻，一口牛奶喷了出来。

方肃凑问：“怎么了？”说着，就要凑过来看我的手机屏幕。

我的第一反应就是赶紧把手机藏起来，但……跑得了和尚跑不了庙，知情不报，罪加一等。我视死如归地将屏幕放到方肃面前，方肃只看了一眼，脸上的笑容就消失了。

我上了国际版的头版头条，内容不是我被评为本届斯卡拉最佳着装，而是：《天才设计师 Ray 恋情曝光，女主为品牌宠儿 Sunny》《Giulia 掌门人秘密约会，吻照曝光》《星空下的吻，真人版童话》……

配图是昨晚我陪江锐醒酒时，桥上抓拍的一瞬间。当时江锐说出自己要结婚的事，我诧异地看向他，恰好江锐也转头。从拍摄的角度来看，我们就像在……接吻。

偷拍者的摄影水平非常高，不仅借位能力一流，画面也非常唯美。我和江锐的脸重叠在一起，身上的银河裙流光溢彩，画面唯美程度堪比真人版的童话故事。

我和方肃的恋情在国内曾经公布过，并没有传到国外，现在外国人都以为我和江锐在交往。

方肃一副被绿了的表情，我澄清说："这是借位，我和江锐什么都没有发生！甜甜你放心，我会让全世界都知道，我的男朋友叫方肃。"

说干就干，我让方肃接了几家媒体采访，采访的内容大同小异。

时尚编辑："请问你和 Ray 是在交往吗？"

我连忙伸出尔康手："不不不，我们是朋友关系，那张照片只是借位，我有男朋友的，给你们看他的照片。"

我从手机里翻出一张方肃的照片，照片上的方肃围着一条棕色的羊绒围巾，脸颊上露出两颗可爱的小酒窝，被我用图片编辑器加了两抹红晕和一行文字。

时尚编辑问："下面写的是什么？"

我露出迷之微笑，说："你的小可爱突然出现！"

时尚编辑称赞说："你的男朋友很可爱。"

对霸道总裁而言，被人评论为可爱，应该是黑历史吧？

我看着摄像机拍摄不到的角落里方肃羞恼的表情，肯定地说："是啊，的确很可爱。"

如果这位编辑在中国待上一段时间，她就会知道，这张照片还有另一个名字，叫……表情包。

我借媒体的口公布了真正的恋情，江锐也亲自出面澄清了绯闻，一周后，这件事的热度总算是退却了。

斯卡拉晚宴结束以后，春夏时装周如期而至。同上一季时装周比，本季我的境遇可谓是大不相同，上一季方肃带着我敲开一家家品牌的大门，争取每一次的面试机会。在我以光速走红后，烦琐的面试变成了设计师亲自邀请，直接进入试装环节。

我将方肃留在了国内，时装周的各个环节我已经很清楚，方肃跟在身边更多的是满足我的精神需求。但方肃也有自己的事，上一季他陪着我连轴转，还得抽空处理工作的事，想想就让人心疼。既然我自己可以搞定，就不要再让他操心了。

四大时装周前是高定秀，我应江锐的邀请为Giulia走了一场秀。高定秀圆满结束，我出了秀场打算回酒店时，见到了一个意料之外的人——江锐的姐姐，江曼。

她应该是刚从秀场看秀出来，身着白色连衣裙，面容精致，举止优雅，

我只同江曼说过一次话，并没有在第一时间认出她，等她开口，露出看马路上蝼蚁一般的眼神时，我很快便从记忆的旮旯里挖出了这个人。

“好久不见，方便说几句话吗？”

还是原来的配方，还是熟悉的味道。

那睥睨天下的眼神，与当年一模一样，仿佛她江曼生来就高人一等，而我就是她踩在脚下的蝼蚁。

不对，不是“仿佛”，而是“本就是”，她本就高人一等，我这种“家庭成分”不好的人，在她眼中就是蝼蚁。

虽然江锐跟江曼一样，一眼看去都是很高冷的样子，但江锐是性格使然，真实的他有风度、有涵养。江曼高冷，是因为她觉得我们都是愚蠢的人类，没有资格和她说话。

江曼可能不知道，也可能知道，却不在乎，她当年的几句话震碎了我的“三观”，让我深深地感受到自己的卑微，明白“人人平等”这句话是多么愚蠢。

当年我喜欢江锐，面对江曼时，虽然面上不肯示弱，但被江锐的亲人那样评价，我内心很是自卑。

现在的话……

我和江锐清清白白，她凭什么在我面前摆出一副高高在上的表情？我早

不是当年的林艳阳，会任她踩在脚底蹂躏了。

我佯装茫然地问：“你好，请问你是……”

这句话明显下了江曼的脸，她面上的笑容消失了，却维持着体面自我介绍：“我是江曼，江锐的姐姐。”

我露出恍然大悟的表情：“哦，真巧，找我有事吗？”

江曼说：“我看了前几天的新闻，关于你和小锐的事，我想跟你说清楚。”

新闻？肯定是说我跟江锐的绯闻了。

我直截了当地说：“我和江锐只有私事，没有公事，在此前提下，我们的谈话没有进行的必要，纯粹是浪费彼此的时间。”

江曼并没有知难而退：“难道你不想知道，小锐为什么对当年的事毫不介怀，甚至愿意捧你吗？”

我：“……”

我可能真的是Hello Kitty，而不是小老虎。

我的好奇心太重了！好奇害死猫！

我这是要“狗带”的节奏啊！

我的内心陷入纠结，理智告诉我，不要再跟江曼进一步接触，免得再自取其辱；情感告诉我，江曼不是无的放矢的性格，她敢这么说，肯定有缘故。

江曼见我犹豫，爆了一个猛料：“小锐从一开始就知道，你跟何景耀是清白的。”

我吃惊地说：“你说什么？”

江曼看了一眼周围，秀场外不时有人经过：“这里不是说话的地方，我们找个安静的地方说。”

林•Hello Kitty•艳阳真的受江曼摆布，跟她找了一家咖啡馆坐下来聊。

江曼点了一杯蓝山咖啡，我要了一杯柠檬水，沉不住气地问：“刚才你说江锐从一开始就知道我和何景耀是清白的，是什么意思？”

江曼说：“字面上的意思，小锐知道你并没有变心。”

我不知道自己此刻应该露出什么样的表情。

如果江锐知道我跟何景耀是假的，当年他为什么那么生气？如果他知道一切都是假的，为什么和我不欢而散？甚至直到现在，他都没有透露过分毫？

江曼直截了当地说：“当年我去找你的事，小锐知道。家里给了他两种选择，事业和婚姻，他只能选一样。如果他坚持和你在一起，未来就得按父亲安排的路走。小锐心里装的是世界，他会甘愿为你困在国内一辈子？或者说，对他而言，你真的重要到足以让他放弃全世界？既然如此，这个恶人我来当。”

江曼的这番话信息量太大，我花了好大的工夫才消化。我知道当年江锐的父母给了他一次选择的机会，我不忍心江锐一辈子困在牢笼中，亲手将他推向了世界。可倘若江锐从一开始就知道我的意图，只是顺着我的意思选择了他真正想走的路……

不，我不能只听江曼的几句话就全盘相信。

我问：“倘若你说的是真的，现在你将这件事告诉我的目的又是什么呢？”

江曼表示：“小锐已经有了未婚妻，明年就会完婚，前几日你们的绯闻给女方造成了非常不好的印象。我不知道你是不是依然喜欢小锐，但我希望你清楚自己在小锐心里的分量。既然你现在跟新时代的方董在一起了，那就好好珍惜，不要到时候两头落空。”说完，江曼便起身离开了。

我一动不动地坐在咖啡馆，脑子里全是江曼刚才的话。

我告诉自己，不能相信江曼的话，江锐不是那样的人，他不会做出那样卑劣的事情。江曼只是为了让我彻底和他划开界限，才会说出这种漏洞百出的话。

漏洞，她漏洞百出的话……

我……找不出漏洞。

第十三章

别看广告，看疗效

当晚回去后，我失眠了，纠结了一整晚，决定当面跟江锐说清楚。虽然这件事已经是过去式，我现在喜欢的人已经不是江锐，但我有权知道真相，真相不应该被扭曲或掩盖。

我一通电话打给江锐：“这几天你有空吗？有件事我想当面跟你谈谈。”

江锐问：“不能在电话里说？你知道，这段时间我都很忙，还有两场秀等着我。”

我说：“这件事最好当面说，不急，等你有空就行。”

江锐想了一下，说：“Giulia 彩排那天，我可以抽出一些时间，这样你也不必多跑一趟。”

我说：“可以。”

我跟江锐约定了时间，接下来就是等待那天的到来。

恋爱中的人都比较黏糊，我时常忙里偷闲跟方肃煲电话粥。方肃特别敏感，聊了没几句就问：“今天太累了，还是心情不好？”

我惊讶地说：“我的情绪如此深藏不露，你都能听出来？”

方肃表示：“你说话的语气变了。”

我说：“洗耳恭听。”

方肃解释说：“你平时说话‘叽叽喳喳’，今天说话‘咿咿呀呀’。”

我：“……”

“方肃同志，不要以为我们现在远隔重洋，你就可以畅所欲言哦！历史的教训还不够深刻吗？不信回头看，林怼怼饶过谁！”

方肃：“……”

他退让求和：“好好好，你说话像清脆的黄莺鸟在唱歌。”

我：“呵呵，这话假得我头上的一根头发都不相信，你这样阳奉阴违的人放在古代，可是要被杀头的。”

方肃：“……”

又怪我咯？

两个成年人这样斗嘴其实很无聊，可我的心情成功地好了起来。方甜甜无愧于我给他起的绰号，治愈能力一流！

方肃讲不过我，转移话题说：“你不打算告诉我令你不愉快的理由吗？”

我告诉他：“这件事有点复杂，牵扯到历史遗留问题，等我弄明白了再告诉你。”

我和方肃打了一通电话，暂时将不愉快的事情都抛到脑后。翌日当我回到酒店，在酒店大堂的沙发上看见方肃的时候，整个人都惊呆了。

方肃见我回来，站起身勾起嘴角，张开了手臂。

我：“……”

超苏的！我胸口一枪，灵魂颤动，不能自已！

我自认见过方肃的各种样子，但当他不远万里来到我身边，向我张开双臂时，我觉得自己这辈子都逃脱不了他的掌心了。

我扑过去抱住方肃，整个人都挂在他身上：“你怎么来了？”

方肃霸道地说：“男朋友见女友，需要理由？”

我附和道：“好好好，对对对，你长得帅说什么都是对的！”说着，我在他脸上亲了一口，脑袋枕在他的肩上，小鸟依人、柔情蜜意地说，“那今晚人家就是你的人了，你想对人家做什么都可以。”

方肃：“……”

戏精。

我偎依在方肃怀里，方肃无奈地搂着我的肩，搭乘电梯回到房间。

我们两个洗完澡后，躺在床上抱成一团接吻。虽然每天都有通话，但电话肯定不能跟真人比，如今真人在这里，不好好亲热一番，怎么对得起十几个小时的行程？

我跟方肃黏黏糊糊了好一会儿才消停下来，江锐将我的一缕碎发捋到耳后，说：“现在开心了？”

我忍不住笑了：“你当自己是灵丹妙药啊？方董卖药，自卖自夸，这样可不行啊！”

方肃一本正经地说：“别看广告，看疗效。”

我：“……”

哈哈哈——哈哈哈——我笑得跟嚼了炫迈口香糖一样，根本停不下来。

我说：“老品牌，值得信赖，服气！五体投地！一百分！”

我窝在方肃怀里笑了好一会儿才安静下来，说：“问你一个问题，当年你为什么愿意放弃一切，跟裴西闯荡时尚圈啊？

方肃的表情瞬间变得一言难尽。

我问：“怎么了？”

方肃面色严峻地说：“这是不是传说中的送命题？”

本来很严肃的一个话题，被方肃这么一讲，我又想笑了。我翻身压到方肃身上，斥道：“严肃点，说认真的呢！”

方肃想了想，回答说：“不是放弃一切，只是换一种生活方式。金钱对我而言是轻易就能获取的东西，但感情可遇不可求。我陪着裴西前往巴黎，是我为了争取这段感情付出的努力。”

我：“……”

明明是严肃的话题，为什么我的重点都在方肃那句“金钱对我而言是轻

易就能获取的东西”上呢？这跟“先定一个能达到的小目标，比方说我先挣他十个亿”有什么区别？

提问：男朋友非常拉仇恨怎么办？

答：当然是原谅他啦。

方肃说得轻巧，可我知道他为了争取这段感情付出的努力，不是三言两语就能道尽的。一个出身富贵的少爷，放弃原有的优越生活，做一个普通人白手起家，并且是为他人作嫁衣，能有几人做到呢？

或许方肃最开始吸引我的，就是他对感情的执着。他足够情深，却又果断决绝，当裴西背叛了这段感情，他立即抽身离开，不再给她一丝机会。

我内心是羡慕这样的人的，因为在我和江锐的那段感情中，我们谁都没有做到这一点。倘若当年我遇到的人是方肃，我敢肯定，他会义无反顾地留下来，为我放弃他的世界。

以前的我，根本不敢奢望自己能踏足顶尖时尚圈，现在的我，站在这个圈子里，向着行业顶端发起进攻。方肃为我起名 Sunny，其实他才是我的 Sunny，给了我对抗全世界的勇气。

我将困扰着自己的历史遗留难题告诉了方肃，方肃安静了一会儿，说：“即使真相不尽如人意，你也坚持吗？”

我说：“即使不尽如人意，我也需要知道真相。”

方肃在巴黎陪了我一天，订机票回了国内，我则转战纽约时装周。我和方肃每天都保持至少打一通电话的习惯，这一日，我接到方肃的电话，听出他有些鼻音。

我问：“感冒了？”

方肃应了一声：“大概是昨晚空调温度太低。”

我语重心长地说：“方董，你长这么大了，要学会照顾自己呀，女朋友这种生物，很多时候是使不上力的。晚上睡觉不要贪凉，早睡早起，多喝热水，有买药吃吗？”

方肃表示：“风寒吃药效果不大。”

嗯……这话谁说的？肯定不是鲁迅大大！

我妥协说：“那好吧，你多喝热水。”

Giulia 成衣秀当天，我在彩排现场见到了裴西。她的手恢复得不错，已经能自由活动了。我跟裴西说不上血海深仇，却也是势不两立，同在一个秀场，连声招呼都没打。今晚我是主秀，裴西只展示一套秀服，我想她心里一定气得呕血。

知道裴西不爽，我爽飞啦！

作为今晚的开场，江锐为我准备的是一身米色时装，领口为中式设计，腰部缠上腰封，绣上漂亮的兰花图案，还有下坠的穗子。

Giulia 很少采用鲜明的颜色，它的一贯风格就是精致优雅，细节处打动人心。本季时装采用的重要元素是我国的兰花，中国人将兰花视为高洁的象征，江锐将兰花的这一特性融入 Giulia 的设计中，甚至把展示 T 台换成了别具一格的旋转楼梯。

模特身着高级成衣，踩着十几厘米的高跟鞋顺着楼梯蜿蜒而下，步步生莲，典雅高贵，成为众人眼中的一道风景。

彩排的时候，我手执一柄香扇，面色冷淡地走下楼梯，站在定位点展开扇面，半掩玉容，余下一只眼睛幽幽地看了一眼观众席，随后毫不拖泥带水地转身。

彩排结束后，江锐叫住了我：“艳阳，跟我去休息室。”

我顶着好几道欣羡的目光跟在江锐身后进了休息室，江锐关上门，噙着笑说：“你有话要对我说？”

我开门见山地说：“你姐姐来找过我。”

江锐面色不变，问：“她对你说了什么？”

我紧紧地盯着江锐的眼睛说：“她告诉我，当年她来找我的事，你是知情的，你甚至知道我跟何景耀是清白的。我想知道，这件事是不是真的。”

江锐反问：“这很重要吗？”

江锐没有第一时间否认，我的心里就有了预感，可我想听他亲口回答。

我说：“对我而言，这很重要。”

江锐面上的笑容终于淡了一些，态度却依然从容不迫，他说：“是的，

我知道。”

我难以置信地看着眼前的男人，重新审视起眼前的这个人。从何时起，他不再如我印象中那般高冷，如今面上常带笑容，处事圆滑。或者说，我从未真正认识过眼前的这个人。那个对着我说出“艳阳，你是我的缪斯”的人，渐渐和眼前的人融为一体。

我问：“你姐姐对我说的话，你也知道？”

江锐说：“以她的性子，我可以猜到。”

我怒极反笑：“你知道，你全都知道！你知道你姐姐是如何羞辱我的；你知道我跟何景耀只是在你面前演了一场戏；你知道我做这一切都是为了让你下定决心离开！你为什么不能亲口告诉我？即使你开口说要离开，我也不会阻拦你。你是不是觉得我很可笑？自以为伟大，其实一切都在你的算计之中。江锐，你的演技怎么能这么毫无破绽呢？”

现在，我终于明白江锐重逢后说的那句话了。他说，他不怪我，他能走到今天这一步，还得感谢我。

是！他是得谢谢我，我背负了负心人的罪名，成全了他，他带着我的愧疚远走高飞。

我知道现实不是童话，爱情不是生活的一切，江锐在我和梦想之间做出取舍，这无可厚非。可他连坦白的勇气都没有，让我觉得……卑劣。

我林艳阳枉做小人！

我说：“今天的这场秀，是我跟Giulia以及Lei的最后一次合作，违约金我会赔偿，我不需要你的补偿或是怜悯。”说完，我转身就走。

江曼真是太高明了，几年前她用三言两语让我主动退出，几年后她又用三言两语让我主动和江锐划清界限。江曼确实有傲人的资本，我在她面前就是一个蠢货，他们江家的每个人都不是泛泛之辈。

我出了休息室，返回模特休息区域的时候，在储衣间门口撞见了裴西。彩排完毕后，所有秀服都会分门别类地收好，秀前才会重新取出。模特的休息区域不在这儿，可裴西为什么会出现在这儿？

我心中冒出这个疑问，但此刻因为心浮气躁，根本懒得深究这个问题，径直越过裴西。不料裴西主动开口说：“阿肃现在躺在医院里，你却在国外和其他男人不清不楚，我真是替他不值。”

我顿住脚步，转过身说：“你胡说八道什么，什么方肃躺在医院？”

裴西面露惊讶：“你不知道？最近公司内部流行病毒感冒，阿肃感染后没在意，加重转成了肺炎，这几日正住院治疗。我真怀疑你们是不是真的在交往，这样重要的事情阿肃居然没有告诉你？”

我得到了自己想知道的消息，立即转身走人。

江锐的事情瞬间被抛到九霄云外，占据我全部心神的人成了方肃。方肃感冒的事我是知道的，但他住院的事情我完全不知情，明明今早我们还通过电话，方肃居然一点都没向我透露。

道理我都懂，我人在国外，即使知道了也只是徒增担心，帮不上忙，可是……自己男朋友住院这种事还得从情敌口中听说，我真的气炸了好吗？！

我后台也不回了，看了一眼手机，国内此时是上午十点，不会打扰到方肃休息，于是一通电话打了回去。

电话很快接通，方肃带着笑意的声音在耳边响起：“艳阳。”

我的重点都落在方肃沙哑的嗓音上，嘴上若无其事地问：“你到公司了吗？”

方肃说：“已经到了。”

我：“……”

撒谎！

我不说话，在心里扎小人。方肃想岔了，以为我是为了别的事心不在焉，问：“你跟江锐谈过了？”

我恍若未闻，继续自己的话题：“你感冒都有几天了，还没有好吗？”

方肃态度自然地说：“再过几天就好了。”

我：“……”

骗子！

我真的生气了，还是哄不好的那种！

我阴阳怪气地说：“是吗？那你可得上心，免得不小心转成了肺炎。”

这句话一出，电话那头瞬间寂静了。我不说话，在心中默默吐槽：你装！你装！你再装！

过了半晌，方肃终在事实面前承认：“你都知道了？”

我凉凉地说：“是啊，是从裴西口中听说的，她问我是不是真的跟你在交往，居然连你住院的事情都不知道。当时我这张脸哦，真是被她踩在脚下碾。”

方肃解释说：“我只是不想让你担心。”

我说：“对对对，所以我现在就不担心了。”

方肃：“……”

他态度非常诚恳地说：“我保证，下不为例。”

我把方肃的话原样奉还：“态度诚恳，屡教不改。”

方肃：“皇后英明，朕引以为戒。”

我：“……”

我还能怎么办呢？

难道真的为了这件事跟他一个病号闹？

只能是原谅他啊！

我问：“那你现在怎么样了？”

方肃说：“打点滴消炎，留院观察几日。”

我说：“有人陪你吗？”

方肃说：“小林每日会送三餐过来。”

小林是方肃的秘书，方肃说小林每日送三餐过去，意思就是平时他就一个人待在医院咯？

我和方肃说了几句，正好护士进屋打点滴，我们就把电话挂了。

挂上电话，我从方才的心浮气躁转化为心烦意乱，掏出笔记本翻看自己接下来几日的行程。

从巴黎飞回国内，最快也要十二个小时，来回就是二十四小时，加上往返机场的时间，我至少得抽出两天时间才能回国一趟。可我每天都有秀要走，哪有时间回国？

可不回国一趟，我心里实在是不踏实。方肃究竟是好是坏，我只是从电话里听说。即使方肃此时一个人待在医院哭唧唧，我也无从得知，这种感觉糟糕透了。不知情的，真当方肃交了个假女朋友。

倘若打定主意回国，那就只有……推掉工作了。临时推掉工作，不说是不是特别没有职业素养，会不会被品牌商拉黑，方肃都可能打死我。

啊啊啊——啊啊啊——好烦啊！

时间一分一秒地过去，Giulia春夏时装发布会即将开始，后台忙成一团，工作人员为我换好秀服后，将我带到了候场区。

音乐响起，秀台灯光亮起，秀导示意我：“Go！”

二楼的房门打开，我走出候场区，站上楼梯口，姿态优雅地走下楼梯。

我不是第一次开秀，早没有刚出道时的紧张感，甚至心里装着心事，有些压抑不住的焦躁。在经过楼梯转角时，我的秀鞋突然出现了问题，后跟一歪，失去了控制！

人穿着高跟鞋时，重心先是压在脚跟，由脚跟先着地，后跟失去控制，我完全没有防备，整个人失去重心向下摔去。我下意识地抓住了扶手，想力挽狂澜，然而下坠的力道太大了，我没有抓住扶手，整个人不受控制地向下摔去。摔了好几级楼梯后，我不计后果地用手肘撑地，才止住了继续往下摔的势头。

太疼了！全身都疼！

我根本分不清究竟是哪里更疼一些，除了痛觉，我的脑子里一片空白。等到大脑重新运作，我的第一个念头就是——完了！

我将Giulia的开场搞砸了，我将成为整个时尚界的笑柄！

看客也被这突如其来的一摔看傻了，反应过来后纷纷掏出手机拍下这一幕。工作人员连忙上来将我扶起，我顾不上身上的疼，站起身后发现左脚的高跟鞋鞋跟已经断了，我只得踮起脚，按照原来的路线返回后台。

我一进后台，工作人员纷纷围了上来，江锐问：“怎么回事？”

我捂住自己的脸，恨不得找个地洞钻进去。即使我跟江锐有个人矛盾，也不能作为我搞砸这场秀的理由。我向江锐以及现场的工作人员鞠了一个躬说：“我很抱歉。”

我毁了一场秀。明日的头版头条，大家关注的不是Giulia发布的新装，而是我摔的这一跤。我不仅毁了设计师的心血，也毁了现场所有人的努力。

以这种方式出名，对一个模特而言，是耻辱！

工作人员帮助我将高跟鞋脱了下来，左脚的鞋跟已经断了，我的脚踝火辣辣地疼，以肉眼可见的速度肿了起来，手肘也好不到哪里去。

江锐接过高跟鞋看了看，说：“鞋子被人动了手脚。”

他的脸上不复往日的温和，面色严厉地问：“秀前服饰有专人保管，为什么会出现这样的事故？”

工作人员研究了一下鞋子，吃惊地说：“天哪，后跟有被锋利物割过的痕迹。”

这里的情况吸引了不少人的注意，江锐没有继续追究，意外已经发生，发布会还在继续。他吩咐了工作人员调查这件事后，重新将注意力放回正在进行的秀上。

众人散开的时候，我看到了刚从秀台返回的裴西。我们俩的目光对上，她向我露出一个轻蔑的笑容。

我的眉头跳了跳，猜出了动手脚的人是谁，却忍住没有当场发作。

发布会短短十几分钟就结束了，闭场模特上台闭场，所有模特上台做最后的展示，设计师致谢。

我换了一双高跟鞋，跟着其他模特鱼贯而出。作为开场，闭幕时我站在最后的位置，因此结束时全场的目光都集中在我身上。我看似面无表情，实则脸上火辣辣的，过了今晚，我将红得发黑。

时装发布会结束后，其他工作人员一一离开。我、江锐以及与此次事件相关的工作人员留了下来。

工作人员调查后表示：“鞋子是在秀前被人动的手脚，现场的摄像头有限，并没有拍摄储衣间的画面。”

秀场的后台通常是一片纷乱，有几套秀服的模特来不及进更衣间，经常直接在后台换装，因此后台很少安装摄像头。下手的人正是看中了这一点，才敢这样明目张胆。

江锐表示："这起意外应该是针对你个人的，你最近跟谁有过不和？"

我实事求是地说："我知道是谁动的手脚，裴西。"

江锐问："这么肯定，你有证据？"

我说："这样的事情已经不是第一次发生了，刚才我和你说完事情出门，正好在储衣间门口撞见裴西。我没有确凿的证据，但这次的事情十有八九是她做的。"说出这番话时，我的语气非常平静，不在乎江锐是否相信，只是陈述事实。

现在想来，裴西在储衣间门口对我说的那番话，并不是无脑的挑衅，而是精心算计好的。她说出方肃住院的事情，是为了扰乱我的心神，让我忽略高跟鞋的问题，当众出丑。

裴西的确卑鄙，可难道我自身就没有一点问题吗？

我当时的状态太差了，刚从江锐那儿得知当年的真相，随后又担心方肃住院的事情，一门心思想着要如何抽空回国，我的心根本就不在这场秀上！

假如我当时全神贯注，即使高跟鞋出现问题，我也能在第一时间做出应对，挽回这场秀。是我松懈了，将注意力放在了其他事情上，才会出现不可挽回的局面。我的专业态度出现了问题，台上的一跤算是给我的教训！

江锐闻言，让工作人员打电话将裴西叫了过来。

裴西本来已经离开，被叫回来后问江锐："江总监，您找我有事？"

江锐表示："今晚的发布会出现意外，林艳阳的秀鞋被人动了手脚，她说秀前在储衣间外见到了你。储衣间距离休息区域和卫生间都有一段距离，我想知道，你为什么会出现在那儿？"

裴西好笑地说："林艳阳在储衣间外看见我，就认定是我动了手脚？江总监，不怕您见笑，我和林艳阳有过节，她时不时就会给我找点麻烦。前段时间我摔折手臂，就是她在高台动手推了我，这件事人证物证俱在。至于我出现在储衣间的理由，是我的儿子打电话给我，休息区域太吵，我想找个安静的地方跟他通话，恰好走到储衣间外，您不信可以查证通话记录。"说着，她掏出手机，找出自己的通话记录。

理由准备得很充分，在没有确凿证据的情况下，谁都不能断言是裴西动的手。

江锐官方地表示：“艳阳只是将她看到的情况说出来，并没有说是你动的手。这件事严重影响到公司的声誉，我们一定会调查清楚，不会冤枉任何一个人，感谢您今天的配合。”

裴西客气地说：“江总监，Giulia 是时尚界的顶级时装，我希望对于往后的开秀模特，贵司能再慎重一些，不要再请那些专业素养不过关，出事后只会找借口的模特了。”

专业素养不过关的模特：“……”

看来今晚注定是查不出结果了，裴西离开后，江锐安抚我说：“艳阳，我相信你，你先回去睡一觉，这件事我会查清楚的。”

我点了点头，没多说什么就离开了。

我一直说何景耀演技一流，是个天生的戏精，其实真正的影帝是江锐。即使戳破了纸窗，他对我的态度一如往日，完全看不出任何的不自然，倘若我不明真相，肯定又会被江锐的人格魅力征服，铭感五内。

现在嘛……我只能说，人生在世，全凭演技啊！

今晚的意外我要负很大的责任，江锐不知道吗？他当然知道，可他一点也没提。因为在发布会上动手脚的性质太恶劣了，比起我的失误，揪出幕后黑手才是最重要的。既然如此，他何不在我面前再做一次好人？

回到酒店后，我筋疲力尽地倒在床上，恨不能读档重来。

发生这样严重的秀场意外，我基本是被顶级时尚圈驱逐的节奏了。方肃花了那么大心思培养我，我居然一着不慎，把自己的一副好牌打烂了，还有什么颜面见方肃？

先前我抓心挠肺，归心似箭，直想见方肃，现在我是恨不能躲去天涯海角，让方肃一辈子找不着。

我心惊胆战地拿着手机，既想关机，又不敢关机。关机了方肃是联系不上我，可工作上的事怎么办呢？万一品牌商联系不上我，我又得以“不敬业”出名一次了。

真是怕什么来什么，方肃的催命电话很快就打来了。

我不敢接电话，更不敢拒接，将手机蒙在被子里掩耳盗铃。

催命电话响了好几通才停下，紧接着短信提示音又响起。我心如擂鼓地掏出手机，小心翼翼地点开短信，生怕下一刻电话再度响起，不小心摁了接通键。

短信是方肃发来的，上面只有短短的一句：艳阳，接电话，无论发生什么事都有我在。

他到现在还叫我艳阳，说明我还没被打入冷宫对吧？

方肃越是这么说，我心里越是觉得对不起他，不能面对他。我一边祈求黎明不要到来，一边自虐地上网搜索自己的新闻。

短短的几个小时，我作为Giulia开场模特，摔倒在秀场上的新闻就霸占了各国的时尚头条。国外媒体的评价稍稍宽容一些，有人质疑我的专业水准，也有人评价说失误难免，国内则是一片骂声。

作为新晋超模，我只用一季时装周就迅速走红，跻身国际顶级时尚圈的事，在国内可谓是轰动一时，使得国内媒体对国际时尚圈的关注度大大提升。我在秀台上摔倒的事，第一时间传回国内，网友们先前将我捧得有多高，现在踩得就有多狠。

不是，是踩得更狠，简直把我打入了十八层地狱。

网友质疑我的专业能力，说我摔倒后离场的样子像是打了败仗的士兵，士气全无，还影响了整场秀的进度，说我丢人丢到国外去了。

是是是，我承认我的专业能力有问题，但咱们就事论事，不扯以前的事情行不行？你们把我跟方肃的恋情、何景耀的八卦和江锐的绯闻拿出来重新炒作一遍，说我是靠勾引男人上位，专业水准为零，你们的良心不会痛吗？

人家出名的时候，说人家是为国人争光；人家出了意外，就说人家丢脸丢到国外去了。

我心如死灰地倒在床上，门铃突然响了。

我心中“咯噔”一下，记起前些日子方肃给我的惊喜，心里冒出一个不祥的念头。不！不会的！不要自己吓自己！从国内飞到巴黎，至少需要十二个小时，事发到现在才几个小时，方肃不具备作案时间。

我打算装死到底，然而门外的人锲而不舍。大半夜的，你不睡觉，其他房间的客人不要睡觉啊？我生无可恋地起身走到门口，为了慎重起见，先从门洞里往外看了一眼。

是何景耀，我安心了。

我打开房门，不待何景耀开口，便先声夺人地说：“我现在什么都不想说，什么人都不想见，让我一个人静静吧。”说完，我冷酷无情地将门合上了。

何景耀隔着门说：“事情已经发生了，逃避有用吗？”

我理直气壮地回复他：“逃避虽然没用，但是会很轻松！”

何景耀被我拒之门外，他一个炙手可热的顶级超模也是很要面子的，见我不肯开门就离开了。

我重新倒回床上，脑子里昏昏沉沉的，不知是睡是醒。直到闹铃响起，将我吓得顿时清醒。时间显示是清晨六点，昨天的秀虽然搞砸了，但今天的工作还是得继续。

我走到卫生间刷牙洗脸，镜子里的人憔悴无比，满眼血丝，说是病入膏肓也有人信。这样的状态也好意思出门走秀？

我将自己收拾了一番后，上药店买了一瓶晶晶亮透心凉的眼药水，勉强将眼中的红血丝压了下去，便赶赴今天的秀场。

谁知等我到了秀场，负责人却告诉我：“今天的秀有了改动，你的 look 被取消了，回去吧。”

我说：“我并没有收到通知。”

负责人表示：“你知道理由的，我们需要更专业的模特来为我们展示。”

我在别人或同情或看热闹的目光中离开，对“墙倒众人推”这句话有了深刻的体会。

别低头！皇冠会掉！别流泪！坏人会笑！

今天我一共有两场秀，我赶到第二场秀的地点，负责人对我说了相同的话：“我们更换了模特，你不用工作了。”

我还能怎样，又能怎样？最后还不是笑着把你原谅？

我被迫早早地回到酒店，躺在床上继续咸鱼人生。

怎么办呢？

我现在是掉进深渊再难爬起来了，我该怎么回去面对方肃呢？

说起方肃，我掏出手机查看未接来电，除了昨晚的几通电话和一条短信外，方肃再没打一通电话来。

我的心中泪流满面，方肃不爱我了，我一个人在国外四处碰壁，他除了昨晚的几通电话，就再没有关心过我。

我可以不接电话，但你不可以不打电话、不关心我呀！

我钻进了牛角尖，门铃又响了。

用一根头发丝想都知道是何景耀，在这异国他乡，我就他一个熟人。我浑身笼罩着黑暗气息打开房门，准备用目光吓退敌人。等我看清站在门外的人，瞬间跟老鼠见了猫一样，迅速用手合上房门。

对方有备而来，用手抵住房门，挤进了房间。

死神的镰刀落下来啦！

我视死如归地看着眼前的男人，问：“你怎么来了？”

方肃问：“我不来，你准备躲到什么时候？”

方肃一说话，我就听出了浓浓的鼻音。我仔细打量他，面色疲惫，嘴唇干燥，显然身体状况不太好。我想起方肃昨天还在住院的事，顿时顾不上他的兴师问罪，着急地问：“你不在医院挂盐水，怎么跑到巴黎来了？”说完，又急忙拉着他在沙发上坐下。

方肃说：“你肯接电话，我用得着千里迢迢跑来巴黎？”

我自知有错，乖乖挨训，嘴都不回一句。

方肃说：“不过一场意外，在你眼里就像天塌下来了？”

不过一场意外？

Excuse me？

我说：“我被顶级时尚圈驱逐了，在你眼里就是一场意外？”

方肃反问：“不然呢？就此沉沦，退出时尚圈？”

我扭过头，不听不听，王八念经。

方肃说："专业素质不过关，还委屈上了。"

我："……"

就委屈！就委屈！我都委屈成球了，你还说我！我为什么委屈，你心里难道就没点数吗？

我心情沉重地说："你我之间本无缘分，全靠梦想合伙人死撑。我在乎的是被时尚圈驱逐吗？我在乎的是我们两个梦想合伙人是不是会散伙？！"

方肃："有心情开玩笑，看来你的心情不算太糟糕。"

我："……"

不，糟糕透了！

我将下巴抵在方肃的肩上，委屈巴巴地伸手抱住了他。

方肃环住我的肩，放缓了语气说："你是我带出来的，哪怕专业素质差了点，也不该犯如此低级的错误。说吧，为什么会发生这样的事？"

我瞬间满血复活，跟受了委屈跟家长打小报告的孩子一样："是裴西！她在我的鞋上动了手脚，我才会摔倒的！"

方肃蹙眉说："又是她？"

我信誓旦旦地说："肯定是她做的，可我就是拿不出证据！我们的让步并不能换来和平，反而让敌人觉得我们软弱可欺！对待裴西，我们要像严冬一样残酷无情！把她赶出新时代！不需要理由，就是把她赶走！我看到她就讨厌！"

债多不压身，先前裴西还能用受伤的事情威胁我，现在我的名声已经跌到了谷底，还怕她抹黑我吗？

尽管将裴西留在新时代冷藏是最好的方法，但我明明那么讨厌她了，还让将她留在新时代，不时提防她的小动作，不是自虐吗？

方肃说："你放心，我不会让你白白吃亏的。"

我想了想，把脑袋抬起来同方肃对视："还有，我想跟Lei解约，从今往后跟Giulia划清界限。"

方肃很懂，说："你得到答案了？"

我点了点头，说："我看江锐的态度，不像是会落井下石的样子，但我不想再欠他人情了，以后不要和他合作了。”

方肃表示：“我原本想让你在时尚圈边成长边累积经验，但江锐的出现直接将你推上了顶端。你的成长没有跟上名气增长的速度，所以才会摔得这么惨。划清界限也好，我们脚踏实地，重新来过。”

我重重地点了点头，只觉得心里的郁气都消散了。

坠入谷底没关系，被时尚圈驱逐也没关系，只要方肃在，就没有过不去的坎，大不了从头再来！

说完了该说的话，我看着方肃疲倦的神色，想起他刚坐了十几个小时的飞机，说：“你先去床上睡一觉，我今天也没什么事了，我们就一起睡觉。”说着，便拽着他往床上走。

方肃说：“我还没洗澡。”

我说：“没关系，睡完再洗。”

方肃应该是真的很累了，听我这么说，也没再坚持，而是说：“至少让我换身衣服。”

这不成问题！

方肃来得匆忙，没有带任何行李，我的衣服他肯定是不能穿的，只能穿酒店的睡袍了。

我在他的眼睛上亲了一下，说：“你先睡，衣服我帮你换。”说完，“噔噔噔”跑到衣柜前翻出浴袍，回到床上帮他脱衣服。

方肃配合地任由我脱下外套，解衬衫的扣子。

我是单纯体谅方肃辛苦，才说帮他换衣服的，可等我解开他胸前的衬衫，面对一片白花花的美好肉体时……我心神荡漾了！

没有一点点防备，也没有一丝顾虑，我垂涎已久的男色就这样呈现在我面前。

方肃平时一副禁欲的样子，身上其实是很有料的，妥妥的穿衣显瘦，脱衣有肉，而且皮肤很白，让我想起了奶油。

我没忍住，伸出爪子在他胸口摸了一把，来不及有其他动作，就被方肃握住了手掌。他带着困意睁开眼看我：“你究竟让不让我睡？”

我：“你睡，你睡呀，不要考虑我嘛。”

方肃：“……”

他盯着我看了一会儿，自暴自弃，松开手继续睡。

我伸手将方肃身上的衬衫扒掉，又动手解他的皮带，脱他的裤子。我林艳阳平生没什么大志向，就一个小小的目标：喝最烈的酒，睡最爱的男人。

我宣布，这个男人被我包了！

我解开方肃的扣子，将裤子从他腰上扒下来，随后一脸不纯良地看向他：“嘿嘿嘿——叫吧，叫吧，方甜甜，你今天就算叫破喉咙，也不会有人来救你的！”

方肃：“……”

他眉头皱都没皱一下，已经睡着了。

我：“……”

裤子都脱了，你就让我看这个？

我将裤子往边上一丢，趴到方肃的怀里一起睡觉。睡袍什么的，这种阻碍人类繁衍的东西，要来干什么？

第十四章 你爸爸永远是你爸爸

Giulia 发布会上的意外，令我的事业跌入谷底，品牌商纷纷与我解约，将我拒之门外。而我主动与 Lei 解除代言的事，赔掉了银行卡上近半的积蓄。

方肃陪我处理完剩下的事情，就将我带回国回炉重造。

当然也有好消息，我们跟裴西彻底撕破了脸皮，将她赶出了新时代。方肃也同交好的品牌商打了招呼，明目张胆地排挤裴西。

江锐那里最终也没有确凿的证据证明裴西在Giulia发布会上动了手脚，但这并不妨碍他动用权力将裴西列入黑名单，拒绝一切合作。

一时间，裴西在时尚圈的境遇比我好不了多少。

除去原先谈好的工作，方肃没有再为我接新的工作，而是回炉重造。为了方便重造，我鸠占鹊巢住进了方肃的公寓，霸占了方肃的床。

重造共分三个阶段，第一个阶段是——危机应变能力。

方肃对我在 Giulia 秀场上的表现非常失望，所以特训也非常残酷。

有点人性的是让我换上满是流苏，分分钟都能踩到的礼服走秀，或者整

个人包得跟木乃伊一样，腿都迈不开，却要求我走得摇曳生姿。

奇葩点的是让我挑着重重的扁担走秀，说是锻炼我的负重能力，应对任何造型。

凶残点的是让我在抹了润滑油的镜面T台，或是软得鞋跟都在晃的地毯上走秀，可以想见我究竟摔了多少次，膝盖上布满了乌青。

这日，方肃为我准备的是指压板上走秀的特训，据说是为了应对秀鞋出错、秀台铺满碎钻的情况。我走得两只脚掌都废了，瘫坐在地上。方肃西装挺括，气定神闲地站在旁边，与我形成巨大的反差。

我控诉说：“我还是不是你最爱的宝宝了，天天搞这种丧心病狂的特训，你的脑洞还能不能停？”

方肃表示：“当你能够驾驭它们，以后无论在秀场上出现什么突发状况，你都能从容应对。”

我附和说：“是啊，是啊，天天在家里跪榴梿，出门遇见搓衣板还有何畏惧啊？”

方肃蹲下身，捏住我的下巴，在我嘴上亲了一下说：“充电完毕。”

我嗤笑说：“方董，你是在哄三岁小朋友吗？”

方肃回答：“不，我是在哄三岁小女朋友。”

我很生气地说：“我才八个月，你就把我当成三岁的宝宝了，你的意思是我长得很着急吗？”

方肃：“你赢了。”

我露出人生大赢家的笑容。

地狱级的危机应变能力结束后，迎来的是第二阶段的台风训练。这个特训就人性化多了，看看大神的走秀录像，寻找自己的风格。

教科书级的大神，台步具有个人风格，见台步识人，有的精确，有的霸气，有的婀娜多姿。我的基本功没什么问题，个人特色也足够鲜明，缺少的就是台风，意思是我的台步中庸，欠缺个人风格。

可我的个人风格是什么呢？

我看向方肃。

方肃说："拿出你最好的状态，上台走一圈。"

我上台走了，雄赳赳气昂昂地走完一圈，回到方肃身边问："你觉得怎么样，我的风格应该怎么定？"

方肃问："你走秀的时候心里在想什么？"

我说："怼天怼地怼空气。"

方肃沉默了好一会儿才说："那你的个人风格就是怼天怼地。"

我皱着眉头说："方董，你这个决定是不是太草率了？"

方肃表示："有问题吗？我认为非常具有你的个人特色，强力输出，暴力镇压，怼翻全场。"

我："……"

听方肃这么一说，好像真的很厉害的样子？

于是我的台风就这样草率地定了下来。

定完台风，接下来就是台步训练。方肃看我走了几遍，评价说："你的台步有点迷……"

我不解地说："迷是什么鬼？迷人的小妖精？我并没有朝着这个路线发展啊！"

方肃问："告诉我，你刚才在想什么？"

我把心里的弹幕全放了出来："老娘全世界最美；只要本宫在一天，你们永远是妾；其他女人都是娘儿们，只有老娘是仙女；你爸爸永远是你爸爸；忍什么，上去干啊……"

方肃听完后，沉默了半晌，评价道："你这不是怼天怼地，你这是中二病。"

我："……"

这种被一语道出真相的感觉是什么鬼？

方肃命令道："内心戏少一点。"

我："好啦，好啦！"

我把心里的弹幕关了，走秀的时候就默念一句话，走完以后问方肃："这回感觉如何？"

方肃表示："像带人去打群架。"

我："……"

他接着问："你刚才又在想什么？"

我霸气外露地说："今天砍谁！"

方肃："……"

我抓了抓头发，烦躁地说："说了怼天怼地嘛，究竟要我怎样啊？！"

方肃总算说了一句中听的话："我不是在否定你，刚才走得有点气势，就朝着这个方向继续努力。"

我的感觉上来了，上了秀台就气势汹汹，自认大哥本人，带着一群小弟出去砍人。在我的不懈努力，外加内心戏的加持下，我的台步走得越来越有气场，自带千军万马。最后方肃告诉我："把你的气场收回去。"

我："……"

Excuse me？你是不是在逗我？

好不容易练成大哥气场，方肃一句话，一朝回到解放前。新的训练方向就成了气场必须张弛有度，收放自如，穿上婚纱是小仙女，换上西装就是大哥本人。

困难重重的第二阶段特训完毕后，就只剩最后一个特训了。我饶有兴致地问方肃："最后一个特训是什么？"

方肃说出一个英文单词："Sexy。"

我顿时被泼了一盆冷水："你还真是会戳我的死穴哦。"

我什么困难都可以克服，就是克服不了"性感"两个字！

方肃表示："你的小虎牙观众已经看腻了，忘记你的优势，舍弃旧形象，你的复出必须令人耳目一新。"

方肃下达任务："我要在你身上看到'性感'两个字。"

啊！多么熟悉的场景，多么熟悉的对话！曾经，方肃为了Charites大秀对我进行性感培训，他评价我的台步像是旧社会的老太太裹着小脚从照片里出来了，对于我的性感表现，他评价为——卖弄风骚。

呵呵，现在想起来我依然觉得好生气哦，不过老板变成了自己男朋友，我终于不用保持微笑了。今天不让你跪下唱《征服》，我林怼怼后两个字从今往后就改成屃屃！

我开启放飞自我模式，两条小臂搭上方肃的肩膀，媚眼如丝地靠近他，作势要吻他，却在即将贴上的那一刻，擦唇而过，鼻尖若有似无地蹭着他的脸颊。男朋友和老板的区别这时候就显现出来了，我大胆地抚上方肃的脖颈，将他领口的扣子一颗颗解开，手钻进去抚摸他的胸膛。

方肃：“……”

他抓住我作乱的手说：“我让你表现性感，不是让你脱我的衣服。”

我遗憾地将手抽了出来，一点检讨的意思都没有，敷衍地“哦哦”了两声，说：“不脱你衣服行了吧，你站着别动。”

我开始憋大招了，左手覆上方肃的双眼，挡住他的视线，空气中只听见“窸窸窣窣”的衣料摩擦声。紧接着我搂住方肃的腰，带着魅惑的笑容，将上身贴了上去。

我脚上穿着十几厘米高的高跟鞋，高度与方肃相当，两人的胸口紧密地贴在了一起。

空气中静寂了那么两三秒，方肃像是受惊的猫，猛地向后退了几步，目瞪口呆地看向我的胸口。

我从容不迫地掩上领口，不怀好意地笑了：“怎么样，方董，服不服？还不跪下叫爸爸！”

刚才我蒙上方肃的眼睛后，便解开了自己的领口和内衣，将胸前的柔软贴上了方肃。这一波操作简直是王炸，不怪方肃一副受到惊吓的表情。

“你！”方肃看上去想训我，耳朵却不争气地红了。

我扬扬得意地说：“方董，不是我吹，这世上只有我看不上的男人，没有我撩不到的男人，记住我的名字，撩界大佬·林。”

方肃气乐了：“即使我承认你的魅力，难道你想将这一招用在全世界的男人身上？”

我：“……”

我居然没有想过这个问题哎！

我光想着撩到方肃，证明自己的魅力，压根儿没想过其他男人！

方肃见我无言以对，一边扣上自己的纽扣，一边愤恨地说："自己好好反省一下。"说完，他丢下我转身就走了。

我："……"

我被方肃丢在训练室里搞禁闭，心里那叫一个苦哦！

当天禁闭结束后，我有了小脾气，不肯跟方肃回公寓，跑去找何景耀取经。

我将自己的惨痛经历跟何景耀说了一遍，不耻下问："大佬，您看我还能不能抢救一下？"

何景耀听完我的故事，笑着说了两个字："浮夸。"

我可以说自己没用，但你不能附和我！

我说："你行你上！"

何景耀正在喝水，听我这么说，挑衅道："上就上，吊打十个你都绰绰有余。"说完这句话，他身上的气场就变了。

何景耀就着喝水的姿势将杯子送到嘴边，画面瞬间成了电影里的慢动作。我注意到他喝水的每一个细节，他的双唇抵上玻璃杯，清澈的饮用水打湿了他性感的薄唇，滑入口中，滚落咽喉，随后是滚动的喉结。

我忍不住咽了一口唾沫。

何景耀喝了一口水，睨了我一眼。这一眼不含温情，淡漠冷情，却牢牢吸引了我的眼球，令我移不开眼。

我叹为观止，毫不吝啬自己的掌声，"啪啪啪"地鼓掌，又竖起大拇指说："是骡子是马，拉出来遛遛就知道了，不愧是站在时尚圈顶端的男人。

何景耀险些被水呛到，抗议道："你能不能找找好一点的形容？"

我的眼神就像老师在看自己骄傲自满的学生："可把你牛坏了。"

何景耀用眼神削了我一刀，说："性感不需要浮夸的举动，一个眼神、一个肢体动作就能传达。"

我强调重点："所以，我该怎么抢救一下？"

何景耀回答："我不知道。"

我："……"

何景耀恍若不觉地插刀：“有些人生来就拥有这项天赋，有些人则需要后天养成，我不知道后天应该如何养成。”

哦，意思就是你是生来就拥有这项天赋咯？

我：“拜拜。”说完，干脆地起身走人。

我问天问大地，或者是迷信问问宿命，为什么会有互相插刀的青梅竹马存在？

何景耀不靠谱，断了我“自学成才”的道路，我只能寄希望于方肃，希望他能创造奇迹。

翌日，新时代摄影棚，方肃拿着一台相机说：“今天的任务是拍平面照，由我来担任摄影师。”说着，他丢给我一身衣服，“去把衣服给换上。”

我拿起衣服一看，哎哟，竟然是我刚进新时代拍摄模特卡，林晓依放不开，被方肃丢给我拍的那条透明纱裙。

这条纱裙的上身薄得不能再薄，几乎真空，重点部位全靠两只蝴蝶死撑。

我不禁感慨自己再不是当初那个冰清玉洁的小仙女了，这条裙子在当初的我看来是羞耻 play，现在看来……分明是情趣 play！

我向方肃露出一个暧昧的笑容，说：“甜甜，等我。”

我像只花蝴蝶一样飞去将这身衣服换上，又像花蝴蝶一样飞回来。接下来的拍摄分分钟就是十八禁，什么害羞拘谨，早被我丢去喂狗了，什么只有两只蝴蝶保护重点部位，我需要它们的保护吗？

我如何火辣就如何上，如何大胆就如何摆，当天的片子拍完后，我看着电脑里的片子，感叹世风日下，人心不古。

当初的我目光赧然，玩的是纯情诱惑，现在的我开发了各种新技能，主动摘下胸口的一只蝴蝶，将它放在手背，仿佛手背上栖息的是一只真正的蝴蝶，下一刻就要展翅飞起，双脚俏皮地在半空中晃荡。

出来的成品肯定是走光的，但只有方肃看到的话……完全没有问题，而且这张照片拍得太棒了！我整个人都处在放松状态，拍片像是在玩乐，非常放得开。以后谁再说我不性感，我就将这张照片拍到方肃的脸上，让他帮我怼回去。

我不要脸地跟方肃讲：“方董，我必须再一次肯定你挑模特的眼光，你的眼光实在是太棒了。你看看，才一年时间，我就有了如此巨大的进步。相信用不了多久，我就能重回时尚圈，让全世界跪下给我唱《征服》！”

方肃一言不发地站在旁边，一副“我就静静地看着你吹”的表情。

第三阶段的特训不像特训，倒像我和方肃的玩乐，我爱上了这种情趣play的拍摄方式，对第二天的拍摄充满了期待。

谁知翌日，拍摄现场有了第三者，方肃的秘书小林。

我一副“被背叛了”的表情。

方肃问：“难道你以后的片子都由我负责，现场不能有其他人？”

我：“……”

好啦，好啦，我知道只对你放飞自我是没有用的，以后肯定要和其他人合作，我一定要学会放开。

今天的拍摄服装虽然性感，但相比昨天的中规中矩了许多。我努力忽视小林的存在，开始还有些不自然，后来渐渐也放松下来投入了拍摄。

第三天，方肃叫了一个保安来围观。

我：“……”

这保安的存在感好强哦，叫我如何放飞自我？

方肃捏住我的下巴，逼着我和他对视，霸道地说：“我站在你面前，你还有心思想其他男人？”

我：“……”

好有道理哦，我竟无言以对！

方肃既然开了口，这点面子我肯定是要给的呀！他站在我面前，我的眼里就只能看到他！

我将注意力放到方肃身上，再度投入拍摄。

第四天，方肃叫了一行人前来围观。

第五天，方肃换了摄影师，自己站在边上围观。

第六天，方肃离开了摄影棚，现场只有摄影师和围观人员。

我：“……”

方董，这一招温水煮青蛙我要给满分哦！

虽然对象不是方肃，我的内心可以说是毫无波动，但前几日的拍摄已经让我形成了条件反射，眼神应该如何表达，身体应该如何展示，当天的拍摄没遇到什么困难就完成了。

三个阶段的回炉重造完毕，已是近四个月过去了。新一季的秋冬时装周即将来临，我整个人脱胎换骨，准备重新向顶级时尚圈发起挑战。

我主动跟方肃讲："我们是不是要敲开一家家品牌的大门，面对一次次的拒绝，在逆境中重获新生？"

方肃表示："你对复出有什么误解？"

我："要不然呢？随便找一家面试，品牌商就能接受我？"

我和Lei解约的事，外界普遍认为是我在秀台上摔得太惨，被Giulia列入了黑名单，很少有人知道是我主动和Lei解除合约的。

一个被顶尖品牌列入黑名单的人，有几家品牌商会愿意合作？

方肃一副"没有我你怎么办"的表情感慨道："你做事真是毫无计划性。"说完，他将一份资料放在我面前，示意我看资料。

资料上是一个人的简历，Leroy现任艺术总监贝特朗。

Leroy是世界顶级奢侈品牌，现任总监贝特朗江湖人称"贝爷"，是时尚圈出了名的鬼才。他个性桀骜不羁，设计精致奢靡，极尽美学。他不按常理，随心所欲，从不顾及这样的场地多难走，这样的服装设计有多难驾驭，他只管极尽美学。如果你不能驾驭，那就滚。

特训时，方肃让我穿的分分钟能踩到摔跤的礼服，就是出自这位贝爷的手笔。如此困难重重的走秀，以至于他的秀台有"模特试金台"一说，台步不够硬的，分分钟在他的秀场上摔成狗。因此他的秀场上众神如云，随便拉一个模特出来台步都是教科书级别。

我觉得方肃说我做事毫无计划性，真的是一点都没冤枉我。方肃将我回炉重造时，应该就已经想好了我的复出之路。

方肃表示："本季Leroy高级时装发布会定在时装周前单独举办，以你现在的水平，上Leroy不成问题。至于你的黑历史，贝特朗曾因不当言论被

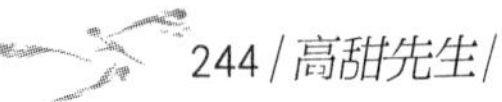

时尚界驱逐，这点问题在他眼中不足为意。”

我拱手：“厉害，方董你真是‘运筹帷幄之中，决胜千里之外’啊！您放心，我一定牢牢抓住这次的机会，不辜负组织的栽培！”

我带着组织的爱和期望雄赳赳气昂昂地出发了，Leroy 初试由工作人员剔除掉功底不过关的，复试则由贝特朗亲自把关。

我轻而易举地通过初试，见到了贝特朗。这位传说中的鬼才留着中长的金色鬈发，蓄着小胡须，形象落拓不羁。令我意外的是，他边上的另一个男人。不是 Leroy 的工作人员，而是顶级男装博纳罗蒂的现任创意总监菲利普，也就是——贝爷的男友。

八卦现场，我表面上一本正经，心里却在狂刷“666”。

大佬的男朋友永远是大佬，就不能造福一下普罗大众？

贝爷扫了一眼我的模特卡，神色冷淡地示意我走一圈。

我放开气场，“怼天怼地”地走完一圈，回到了贝爷面前。

贝爷念了一遍我的英文名“Sunny”，他说：“我认得你，Giulia 发布会上摔跤的那位，你在圈内很有名。”

他的男朋友菲利普露出意味深长的笑容。

我：“……”

同为世界顶尖奢侈品，Giulia 同 Leroy 是竞争对手，江锐和贝爷的关系自然融洽不到哪儿去。Giulia 秀场上出现这样重大的失误，贝爷不幸灾乐祸才怪。

真是好事不出门，坏事传千里！

我特训了三个月，倘若这个问题都不能拿下，还谈什么重返顶级时尚圈？

我面上一片泰然，看不出任何羞愧的神色，嘴上却说：“是的，我为此羞愧万分。但羞愧不能解决任何问题，我必须勇敢面对它。等我迈过这道坎，回过头再看，它将成为我职业生涯中的一段重要转折。”

贝爷表示：“我喜欢自信的人，而不是不自量力的人，上我的秀可不是半吊子就能行的。”说着，他走到一排衣架前，从一堆衣服中抽出一条黑色腰带递给我。

“把眼睛蒙住，脱掉一只鞋，重新走一遍。”

我：“……”

复出这条大道，真是充满了重重考验啊！

面试是在一间大房间内进行，没有设置真正的秀台，不存在走歪了会掉下秀台的危险。可贝爷的眼光何其毒辣，哪怕你只是一个节拍的迟疑，他就会把你踢出他的大秀。

我走到房间尽头，计算好距离后，脱下一只高跟鞋，用腰带蒙住眼睛，踮起脚，毫不犹豫地跨了出去。

特训时，方肃不仅让我走过反光的秀台，还在秀台上抹了润滑油。看不清眼前的路，脚上还打滑，这样的特训我都挺过来了，贝爷的这点刁难还能难倒我？

我走的依然是“林怼怼”人设，心中默念着中二台词，脚底生风地走到定点位置，利落地手叉腰定点后，再转身返回。

一圈走完后，我取下眼睛上的腰带，看向贝爷。菲利普正凑在贝爷的耳边说话，不知道说了什么，脸上带着笑意，说完又重新坐了回去。

贝爷高深莫测地看了我一眼，看不出究竟是满意还是不满意，只说了一句：“你回去吧。”说完便示意工作人员让下一位模特进来面试。

我：“……”

好的，大佬。大佬再见。

回去之后，方肃问我：“面试如何？”

我顶着一张面瘫脸说：“我不知道，他就说了一句话，‘你回去吧’，连‘等通知’三个字都没有。”

方肃很懂地说：“以贝特朗的性子，他没有当面讽刺你，算是已经成功了一半。”

成功了一半的我等啊等，等到其他面试的模特接到了试装通知，秀前彩排，再到发布会正式进行，都没有等来 Leroy 的通知。

Leroy 发布会当晚，我坐在桌前，面色深沉地同方肃面面相觑：“这种情况是不是叫‘出师未捷身先死’？”

方肃风轻云淡地说："你还有机会，Leroy 高定秀。"

我问："这句话你自己信吗？成衣秀都没有上成，你觉得贝爷会让我上高定秀？"

这回方肃云淡风轻不起来了，向来运筹帷幄的方董事长惨遭滑铁卢，他表示："我再想其他办法。"

登上 Leroy 的秀场，无疑是一场漂亮的复出，可现在成衣秀发布会已经结束，高定秀基本由设计师直接邀请。即使我再面试一次，成功登上 Leroy 高定秀场的概率也太低了。

方肃让我继续争取 Leroy，同时做起了另一手准备。恰在这时，博纳罗蒂主动发来邀请，让我去试衣。

我："Excuse me？"

博纳罗蒂正是贝爷男友菲利普执掌的顶级男装品牌，画重点：男装品牌！

你们一个男装，让我去试什么装啊？！

方肃让我把面试当天的每一个细节都说给他听，听完之后，他表示："菲利普当时可能在同贝特朗商量，让你走男装秀。"

我："……"

好吧，时尚圈就是一个什么都可能发生的地方，男模穿婚纱走女装秀的脑洞都开过了，让女模走男装秀又有什么好稀奇的？

博纳罗蒂男装以手艺精湛、剪裁完美闻名，菲利普的设计讲究简约，既能体现男性的成熟魅力，又不失法式的浪漫优雅。

我按照约定的时间来到博纳罗蒂，在试装现场见到了菲利普。

Leroy 面试时，贝爷全程一脸高深莫测的表情，菲利普倒是露出过微笑，只是从衣着打扮来看，他是个严谨的人。

菲利普见到我，露出一个笑容说："又见面了，女士。"

我礼貌地说："您好。"

没有过多的寒暄，菲利普先让化妆师为我上妆，眼妆非常简单，唇妆却上了一个正红色。

菲利普分给我的是一套骑马装元素的成衣，黑色短款上衣，白色内搭，下身是紧身裤配长筒马靴，搭配我的短发，英气十足，女生都想嫁的帅气小姐姐，只是好像和我的大红唇不是那么搭。

进入时尚圈这么久，我的审美稍稍提升了一些，向菲利普建议说："需不需要将唇色上得浅一些？"

菲利普表示："不用，还缺一件配饰。"说完，他亲自取了一条黑色蕾丝，将我的眼睛蒙上。

我："……"

你跟贝爷不愧是一对哦，都这么喜欢玩蒙眼 play！

这条蕾丝半透明，勉强能看清眼前的人影和路，至于造型究竟怎样，我是看不清的。我按照菲利普的意思摆了几个 pose，拍完定妆照后走了一圈，就将衣服换了下来。

博纳罗蒂发布会当天，所有模特齐聚后台，进行最后的彩排。

本季秋冬时装的重要元素就是骑马装，男模们穿着马裤长靴，满眼都是制服诱惑。后台的画面是这样的……男男男男男男男男男男男男男男女男男男男男。

你找到我在哪儿了吗？

我站在一群顶尖男模里，真是万绿丛中一点红，合影都合不过来。我拜托工作人员拍了一张照，随后将这张照片制作成表情，发给了方肃。

照片中的我张开双手，身后全是移动的荷尔蒙，或帅气或狂野或禁欲，应有尽有。照片上配了一行字：后宫佳丽三千人，朕独宠你一人。

方肃回复了一个微笑的表情。

既然能保持微笑，那就表示不是很气咯？

作为男模堆里唯一的女模，我享受了 VIP 待遇，男模随地换衣随便看，我有专门的更衣间不让看。

冲着这福利，我就想问一句：博纳罗蒂你们签女模吗？

马上就签，签多久都行的那种。

菲利普将我的出场安排在发布会中游，以及……领衔闭幕。

发布会正式开始后，模特按照顺序出场，轮到我时，我带着"怼天怼地"

的气势踏上了秀台。尽管眼前看不清路，但完全不影响我的发挥。我使用交叉步，一脚一个坑，自带两米八的气场怼完了全场。

闭幕时，秀导让我站在最前面，所有男模跟在我身后闭幕。

那画面……妥妥就是黑帮大哥出场，身后跟着一群小弟。

彩排时体验了一回，真是非一般的感觉。正式闭幕时，不用往眼睛上蒙蕾丝，我将外套脱下来披在肩上，自比许文强，自我感觉更好了！

我带着一群小弟出门溜了一圈，沉浸在大哥的世界里不可自拔。

发布会结束后，这场秀引起巨大关注，成为各大时尚版面的热议话题。

博纳罗蒂这一波操作太牛了，让一位女模走男装秀，并且是在上一季时装周被各大品牌拉入黑名单的女模。光是这一点就足够引起话题了，更值得议论的是我在发布会上的表现。

菲利普设计的这套成衣走的是中性风，英姿飒爽路线，却强行加入大红唇以及蕾丝两种元素，体现女性的妩媚优雅。两种截然不同的风格强行碰撞，却又完美融合，妥妥的是画龙点睛，神来之笔。

菲利普将我安排在中游走秀也是心机十足，在一群刚毅的男模中突然塞入一位女模，无疑是突兀的。正是这种突兀，将两者的冲突放到最大。

我刚上台展示时，眼睛蒙上了蕾丝，观众不能第一时间猜到模特是谁，留下悬念，闭幕时我取下蕾丝，露出这张脸，揭晓答案，出乎所有观众的意料。

这场秀上我的表现妩媚英气，颠覆了以往开朗活泼的形象，在一群平均身高一米八六的男模中间都没有被压倒气势，反而凸显了自己的独特优势，具备了顶尖超模才有的气场。

这样的表现力以及复出方式令人刮目相看。

虽然复出的计划从 Leroy 变成了博纳罗蒂，但结果无疑超出预期。博纳罗蒂这一场秀让我咸鱼翻身，证明了自己。

博纳罗蒂发布会获得成功后，贝爷发来邀请，让我为 Leroy 高定走秀，我达成了方肃口中“上不了 Leroy 成衣秀，上 Leroy 高定秀”的成就。并且，通过方肃的运作，让我成了 Le Goff 当季高定秀的开场模特。

两场分量十足的高定秀加上一场男装成衣秀，令顶级时尚圈的大门再次向我敞开。经历了上一次的挫折，我突破了自己的局限，摆脱了小虎牙的固有形象，事业更上一层楼，可以说是因祸得福。

至于菲利普让我走男装秀的原因，我很快就知道了答案。博纳罗蒂打算开辟一条女装线，走中性风。那日菲利普出现在 Leroy 面试现场，就是为自己的男装秀物色女模。贝爷刁难，让我蒙上眼睛走秀，歪打正着入了菲利普的眼。博纳罗蒂发布会上的那条黑色蕾丝，正是菲利普因我而产生的灵感，效果自然是令人惊艳的。

毫无疑问，博纳罗蒂女装线的代言落在了我身上。贝爷让我为 Leroy 高定走秀，也是想将我往上推一把，为博纳罗蒂女装线造势。

得知真相的我表示：大佬的心思你不要猜，运气来了，想挡都挡不住。

我觉得认识方肃后，自己就像是换了人生大赢家的剧本，运气好得逆天，一炮而红，连复出都没出现什么太大的波折。若干年后，说不定我就能夹着一支雪茄，霸气地说一句：“成功，对我而言是轻易就能获得的东西。”

有媒体总结了我的职业经历，用一季时装周光速蹿红，又用一季时装周被顶级时尚圈封杀，再用一季时装周华丽归来。

怎么跟玩一样？

方肃为我接了几家国内外的媒体采访，有媒体问：“你在台上走秀心里会想些什么？”

我脱口而出：“哪有空想乱七八糟的事情，就默念‘怼天怼地怼空气’。”

媒体：“……”

就这一瞬间的静默，我迅速发现自己说漏了嘴，连忙看向摄像机死角方肃的位置，方肃脸上挂着一副“你知不知道自己在说什么”的表情。

我绝望地捂住了自己的脸：“……”

好了， 我的公关可以回炉重造了。

这段采访传回国内，从此便我多了一个绰号，叫“林队”，“队”同“怼”谐音。

国内的媒体惯会见风使舵，先前我被时尚圈封杀，他们就将我贬得一文不值，现在我高调回归，他们又将我捧上了天。

时装周结束后，我登上了美国版《Anne》的封面女郎。随着重量级走秀、代言、杂志增加，几个月后，世界超模榜大洗牌，我成功从Top50的榜单升仙，成为Industry Icons榜上的一员，坐稳了新时代一姐的宝座。

我这里过得是风生水起，裴西就比较惨了，被Giulia封杀，与雷斯的代言到期，又没什么拿得出手的成绩，新闻都上不了主流媒体。

虽然裴西的咖位最高时登上了New Supers榜单，比我高了一级。但她登上New Supers后后继无力，而我正是早晨八九点的太阳，事业刚刚起步，只要我脑子不搭错筋，用不了一年就能真正超越裴西，达成国内首席女模的成就。

你问为什么要在首席后面加个女模？

你当何景耀不存在啊？人家早就是New Supers榜上的大神，成为传说只是时间问题。说真的，我并没有超越他的自信。

事业上升的同时，我跟方肃的小日子也是过得如蜜里调油，传说中的爱情事业双丰收。这日，方肃收到了中国大陆版《Anne》发来的邀请，让我同何景耀一起合作，登上他们九月刊的封面。

九月封面的含金量比其他几月要高出很多，因为九月的广告收入占了杂志全年收入的一大部分，所以九月刊各大杂志纷纷使出十八般武艺，撕得格外凶残。

我看着《Anne》的邀请跟方肃讲："方董，你看看，当初你对我爱搭不理，现在的我你高攀不起！"

方肃："把尾巴放下去。"

我往身后虚抓了一把，将并不存在的尾巴给压下去。

当初《Anne》看中我跟何景耀的绯闻热度，邀请我拍摄他们十周年特刊的内页，结果裴西出来搅局，导致《Anne》临时毁约。虽然由于何景耀的缘故，最后《Anne》收回了这个念头，但这笔账我可记下了。

《Anne》中国大陆版？我连你爸爸《Anne》美国版都上过了，还差你一个中国大陆版？

本仙女也是有脾气的好不好？！

方肃表示：“既然你不想接，那我帮你推掉。”

我连忙说：“别啊，谁说我不接？”

方肃将目光落在我身上，一副“很不懂你们女人的心思”的样子。

我说：“富贵不还乡，如锦衣夜行，我得过去好好感受一下今时和过往的巨大差距。”

方肃静默了一会儿，表示：“你开心就好。”

我钩起方肃的下巴，在他嘴上亲了一下，告诉他：“记住，千万不要得罪女人，她们特别记仇。”

方肃笑着说：“你对我不一样。”

我长长地“哦”了一声，说：“方董，这么自信，觉得我舍不得跟你记仇？”

方肃神态自若地说：“在我这里，你有仇当场就报了。”

我竖起大拇指：“方董，一百分，一百分。”

第十五章 简单点，说话的方式简单点

方肃为我接下《Anne》的工作后，何景耀那头也痛快地应下了。拍摄当天，如我所愿，我深深体会到了大牌与小透明的差别待遇。

《Anne》的总编辑吴芸，当初高高在上的一个人，我连入她眼的资格都没有，如今在我面前那叫一个平易近人。不是她变了，而是我变了。我不再是那个名不见经传的小模特，而是头顶自带光环的国际超模，国内时尚圈对我而言早已成了小池子。

当天拍摄结束，吴芸做东，邀请我跟何景耀吃晚饭，陆湘一道去了，还有几位工作人员。甭管大家心里怎么想，反正面上都是言笑晏晏，合作愉快。

中途我看了一眼手表，饭局结束时肯定很晚了，于是打了一通电话给方肃，让他先睡。

陆湘听见我的谈话，打趣道：“你跟方董都住在一起了？感情这么好，什么时候喝你们的喜酒？”

何景耀也将目光投了过来。我认真地想了想说：“他都没有求过婚，我哪能那么容易就嫁给他？再说了，我们还有共同的梦想没有实现，现在无心结婚。”

对于结婚这件事，我和方肃是有默契的。尽管我们的感情已经够浓了，但是这段缘分始于梦想合伙人，我们就想等给梦想画上句点时再开启我们新的征程。

至于共同的梦想，国内首席什么的小目标，不足为外人道也。

饭局结束的时候，吴芸先离开，陆湘陪我坐在包间内，让酒店的服务生帮忙叫计程车。等待的空隙，陆湘从包里抽出一支烟点上。烟味有些熏人，我不着痕迹地挪远了一些。陆湘吐出一口烟后，转过头问我：“艳阳，你现在幸福吗？”

我毫不犹豫地点了点头。

我现在手里拿的可是人生大赢家的剧本，要说不幸福，可是会被雷劈的。

陆湘问：“那何景耀呢？他在你心里算什么？”

何景耀？我不明所以地说：“好朋友啊！”

陆湘轻笑了一声：“好朋友？你知道我跟何景耀为什么会分手？”

我心中一个激灵，瞬间打起十二分精神。

陆湘为什么和何景耀分手？还不是何景耀太渣了！

这是一道送命题啊！

我经过慎重的思考，动用“知音体”说：“过去的事情就让它过去吧，人要往前看，你会遇到更好的。”

“过去的事情就让它过去？”陆湘突然声音尖锐地问，“如果我不想让这件事过去呢？”

我愁得直想挠头发，何景耀这厮，毁了我的一世清白。

陆湘说：“林艳阳，我真的很讨厌你。”

我看着陆湘的表情，眼神中充斥着厌恶，她不是在说笑。

我问：“为什么？”

陆湘一字一句地说：“你想知道为什么？我告诉你我跟何景耀为什么会分手，就是因为你，林艳阳！”

我问："这和我有什么关系？"

陆湘盯着我，满脸嘲讽："看看，又是这副表情，多么无辜，多么委屈，你天生就该被所有男人捧在手心，我陆湘活该做你的配角？"

陆湘越说越离谱，我皱着眉说："好好说话！"

上回《Anne》拍摄发生意外，我恰好在病房门口听见陆湘同何景耀的对话，陆湘提起我时的语气充满了嘲讽。当时我就清晰地认识到，我们已经回不去了，也就收起了和好的心思，只将她当成普通朋友看待。

陆湘这次当着我的面说出这样的话，这是连表面的和平都不要了。

她嗤笑说："生气了？你凭什么在我面前生气？何景耀为了你利用我，在我没有价值后弃如敝屣，这一切都是拜你所赐，你有什么资格在我面前生气？"

我觉得这个世界非常玄幻："什么叫何景耀为了我利用你，你究竟在说什么？"

陆湘说："你还不明白？何景耀喜欢的人是你！"

我有一瞬间的惊讶，随后义正词严地说："我不知道你是怎么得出这个结论的，但我告诉你，你说的这一切毫无根据。"

陆湘附和说："对，我说的这一切毫无根据，你就当我是在胡说八道好了。何景耀答应和我交往的时候，你知道我心里有多高兴？你生日那天，他喝醉了，抱着我叫你的名字！我这才发现，只有在你面前，我们才像一对真正的情侣，其实私下他连我的手都没有拉过。他喜欢你，我可以装毫不知情，你们当着我的面接吻，说是为了敷衍江锐，我也逼自己相信。我一而再再而三地退让，你们却步步紧逼！你跟江锐分手后，何景耀就迫不及待地跟我分了手。你生日那晚的意外，我怀了他的孩子，我以为自己又有了机会，可他毫不犹豫地让我把孩子打掉！他说我的孩子不应该出生在这个世界上！我那么喜欢他，为了他什么都可以忍受，为什么他的眼里却只看得到你？林艳阳，为什么我要活在你的光环下，活该被玩弄、被糟践？"

陆湘的这番话落在我的耳中，无异于一声惊雷。

何景耀喜欢我？

这个设定太惊人，我从未有过这个念头，可看陆湘这架势，完全没有开玩笑的意思。

我的底气不再那么足：“会不会是你搞错了？即使何景耀喝醉后叫了我的名字，也不能代表什么。说不定他是认错了人，酒鬼的话可不能信。”

陆湘说：“你记不记得，大学校庆那天，何景耀上台弹唱的那首《You Are My Sunshine》，你以为Sunshine是谁？就是你林艳阳！多可笑，我因为这首歌喜欢上他，可这首歌却是他唱给你听的情歌！”

我：“……”

信息量太大，我的“三观”已经崩塌了，无法用语言表达。

《You Are My Sunshine》，我当然记得这首歌，当年何景耀弹唱这首歌时的样子忧郁又迷人，不知虏获了多少芳心，陆湘就是被何景耀的这首歌俘虏的。

可陆湘现在却告诉我，这是何景耀唱给我听的情歌？

Sunshine=阳光，林艳阳=艳阳，逻辑太严谨，我竟无法反驳。

假使何景耀喜欢我这件事是真的，那一切就都说得通了。陆湘有足够的理由讨厌我，被心爱的人如此对待伤害，又有几个人能忍得了？

我的头皮有些发麻。

就在这时，包间门被人推开，何景耀出现在门口。他有些意外地问：“你们怎么还没走？”说着，他走到方才落座的位子，从被桌布挡住的椅子上拿起一部手机。

何景耀看向我说：“小赵快到了，我让他送你？”

小赵是何景耀的助理，何景耀喝了酒，得等助理来接。

我心中五味陈杂，没有立时回答。

何景耀感受到了包间内诡异的气氛，问：“你这是什么表情？你们在聊什么？”

我没有说话，陆湘主动接道：“我们在聊大学时的事，你在校庆上唱的那首情歌，正主不明白怎么行？”

包间内的气氛有一瞬间的凝滞，随后，何景耀若无其事地问：“什么情

歌？校庆上我唱歌了吗？时间太久，我都不记得了。”

陆湘体贴地表示：“你忘了不要紧，我记得就好了。”

我：“……”

修罗场，现实版修罗场。

我怯怯地缩在一旁，试图减弱自己的存在感，然而陆湘并没有如我所愿。

她将视线重新投到我身上，神情自然地问：“艳阳，我们刚刚聊到哪儿了？是不是说到何景耀在校庆上对你唱情歌？对了，还有一件事你肯定不知道，当时我不愿意把孩子打掉，何景耀跟我做了一笔交易，只要我把孩子打掉，作为交换，他不能向你解释一句。”

我：“……”

猛料一个接一个，我的脑子已经一片空白。

原本陆湘怀孕的事，是何景耀跟陆湘的私人恩怨，我不便介入其中。陆湘告诉我，何景耀根本不喜欢她，只是玩玩而已。我质问何景耀时，他也没有任何解释，甚至怀疑陆湘肚子里的孩子不是他的，这才真正惹怒了我。

按照陆湘现在说的，何景耀当初一句解释都没有，是因为他和陆湘早有约定？

你们城里人是不是太会玩了？套路深得跟太平洋一样！

我将目光投向何景耀，向他求证。

何景耀脸上依然噙着笑，仿佛我们聊的是“今晚天气如何”这种轻松的话题。他没有直接回答我，而是对着陆湘说：“既然你知道这是一个约定，我遵守了约定，为什么你就不能遵守呢？”

陆湘笑了，说：“因为我想亲眼看看，你输得有多惨。你在幻想什么呢？她会永远站在你那边？只是一个我，就能让你们的感情轻易瓦解，而现在，你更不可能得到她。”

作为当事人之一，却形同背景板的我愣怔地坐着。

从前，陆湘在我眼中是一个典型的乖乖女，重逢后的她性格大变，时髦而世故。但我始终觉得，这是成长的一部分，她的内心依然柔软。

可现在看来……是我太天真了。

女人因爱生恨起来真的很可怕。

何景耀笑着说："啊，你赢了，现在你满意了吗？"说完，他转身朝门口走去。

我站在原地，看了看何景耀离开的方向，又看了看陆湘。方才那一场战役，陆湘无疑是大获全胜，可她脸上哪有胜利者的喜悦，或是报复后的快感，分明是饮下了心爱之人亲手端来的一杯鸩酒。

爱情这杯酒，谁喝都得醉啊！

我想了想，最终向着何景耀离开的方向追去。何景耀这个人，性格极端，自尊心强得要命，被陆湘当众揭穿，搞不好又要报复。

我没有在包间内耽搁太久，急急忙忙追出去，正好在酒店门口追上了何景耀。我没有凑上去，而是跟在他身后。以我对他的了解，他现在肯定不想见到我，我只要确定他的情绪没有大问题就会滚蛋。

事实证明，我没有做特务的潜质，何景耀分分钟就发现了我的尾随。他停下脚步，转身看着我。

在这种情况下，他脸上的笑容依然没有消失，影帝在他面前都要自愧不如。

"你跟着我干什么？是不是想问我是不是喜欢你？你希望我回答你是还是不是？"

我当即打算否认，然而何景耀却没有给我否认的时间，紧接着说："艳阳，你知道我现在像什么吗？"他告诉我，"一只被扒光皮的刺猬。"

我愣怔地看着何景耀，他是笑着说出这句话的，可我觉得他已经狼狈不堪，几乎快要维持不住基本的体面。

"别再跟着我了。"何景耀说完这句话，便头也不回地走了。

我没有再追上去，在原地站了一会儿后，然后叫了一辆计程车回公寓。

回到方肃的公寓时，已经是十二点，我用外面的浴室洗漱完毕后，轻手轻脚地打开了卧室的门。

卧室内亮着一盏床头灯，床上睡了一个人。听见开门的声响，那人睁开眼看向门口，随后坐起身，拍了拍身边的位子。

我扑过去在方肃的身边躺下，随后把脑袋凑到他怀里蹭了蹭，求抚摸。

我问："你怎么还没睡？"

方肃揉了揉我的头说："等你。"

我说："对，躺在床上等，你有特殊的等人方式。"

方肃有了小脾气："下次关灯等。"

这是要直接睡的意思吗？

我连忙向黑暗势力低头："好好好，谢方大佬留灯之恩。"

方肃问："林大贵人富贵还乡，现实不尽如人意？今晚特别黏人。"

我说："黏人还不好啊！"

我有满腹的槽点想跟方肃吐，可想了想，事关何景耀的隐私，又不好到处跟人说。

方肃见我一副欲言又止的样子，用哄小 baby 睡觉的力道拍了拍我的背，随后特别柔情地说："跟我还有小秘密了？"

方董这招色诱我给满分，我分分钟被美色冲昏了头，凑到他耳边，带着跟他分享大秘密的心态说："我跟你说一个秘密，何景耀喜欢我！"

方肃听完没什么反应。

我怒了："你这是什么意思？！"

方肃表示："这种尽人皆知的事，需要重新告诉我一遍？"

我奓毛了："什么叫尽人皆知？你开什么玩笑，我都是今天才知道的，你又怎么可能知道？说！谁告诉你的？！"

方肃理所当然地说："你啊！"

我表示："怎么可能？方肃同志你不要跟我玩语言艺术，我都不知道的事，又怎么可能告诉你！"

方肃摆事实，讲道理："来，我带你回忆一下，你和何景耀拍摄《Anne》那晚，你在我车里的对话。你说何景耀是因为你的撮合才跟你的闺密在一起的，像何景耀这样的人，会缺女朋友吗？为什么你只一句话，他就愿意跟你的闺密交往？我试图引导你树立正确的观念，你又是怎么回复我的？"

方肃帮我回忆说："你当时难以置信地跟我说：'原来时尚圈十男九弯

这句话是真的，何景耀跟陆湘交往，是为了掩盖他的真实性取向。’”说着，方肃用眼神控诉，“甚至，你还对我的取向产生了质疑。”

我竟无言以对。

听方肃这么一说，我顿时想起了当时的对话。

我记得当时方肃露出一个特别高深莫测的笑容，说了一句：“我明白了。”

原来他是真的明白了！不明白的人是我！

你大佬就是你大佬，不但出生赢在起跑点，连智商都直接碾压我啊！

我无理取闹说：“那你当时为什么要卖关子，不直接告诉我？”

方肃表示：“你觉得我长得像月老吗？”

答案当然是……不像的。

月老要是长这样，女同胞肯定不想让他牵线，而是直接跟他谈恋爱。

我生出一个惊人的猜测：“你不会那时候就看上我了吧？”

方肃非常冷酷无情地说：“你想太多！”

我不愿接受这个残酷的事实：“不然呢？啊，我想起来了！那时候你的态度就很可疑了，当着何景耀的面叫我艳阳，我们有那么熟吗？”

在铁一般的事实面前，方董事长低下了他高贵的头颅，表示：“这世上有一种战略方针叫可持续发展性。”

我戳着自己说：“我就是那个有可持续发展性的对象咯？男女之间有可持续发展性，这本身就很可怕了好不好？”

方肃讲不过我，把我的脑袋往下一压，说：“睡觉！”

我霸道地说：“亲个嘴再睡！”

方肃：“……”

我们两个黏糊地亲了一会儿，才关灯睡觉。

晚些的时候，一个手机铃声突然响起，听铃声是我的手机在响。深更半夜，究竟是谁打的电话？我困得不行，施展不了用一只脚接电话的绝技，就用脚踢了方肃一下，命令道：“快去接电话……”

方肃：“……”

他认命地爬起来，从桌上拿起手机接通：“喂，你好。”

方肃接电话的时候，声音里的睡意已经消去，电话那头说了几句后，他的声音明显严肃起来："好的，我们马上过去。"

方肃挂了电话，立即摁亮了床头灯。

我捂住眼睛问："怎么了，谁的电话？"

方肃打开衣柜，将我的衣服丢在床上说："赶快起来，何景耀出车祸了，正在医院抢救。"

我瞬间睡意消失，爬起来问："严重吗？"

方肃说："颅脑损伤，恐怕会有生命危险。"

我连忙爬起来穿衣服，方肃换好衣服开车送我去医院，一路上我的心怦怦跳快，手脚冰凉。我不知道这场车祸是不是与我有关，现在出了这种事，只能希望何景耀平安无事了。

等红灯的间隙，方肃握住了我的手，我看了他一眼，紧紧地回握住。

媒体获取消息的速度一流，我和方肃到的时候，已经有不少媒体蹲守在医院外。医院出动了保安维持秩序，但看这种架势，明显捉襟见肘。待会儿闻讯而来的人会更多，场面肯定会更加混乱。方肃打了一通电话，叫了安保公司的人过来。

我和方肃赶到手术室外的时候，何景耀正在手术室里抢救，有两位警察守在那儿。

警察见我到了，把何景耀的手机交到我的手中，又将基本情况说了一遍："事故是在中山路上发生的，车子撞上隔离桩，车速过快，加上事故发生时何景耀未系安全带，头部撞上方向盘，造成颅脑损伤。人现在在手术室做开颅手术，具体情况如何，要等手术结束才能知道。"

我接过手机，脑子里乱糟糟的。昨晚明明是助理开车送何景耀回家的，为什么何景耀半夜三更会独自开车出门？车速太快，撞上隔离桩，未系安全带，全是不应该犯的低级错误，我不得不猜测，这场车祸究竟是意外，还是何景耀有意为之？

他现在躺在手术室里，追究这个问题也没有意义，出了这种事，我该联系谁呢？

何景耀的奶奶已经去世了，外家也早已断绝往来，至于关系好的……依着何景耀的性子，又能与谁真正走得近呢？

我翻了翻何景耀的手机通信录，全是工作上的来往，最近的也就是他的助理小赵了。警察第一时间联系我，恐怕也是从矬子里拔大个儿，挑了个眼熟的，经常跟何景耀上头条的人吧？

我打了小赵的电话，将何景耀的情况告诉他。陆湘也闻讯赶来，捂着脸泣不成声。

我不知道她是不是懊悔那样的报复方式，至少我不能义正词严地痛斥她。陆湘是加害者，也是受害者，她跟何景耀的这笔烂账，谁都占不到一个“理”字。

手术进行了八个小时，何景耀被推出手术室时尚未脱离生命危险，要转入ICU监护室二十四小时监护。他什么时候能清醒，清醒后又会留下什么后遗症，一切都是未知之数。

小赵赶来后，我从他口中知道了昨晚的后续。

昨晚小赵开车到酒店接何景耀，何景耀让他打车回家，自己将车开走了。显然，何景耀并没有直接开车回家，事故就是在那之后发生的。

即使昨晚的事故真的只是一场意外，也不能排除何景耀受了情绪影响才发生意外的可能性。

小赵通知了何景耀的经纪人Jones，我早就听过Jones的大名，美国HR模特经纪公司的金牌经纪人，何景耀就是他亲手带红的。对方听说了何景耀的事后，立即订了机票赶来中国。

Jones的出现，无疑分担了我身上的压力，他见到我时的对话也让我十分意外。

通常对着外国人自我介绍，我会用“Sunny”这个英文名，当我对着Jones说出“Sunny”时，Jones的回答是：“我知道你，林艳阳。”

Jones叫的是我的中文名，我有些意外，并没有深究，只当对方看过我的资料，记住了我的中文名。

何景耀躺在ICU时，每天有一个小时的探视时间。ICU里的气氛很压抑，每个病人身边都有着监护仪、呼吸机等一系列的急救器材。何景耀躺在床上，无声无息，倘若不是旁边的监护仪上显示着数据，我甚至都感觉不到他的生命特征。

未知的等待是煎熬的，度日如年的八天过去，何景耀终于醒了过来。还来不及喜悦，后遗症的问题就出现了。何景耀的头部损伤致使神经受损，眼部失明，医生说，这种损伤通常是不可逆的。

双目失明，别说对何景耀这种自尊心极强的人了，哪怕只是普通人，也是不能轻易接受的。

我们都在担心何景耀的反应，出乎意料的是，他竟然格外平静，只是在我出现时会产生排斥反应。

在 ICU 待到第十四天，何景耀基本度过了危险期，可以从 ICU 转入监护病房了。

为了避免何景耀的排斥反应，我尽量不出现在他面前。何景耀的治疗并不算顺利，刚开始，他对外界几乎毫无回应，整个人如同一潭死水。等身体渐渐恢复，取消了胃管喂食，需要与外界加深接触时，他的脾气变得十分糟糕，对外界产生了严重的排斥。

按何景耀这种情况，以后生活都得靠人照顾，事业基本算是完结了。

Jones 和小赵大为头疼，Jones 手底下有一堆事情等着他处理，不可能一直待在中国。剩下小赵一个，就显得束手无策了。

“林姐，你想想办法吧。”第 N 次喂粥被拒的小赵如是说道。

我：“……”

我能怎么办，我也很无助啊！

小赵毕竟是个打工的，他把重担甩给我，我肯定得接啊，不然还能甩给谁？

我想了想说：“你先进去试试，我站在边上不出声，看看情况。”

小赵带着“风萧萧兮易水寒”的表情上场了，我蹑手蹑脚地跟在他身后，唯恐暴露了行踪。何景耀躺在监护病房内，做开颅手术时，医生将他的头发剃了，加上又在病床上躺了那么些日子，他早已不复往日的光鲜。何景耀的自尊心那么强，平时一点狼狈的样子都不肯让人看见，如今连最基本的体面都不能维持，他产生严重的排斥心理，不想让任何人看见也是情理之中。

小赵在床边坐下，舀了一勺粥说：“耀哥，喝点粥吧。”

先前这种情况，何景耀大都是闭着眼睛无视的，这回他却意外地睁开了眼，目光毫无焦距地落在天花板上。安静片刻后，他开口问：“谁在那儿？”他的嗓音因许久未开口而变得嘶哑。

我瞬间屏息凝神，一点声音都不敢发出，用眼神示意小赵打死不承认。

小赵的演技真的是很渣，明显带着慌乱说：“耀哥，你在问谁？房间里只有我。”

典型的此地无银三百两。

“林艳阳。”

何景耀准确地叫出了我的名字。

接着他说了两个字：“出去。”

我：“……”

都说眼睛看不见的人听觉特别灵敏，我一句话都没说，何景耀是怎么猜到我在的呢？

我在心里纠结着究竟是打死不认，还是老实地遁走。下一刻，何景耀突然发难，右手用力挥向了输液杆。

何景耀的手上正吊着点滴，他这一下直接将输液杆推倒在地，连带着他手上的针头都歪了，鲜血直往外流。小赵就坐在床边，未料到何景耀会突然发难，不仅未能阻止，甚至还将手上的粥打翻了。

我顾不上隐藏自己，扑上去抓住何景耀的手说：“你在干什么？！”

何景耀表现出了强烈的排斥反应：“滚！”说着，他用力想要挣脱开。

何景耀重伤未愈，力道不大，我一时将他制住，对着小赵喊：“还愣着干什么，快去喊医生。”

小赵立马跑了出去，我用两只手抓住何景耀戳着针头的手，上半身扑过去压制住他的身体，告诉他：“冷静！冷静！只要你冷静下来！我马上就滚！”

不知是我的保证安抚了何景耀，还是他的力气用尽了，他很快便放弃挣扎，闭上眼躺在床上喘粗气，额头上满是冷汗。

医生很快赶来，将何景耀手上的点滴针拔掉，再把伤口包扎好。

医生包扎伤口以及做一系列检查时，何景耀再度变得安静，等医生做完检查出门，他都没再表现出排斥情绪。

病房里重新安静下来，我真的是无计可施了，对着何景耀说：“你不想看见我，我可以消失，我只是希望你不要再拿自己的身体开玩笑。我知道这一切很难接受，但你必须接受它。奶奶还在天上看着你，你这样糟蹋自己，她知道了一定会流眼泪的。如果你需要我，就让小赵通知我，我一定会过来的。”

说完这番话，我正准备离开，一直默不作声的何景耀开口了：“收起你的伪善，我不需要你的施舍。”

伪善？施舍？

我问他：“你为什么一定要用恶意去揣测别人呢？这不是伪善，也不是施舍，我只是关心你。”

何景耀笑了：“关心我？是谁在我奶奶的灵堂保证，说会一直陪着我？又是谁为了一个外人而跟我断绝往来？林艳阳，你的承诺一文不值。”

我说：“是，我是这样承诺过。你认为你和陆湘，谁对我而言更重要？我为什么要帮着她？你伤害了她，一句解释都没有，你让我怎么无条件地站在你这一边？难道就因为我的承诺，我就该是非不分，毫无原则吗？何况我也料不到你会这样决绝，一走了之。”

何景耀表示：“对，你的所有承诺都有前提，那现在你说这样的话，又需要什么前提？你希望我乖顺得像一个木偶，任你摆布，不给你添任何麻烦，好满足你的施舍欲？”

我气成河豚，这就是真实的何景耀，阴郁、极端，总是用最大的恶意去揣测别人。当我走出他的阵营，我就成了他的敌人。

我深吸一口气，努力让自己冷静下来。

出了那么大的事情，何景耀的内心肯定一片阴暗，如果不能在我面前发泄，得到疏解，现实的残酷一定会将他击垮的。

不，我不生气，没关系，我都能忍！百忍成金！

我努力平心静气地说："不能伤害别人不是我的前提，而是做人的底线。你可以理所当然地要求我做很多事情，但你不能去伤害别人。"

何景耀自嘲道："我现在什么都做不了，成了一个废人，哪怕我不伤害别人，难道你能照顾我一辈子？"

我纠正他："你不是一个废人，只是这一切发生得太突然了，你没有时间适应。我相信只要给你足够的时间，你一定能战胜这一切，我一定会在旁边帮助你的。"

何景耀安静了一会儿，问："假设我需要很长时间才能接受这一切呢？"

我心中一动，感觉何景耀的心态可能产生了一些转变，并且是向着好的一面在发展，连忙说："没关系，慢慢来，我会陪着你适应这一切。"

何景耀接着说："如果我要你和方肃分开三年，帮助我适应这一切呢？"

我瞬间觉得自己出现了幻听："你说什么？"

何景耀轻飘飘地说："我要你和方肃分开三年，帮助我适应这一切。你和方肃的感情这么深厚，三年只是一个很短的时间，一眨眼就过了，你难道不愿意？"

我只觉荒谬，说："我跟方肃交往，和我帮助你恢复，没有任何冲突。"

何景耀不解地问："为什么你会觉得没有冲突呢？难道你认为我能一边接受你的施舍，一边看着你和方肃在我面前亲热？我在你心里有这么豁达？"依然是"施舍"。

何景耀的心态并没有任何转变，他只是换了一种方式在试探我。

我告诉他："方肃可以不出现你的面前，但你要让我和他分开那是不可能的事。"

何景耀露出了然的神情："我就知道你会这样回答，林艳阳，你一贯如此，一旦我与你的利益相冲突，你的选择就是放弃我，你的真心真是令人感动。"

我气得脑袋疼："如果这样无理取闹的要求我都能答应，那我就不是林艳阳，而是圣母玛利亚了好吗？"

何景耀收起所有情绪，面无表情地告诉我："既然你做不到，以后就别

在我面前惺惺作态，你救赎不了我的。”

我觉得今天这场对话已经无法进行下去了，为了避免自己在冲动之下说出什么不可挽回的话，我转身离开了病房。

既然何景耀现在不想见我，那短时间内我就不该出现在他面前，免得他情绪激动，又做出什么极端的事情来。

我跟小赵交代一番后，便离开了医院。

当晚方肃回了公寓，问起何景耀的情况，我将何景耀的话跟他说了一遍，他当时的脸色别提有多难看了。我不等他发难，连忙表忠心说：“我没有答应他，我没有答应他，我没有答应他！”重要的事情说三遍！

方肃非常凶残地捏住我的脸说：“你如果敢答应他，我们俩就完了！我绝对不会等你三年！”

我很委屈，所以我一定要说出来：“我又没有答应他，你弄疼我了，松手。”

方肃得到我的再一次保证，才终于撒了手，只是面上依然不太好看。

我捂着自己的脸，活跃气氛说：“宝宝被捏得好疼，要方方亲亲才能好。”

方方非常冷酷无情地说：“疼就对了，疼才能记住教训。”

我：“……”

我还是不是你最爱的宝宝了？

我凄凄惨惨地说：“以前看星星、看月亮叫人家小甜甜，现在人家年未老、色未衰，你就开始实行家庭暴力。”

方肃无语地看着我。

我瞪他。

方肃败下阵来，用手揉了揉我的脸，又凑上来亲了一口，问：“还痛不痛？”

我说：“痛痛痛！要吃一块炸鸡排才能不痛！”

方肃：“……”

剧本说改就改，这样好吗？

我和方肃吵吵闹闹过后，一起钻进了被窝里。

翌日，我打算将最近耽误的工作重新提上日程，谁知一大早就接到了何景耀经纪人 Jones 的电话。

Jones 语气平静地说："昨晚 Jarry 用病房内放置的水果刀割腕了。"

幸好他知道这个消息有多么惊人，不待我追问，就说："你不用着急，他没有事。你上午有空吗？我想单独和你聊聊，关于 Jarry 的事。"

我说："好的，你定个地方。"

挂断电话，我让方肃将我上午的日程给推了，赶赴 Jones 说的地点。方肃自然满是不悦，我只能安抚他，何景耀会闹这么一出，实在令人始料未及。

约定的地方距离医院不远，是一家咖啡馆，里面有单独的小包间，是为了避免谈话被人听到。

Jones 早到一步，我落座后，他递了饮品单给我。我没什么喝咖啡的心情，就随便点了一杯。

服务员送上咖啡后，Jones 才进入正题："林艳阳，我很早就听过你的名字，不是从时尚圈，而是从 Jarry 口中。几年前，Jarry 让我准备一张十万人民币的存折，我第一次知道了你的存在。在此之前，Jarry 从未跟我提起过他的过去。你进入时尚圈后，Jarry 对你的消息异常关注，我是偶然看到的你的中文名，林艳阳。"

Jones 顿了顿，又接着说："我不知道你是不是了解抑郁症，我一直怀疑 Jarry 有抑郁症。私底下的他根本不是外界表现出的那样乐观，他很安静，可以完全不跟外界交流，白天拼命工作，晚上靠着安眠药才能入眠。这种情况在你出现后变得尤其严重，我觉得他很焦躁，还很痛苦。昨天你离开后，Jarry 用刀割开了自己的手腕，一共三道伤口，直到今天早上才被发现。割腕的死亡率很低，除非大动脉破裂，凝血功能会救下他。我非常震惊地问 Jarry：'你为什么要这么做？'他平静地告诉我：'太无聊了，找点事情做。'我认为这是他的真实想法，如果不是他从事的职业不允许他手上有疤痕，可能他早就这么做了。"

我听着 Jones 的诉说，心沉到了谷底。对于抑郁症，我也是进入时尚圈后才稍有了解。圈内有很多同行由于工作压力过大、事业不顺心等等原因患上抑郁症，轻者情绪消沉，重者会有自杀倾向，何景耀无疑达到了重度的标准。

他可能是厌恶了世界，想要逃离这一切，也可能他只是享受这种痛觉。可无论是哪一种，问题都很严重。

Jones看向我的目光中透露着恳求：“我不知道你昨天跟Jarry说了什么，但我恳求你不要放弃他，现在唯一能帮助他的人就是你。如果连你都放弃他，那就没有人可以帮他了。”

我什么话都没有说，Jones的这个请求太沉重了，他只知道我能帮助何景耀，却不知道我要为此失去什么。

从咖啡馆离开后，我径自回了公寓，瘫在床上装了一会儿鸵鸟后，爬起来搜索关于抑郁症的资料。

重度抑郁症：厌世、绝望、无助，伴有自杀行为。

昨天在病房里的对话，何景耀明显释放出了厌世的情绪。他排斥我，排斥这个世界，我却只觉得他是在无理取闹。

现在这种情况，无疑将我推入了两难的境地。

方肃十分明确地告诉我，他不会等我三年。倘若我答应何景耀的要求，我们俩就完了。倘若我因此放弃何景耀，那就真的没有人可以帮他了。

很难用一个词来概括我跟何景耀的关系，不似朋友，不是亲人，可我们曾经抱团取暖度过了寒冷的冬季。

我的母亲去世得早，父亲是个混不吝的人，每次父亲跟后母吵架，我都在想些什么呢？坐在沙发上看戏？除了看戏呢？我不是不感觉无助。谁又愿意生活在一个整天吵架的家里呢？

每到那时，何景耀就将脸往玻璃窗上一贴，找我出去玩。这对我而言，何尝不是一种……救赎。

是的，救赎。

小时候的我又高又瘦，被同学起绰号叫“猴子”，加上家庭的原因，自卑内向，人缘一点也不好。何景耀那时已经是众星拱月的对象，是他让我拥有了朋友，人也变得开朗起来。

何景耀的奶奶对我也很好，每次何景耀从家里偷AD钙奶出来，她从不会说什么，我见了她都会叫一声“奶奶”。

奶奶临终的时候，含着眼泪抓着我的手说：“奶奶要走了，最放心不下的就是耀耀，以后你代替奶奶陪着他，不要让他一个人。”

我点头答应了。

在奶奶的灵堂里，何景耀抱着我说：“艳阳，我只有你了，你别离开我。”

我告诉他：“我会一直陪着你的。”

再后来，我们长大了，遇见了更多的人，江锐、陆湘，我们之间变得矛盾重重，不可挽回。何景耀触及了我的底线，我亦违背了自己的诺言。

陪伴一时容易，陪伴一生太难了，哪怕是父母，也只能陪伴我们走一段路程，更漫长的路，需要伴侣陪着我们走完，这个道理我现在才懂。可何景耀排斥他人走进他的世界，他的世界一片荒芜，只有我。

我不能眼看着他坠落深渊，转身离开。

既然已经做了决定，我就必须逼自己狠下心来。我看了一眼手表，上面显示下午一点半，距离方肃回家还有三个小时左右。

我出门买了一些菜，拿出自己所有的本事，在家准备了一顿大餐。

方肃到家的时候，我若无其事地扑过去抱了他一下，然后拽着他就往餐厅走："来来来，今晚你有口福了，快来看看我给你准备了什么好吃的。"

方肃看着桌上七八道菜，用怀疑的眼神打量我："你今天怎么有心情做饭？又犯了什么错误？"

我瞪他："什么叫又？不对，重点是我做顿饭怎么就跟犯错误搭上关系了？"

方肃没有在这个话题上死磕，他永远都能准确地抓住重点："你今天不是去见了 Jones 吗？他都说了些什么？"

我装蒜说："没说什么呀，他就是让我帮帮何景耀。你别想太多了，赶紧去洗澡，洗完了我们一起吃晚饭。"说完，我就推着他往浴室去。

方肃被我推着走了两步就站住不动，盯着我说："你有没有听过一句话，事出反常必有妖。老实交代，有什么事情瞒着我？"

方肃一而再再而三地追问，我的笑容维持不下去了。

方肃明白了："果然有事情瞒着我，说吧。"

我如实说："何景耀昨晚割腕了，现在人没事。"

"何景耀割腕，你怎么可能有心情做晚餐……"说着，他像想到了什么，对着我露出难以置信的表情，"你不是想告诉我，你打算答应他的要求吧？"

我说："我没有其他办法了。"

方肃看了看桌上丰盛的菜肴说："所以，这是最后的晚餐？"

我垂下脑袋，不敢迎视方肃的目光。

方肃的声音里明显带了怒火："我昨晚就告诉你，我不会等你。如果你答应何景耀的要求，我们俩就完了，你这是在我和何景耀中间选择了他吗？"

我恳求他："我对他的感情跟对你是不一样的，我爱的人是你，只是三年，你可不可以等等我？"

方肃嘲笑我说："你口口声声说爱我，现在却要投入他的怀抱？你觉得我能忍受自己的女人日夜陪伴在别的男人左右？只是三年，假设三年之后，何景耀再用同样的理由要求你留下，你是不是还要让我再等你三年？三年又三年，你希望我等你到什么时候？永无止境地等下去吗？！"

我辩解说："不会的……"

方肃问："你拿什么保证？如果三年后何景耀用同样的理由留下你，你怎么选择？回答我！"

方肃的这句话难住了我。倘若三年后，何景耀的症状依然没有减轻，我又该怎么办呢？是依旧让方肃等待，还是罔顾何景耀的病情？

我说不出答案。

方肃厉声说："回答我！"

我沉默良久，说了一句："对不起。"

方肃得到我的回答，眼眶都红了，他狠狠地盯着我说："林艳阳，我在你心里，终究抵不上一个何景耀！"

我看着方肃露出受伤的神色，心痛得像是被人凌迟，泪水模糊了视线，我却只能说：“对不起。”

方肃看了我一眼，随即移开视线，目光落到了餐桌上。这一桌丰盛的菜肴再次触到他的逆鳞，他端起桌上的菜肴，一股脑全丢进了垃圾桶。

我除了看着方肃动手，什么都做不了。

方肃将菜全部丢进垃圾桶后告诉我：“如果你下定决心要走，把你的东西全都带走，钥匙留下，我会把它交给其他人。”

方肃这句话，无疑又往我心上捅了一刀。

他会把钥匙交给谁呢？当然是这个家新的女主人了。

我相信方肃会说到做到，他一直都是个很坚定的人。他能为裴西放弃一切，也能在被裴西背叛以后，毫不犹豫地转身离开。

而我，即将成为第二个裴西。

一旦我跨出这个门口，方肃就不会再给我第二次机会。

我能怎么办呢？

命运真是个喜欢捉弄人的东西，前一刻我还觉得自己是人生大赢家，下一刻就被命运重重地扇了一巴掌。

我强迫自己拖出行李箱，将自己的物品一件件放了进去。我的动作很慢，因为我知道，当我走出这扇大门，今后就再也不会有机会进来了。

方肃站在客厅中央，冷冷地看着我收拾行李，既不催促，也不阻止。

行李再多，也总有收拾完的时候，我收拾好行李，拖着重重的行李箱走到门口，换好鞋子，将钥匙放在玄幻的鞋柜上，对着方肃说了一句：“我走了。”

方肃冷眼看着我，没有说话。

我犹豫了一下，加了一句：“记得吃晚餐。”说完，我打开大门准备离开。

就在我走出大门的那一刻，手中的行李箱被人从身后夺走，狠狠地丢了出去。我惊讶地看向方肃，他的眼中充斥着怒火，仿佛要将一切焚为灰烬，包括彼此。

我正准备询问，方肃突然抓住我的手腕，用力将我搂入他的怀中，紧接着炙热的吻落了下来。

我：“……”

我猜中了结局，却料不到这个过程。

方肃的吻霸道而炙热，吻得我的嘴生疼，我只是惊讶了短短一瞬，随即便回过神来。

不管方肃的这个吻究竟是什么用意，我都不可能推开他，这可能是我们最后一次这样亲近了。想到这里，我立刻回抱住方肃，用力亲了回去。

我和方肃紧紧相拥，拼命攫取彼此的气息，恨不能一吻天荒。

这一吻不仅激烈，持续的时间也很长。漫长的亲吻过后，方肃松开我，盯着我的眼睛问：“现在你依然坚持要走？”

我知道这时候说这种话很残忍，但我依然说出口：“我已经决定了，我知道自己没有权利要求你等我，三年后如果你还是一个人，请再给我一次机会，好吗？”

方肃恶狠狠地问：“你觉得有可能吗？”

我垂下眼睑说：“那你就恨我吧。”

恨不是最可怕的，可怕的是遗忘，无恨亦无爱。或许这样说很自私，但我宁愿方肃恨我，也不愿他遗忘我。

说完，我转身离开了公寓。

离开方肃家后，我漫无目的地走在马路上，脑子里想着不着边际的事。

我觉得自己想好好找个对象真的太难了，先是江锐，明明是被放弃的一方，我却傻乎乎地扮演坏人，枉做小人。然后是方肃，他很好，什么都好，我特别喜欢他，却冒出一个何景耀，硬是逼我们分开。

倘若这时候从天而降一个花盆，正巧砸在我的脑袋上，将我砸成一个植物人，说不定一切烦恼就都解决了。若干年后我再醒来，看到的就是方肃守在我床前不离不弃、何景耀自力更生的大好光景。可惜一切都只是空想，现实就是如此残酷。

我在大街上晃荡了几个小时，其间顶着一双水泡眼，用工作繁忙没有休息好为借口，同路人合影了好几张照片，最后站在医院门口。

我化悲愤为食欲，点了三块大鸡排以及一大杯珍珠奶茶，狼吞虎咽地将

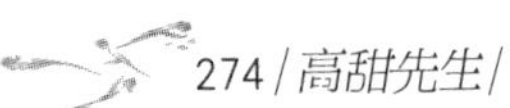

这些高热量的垃圾食品吞下去后，勇敢地去面对我惨淡的人生。

此时已近晚上八点，我一进入病房就见何景耀闭眼躺在床上，手腕上绑着一截刺目的白绷带。

小赵坐在沙发上守着，昨晚的事怕是吓到他了，我一进门就见他目不转睛地盯着何景耀，眼睛里掺杂着血丝。

我向小赵示意这里有我守着，让他回去休息。

小赵显然有些犹豫。也是，昨天我只露了个面何景耀就割腕，今天我再冒出来，何景耀又不知道会做出什么事来。

我被小赵的忠心打动，决定这个月自掏腰包给他加工资。我用手比了一个“OK”的手势，示意我可以搞定。

小赵带着一副不放心的表情离开了病房，我在何景耀床前的椅子上坐下，脑子里继续想不着边际的事。

时间不知道过去了多久，闭目躺在床上的何景耀开口了：“你打算在这张椅子上坐一整夜？”

我一点也不惊讶何景耀醒着，或是再次轻而易举地认出了我。我扯了一个风马牛不相及的话题：“你记不记得我们家菜市场那边以前是条河，夏天的时候，会有很多人搬把椅子拿着蒲扇坐在桥上乘凉。”

何景耀表示当然记得：“每次有人开西瓜，你就盯着人猛看，人家看你是个小姑娘，有时会分你一块。”

我表示：“看破不说破，你不懂这个道理吗？”

我说起这段往事，并没有什么深意，只是脑子里突然冒出了这段记忆，不免感慨，一眨眼就那么多年过去了，真是岁月如梭啊。

青梅竹马就是如此神奇的设定，昨天还掐得飞起，今天就能坐在一起回忆往昔，也可以说是我跟何景耀奇葩。

我告诉何景耀：“你赢了。”

何景耀轻笑一声，说：“我知道。”

我说：“说了三年就是三年，多一天、一个小时都不行。”

何景耀表示：“你放心，一分一秒都不会多，三年一到，你就能回到方肃身边。”

我还能回到方肃身边吗？

我自嘲地一笑，继续说：“你也必须答应我，三年以后，你也要好好地生活，不能再轻生。”

何景耀颇为敷衍地“嗯”了一声。

我倒不担心何景耀出尔反尔，说话算话是他为数不多的优点之一。

我跟何景耀约法三章后，接下来的事就变得很顺利。何景耀恢复到他在人前的样子，积极治疗，阳光地面对每一天。

我以前觉得何景耀的这副面具特虚伪，经过这一番变故，我生出了不同的看法。何景耀愿意戴上面具，说明他愿意假装和这个世界和解，当他放弃这副面具，那才是最可怕的，我是被他折腾怕了。

何景耀出院后，我按照他的意思在郊区买了一栋别墅，过上了隐居的生活。何景耀不喜欢盲杖，我就扶着他，帮助他熟悉别墅的每个角落，直到他能在别墅内独自行走。何景耀平时不喜欢出门，我知道后天失明的人比先天失明的人更难以接受，所以也不会强迫他。

我们的日常除了送何景耀去医院复查以外，就是在别墅里看看电视、种种花、喝喝茶。

隐居了近半年后，我觉得自己快要疯了。我渴望人群，如同花儿渴望阳光。我问何景耀：“我可不可以出去工作？”

自从何景耀出车祸后，我的事业几乎完全搁置了。我再不出门工作，时尚圈都快不记得我是哪号人物了。

何景耀表示：“你缺钱？”说着，他从抽屉里掏出一张卡来，塞到我的手中，颇为阔绰地说，“我有钱，随便花。”

我分分钟想把卡甩回何景耀身上，让他体会一下劳动人民的骨气，最后还是选择了讲道理：“我也是有人生追求的好不好？你一个距离传说只差年龄的人，怎么能够明白我们这种刚飞升的小仙女的心情？我想成为大神，成为国内女模的NO.1好不好？！”

何景耀表示：“你以前不是说你人生最大的梦想，就是每天躺在家里吃吃睡睡，什么都不用干吗？”

我为达目的，毫不留情地吐槽自己：“对，以前的我实在是太肤浅了！我现在有了理想，我想为中华民族的伟大复兴贡献出自己的一份力量，我想让世界爱上中国造！”

何景耀一言不合就戳穿我：“我看你是想出去逍遥快活。”

我并不否认。

何景耀没有为难我，让步说：“好吧，但不能太忙。你知道，留一个生活不能自理的人在家是很危险的。”

我：“……”

你要私人看护有私人看护，要保姆有保姆，要助理有助理，再说你如今在别墅里行走完全没问题，生活不能自理是什么鬼？

不过留何景耀一个人在家的确挺危险的，不是因为他生活不能自理，而是因为他的思想很危险！

何景耀答应我让我出去放风，这点小小的要求我当然是要答应的。

我向他保证：“你放心，我一定会减少不必要的工作。”

得到何景耀的首肯后，我重新杀回了时尚圈。我离开的时间不长，时尚圈尚未忘记我，我轻易就回到了原本的高度，向着 New Supers 榜单进击。

其实我想重回时尚圈，不仅仅是待在别墅闷坏了，还有一个最重要的原因——为了方肃。

半年前，我和方肃不欢而散后，新时代的解约合同就到了，我没有签字，只是将它丢进了垃圾桶，当没有收到。方肃没有打电话来询问，只是发消息说不再担任我的经纪人。

这半年里，我努力让自己不去想方肃的事，可每当夜深人静，没有任何事情转移注意时，我都会想起方肃。

我不甘心，我不能接受从今往后跟方肃形同陌路，我必须给自己一个目标，不然我觉得自己要疯了。不管现在方肃是不是在我身边，我都不想放弃我们曾经的梦想，因为那是我们之间唯一的联系了。

在某场高定秀的后台，我遇见了韩纾，我们两个的关系在新时代里算是不错的。见面打了招呼后，我没忍住，问了一句：“方董最近好吗？”

我不知道自己和方肃的事在新时代内部是如何传的，反正八卦媒体都嗅到了我跟方肃情变的味道，大书特书，顺便将情变的原因归结于何景耀。

我不知道该骂他们胡说八道好，还是夸他们见微知著好。鉴于我在西方时尚圈混出的地位，这回网友们没再骂我什么靠着男人炒作上位，只是纷纷感慨“贵圈真乱”。

韩纾听了我的问话，回答说：“方董已经快半年没来公司了，听徐总说方董回美国了，现在公司的事都是由徐总打理。”

我愣住了。

方肃回美国了……

我这才想起，方肃以前就是在美国生活的，回国成立新时代是为了同裴西置气。直到遇见我，他才将目标改为将我捧成国内首席女模。现在，方肃丢下新时代回了美国，这代表着……他放弃我了。

我的脑中一冒出这个念头，就觉得痛苦万分，我不愿意去想这件事背后代表的含义，只是一门心思朝着国内首席的目标努力。

一年后，世界超模榜重新洗牌，我成功杀入New Supers，超越裴西的巅峰时期，成为名副其实的国内首席女模，在西方时尚圈占得一席之地。

国内媒体蜂拥报道我的新闻，我出门买根胡萝卜都能上热门头条。我实现了自己的奋斗目标，然而……我并没有感到丝毫喜悦。

我非但没有喜悦，反而感到一阵空虚。

我实现了我跟方肃共同的梦想，然后呢？

我不知道自己下一步该做什么，不知道自己应该为了什么而努力。没有奋斗目标，比追逐一个遥不可及的梦更可悲。

何景耀察觉出了我的异样，问：“你最近怎么总是待在家里？以前不是总吵着闷吗？你现在风头正劲，多家媒体争着采访你，要不接两个？”

我不想让何景耀看出太多，答应下来：“哦，好啊！”

我接受了几家媒体的采访，我的生平履历都被报道过不知道多少回了，完全没有采访价值。这些媒体就想挑些有爆点的话题，比如我跟何景耀的关

系，还有我现在的感情状况。

我表示：“抱歉，我不想谈论个人感情。”

报道有什么意义呢？说出自己真实的感情经历，任由看客同情或谩骂？还是借着媒体表达自己的心意，挽回方肃？

即使我在杂志上刊登万字情书，方肃都不会关注或是产生动摇吧？

这样的念头冒出来的时候，我隐隐觉得自己漏掉了什么重要信息，却怎么都想不起来。我知道这个信息一定很重要，回去的路上在想，在厨房准备晚餐的时候在想，晚上睡觉的时候也在想，然而却一无所获。第二天清晨，我迷迷糊糊对着镜子刷牙的时候，那个重要信息突然浮现在我的脑海。

方肃不会关注我？屁嘞！

当初我无意间翻到方肃书架上有关裴西的报道，方肃给我看的脸色难道是假的？当年方肃都打定主意放弃裴西了，依然为了争一口气回国创立新时代，难道我的魅力还不及裴西？

裴西犯的是原则性错误，而我的立场自始至终都很坚定，只是出于人道方面做出了不得已的选择，没道理方肃能收集裴西的杂志，到我这儿就彻底抛到脑后啊！难道他就不能气得要命，打定主意不关注我、不原谅我，却忍不住关注我的消息吗？难道我在方肃心里还比不上一个裴西？

我肯定是不会承认的！

“口嫌体正直”这句话套在方肃身上妥妥的！

得到这个重要信息后，我整个人都活了过来，如同打了鸡血，再次活力十足。

采访不谈论感情问题？不存在的！

一周后，我接受《红袖》的采访，杂志编辑走流程地问了一句：“方便聊聊你的感情问题吗？”

我笑意盈盈地回答：“当然。”

编辑一副“太阳打西边出来”的表情，完全被我不按剧本的回复惊到了。机不可失，她马上抓住机会问：“据我了解，这两年你跟何景耀处于同居状态，你们是外界猜想的那样正在交往吗？”

我马上纠正说：“不是同居，只是住在一起。我跟何景耀从小就认识，我们就像彼此的亲人，他需要我的时候，我肯定会义无反顾地陪在他身边。”

编辑问：“那你和方董还在交往吗？这两年似乎没见你们同过框。”

我思索了一下，慎重地回答：“这两年我们确实没有联系过，但我不认为我们已经结束了，我们只是迎来了一个考验。我相信以我们的感情，一定能顺利通过这个考验。”

编辑问：“是什么样的考验？”

我微微一笑，卖起了关子：“时间的考验。”

编辑想要再问，我已先一步说：“详细原因不能透露，但我想借着这次的机会回答他一个拖欠已久的问题。”

我面对镜头，一字一句地说：“说了三年就是三年，多一分、多一秒都不行。”

编辑问：“这是你们的约定吗？”

我回答：“不，这是我的承诺。”

当天采访结束，我走出《红袖》的大楼，深吸一口气，觉得神清气爽。我找到了新的奋斗目标，生命再次焕发生机。

既然我不能接受跟方肃分手的结局，那就去把他追回来啊！离婚都能复合，分手又算什么？

作为国内三大顶级杂志之一，《红袖》的宣传能力一流，夺人眼球的本事也是一流。杂志上市时，嚣张地打上了“林艳阳首度回应感情问题”这样的标题，可想而知，这期杂志的销量以及网络点击量会有多火爆。

我趁热打铁，同国外的一家潮牌 KO 合作，参与新一季的服装设计，以中国文字为元素，登上了纽约时装周。

KO 是美国潮流服饰品牌，以年轻人为消费人群，设计独特，色彩丰富，非常适合做大胆的尝试。

开秀时，我身着一件宽大的长款卫衣，脸上一副夸张的蛤蟆镜，腿上一条亮瞎人眼的橘色秋裤，霸气十足地登上秀场。

我曾经跟方肃放过话，总有一天，我要让秋裤走上国际的舞台。现在，

我兑现了自己的豪言。秋裤配小礼服肯定是违和的，但不能因此否定它的存在，换一种方式，你会得到不一样的惊喜。

至于闭秀，我的秀服是一件棒球服，背上一只咆哮的老虎，配上一个硕大的“肃”字，仔细看，底下还有一个小小的“静”字，合起来是“肃静”。

这样剑走偏锋的一场秀，理所当然地受到了不少人的关注，国内的网友看了以后纷纷表示看不懂这剧情。前一刻我和方肃疑似闹掰，跟何景耀同居两年，下一刻就表白方肃，这是怎样的神剧情？

KO的闭秀服装，老虎配上一个硕大的“肃”字，真的不是花样表白吗？你摸着良心问问，那个“静”字真的有存在感吗？

无论外界如何议论，我任性地穿着秋裤和棒球服招摇过市。混到我这个份儿上，日常穿搭就是潮流风向标，炒一条秋裤那是妥妥的。

职场目标达成以后，我减轻了工作量，平时在别墅里浇浇花、种种菜。尽管依然得不到方肃的消息或是半点回应，但我的心态发生了转变，感觉日子也不再那么难熬。

这一日，我正在花园里研究我的黄瓜秧，隔壁别墅开来了几辆大货车，在往别墅里搬家具以及电器。

有新邻居了？

我好奇地张望了几眼。

隔壁原本住着一对老夫妻，为人非常友善，我种菜的技能都是他们传授的。半年前，这对老夫妻被子女接去新加坡定居了，别墅就一直空着。

我对着隔壁张望了一会儿，除了进进出出的搬运人员外，只有一个疑似负责人的中年男子，并没有看到新邻居的身影。

我转眼就将这件事情抛到脑后，几天后，我头顶草帽，搬着一张小凳子坐在院子里拔草时，不经意地从雕花围栏中看到隔壁别墅花园里有一个身影。

我只是随意地看了一眼，随后……便再也没能移开视线。

那个身影太熟悉了，和我朝思暮想的身影完全重叠。如果不是我眼花出现了幻觉，隔壁新搬来的邻居就是……

我揉了揉眼睛，又看了一眼。这种关键时刻，别墅的雕花围栏就显得很碍眼了。我做了一件非常没有涵养的事情，踩着雕花围栏爬到了顶端。

碍眼的障碍物终于消失了，我的视线毫无遮挡地落在了隔壁花园中，居高临下地定在园中喝茶的男人身上。

随后，我发出了傻气的笑声。

“嘿嘿——嘿嘿嘿——嘿嘿嘿嘿——”

如此灼人的视线以及傻气的笑容，成功惊扰到了我的新邻居。对方向我瞥来一眼，随后露出颇为嫌弃的表情，将目光收了回去。

我依然是：“嘿嘿嘿。”

我此刻的形象完全当得起“有碍观瞻”四个字，头顶草帽，身上一件破旧的衬衫，袖口挽到胳膊上，满手的泥巴，趴在围栏顶端傻笑。我的新邻居身上的衬衫洁白，头发一丝不苟，皮鞋光亮，仪表堂堂地坐在花园里喝茶，顶上还撑着一顶户外遮阳伞。

什么叫对比，这就是了。

我丝毫不觉得羞耻，目光如炬地盯着对方，心中快乐得难以自持，忍不住想要唱歌。

难道我又初恋了？

不可能！

可是我真的初恋了！

这是一种 feel！

我心里正欢乐，耳边突然响起一道呼唤声：“艳阳？”

这道声音如同一道催命符，将我美飞了的魂魄瞬间叫了回来。我吓了一跳，忘了自己趴在高处，直直地摔了下去。

摔下去的那一刻，我的余光看见我的新邻居忽地站了起来，疾步向我走来。

这种危险时刻，我脑子里想的却是……难怪周幽王为博褒姒一笑，烽火戏诸侯。我这一摔能让新邻居面上露出惊慌的神色，这辈子也值了！

预料中的疼痛并没有袭来，我摔进了一双手臂中，何景耀准确地接住了我，问：“你没事吧？”

我安抚好一颗受惊的心后，第一时间看向我的新邻居。对方此时收回了迈向我的腿，冷酷无情地坐回了椅子上。

我站好，吃惊地看向何景耀：“这样你都能接住？我简直怀疑你是不是能看到我了。”

每个月我都会陪何景耀上医院检查，医生表示何景耀恢复得很好，有希望重新视物，只是视力肯定会受到影响。何景耀不愿意别人时时刻刻记着他失明的事情，日常都会戴上墨镜，这样看起来就跟普通人无异。刚才的一瞬间，我竟然觉得何景耀的视力已经恢复了。

何景耀表示：“我听见你的声音，确认了你的方位，就感觉你掉下来了。”

“这样都行？”我竖起大拇指，“厉害，五体投地。”

何景耀说：“外面太阳有点晒，进屋去休息吧。”

我满心都是隔壁的新邻居，说：“我拔完这些草就好了，你先进去吧。”

何景耀表示：“那我在这儿陪你拔完。”

我：“……”

我恋恋不舍地看了一眼我的新邻居。

咦，我的新邻居呢？

我的新邻居不见了！

我瞬间失去了拔草的兴致，说：“算了，我跟你一起进去休息吧，反正这些草长在这里也跑不了。”

自从得知了新邻居的身份，我就一直处于亢奋状态，一有机会就窜到花园去看我的新邻居在不在。可惜直到睡前，我都没再见到新邻居。

晚上，我躺在床上，亢奋了一天的大脑终于冷静下来，重新工作。我的新邻居无疑就是方肃，可他搬到我隔壁究竟是几个意思？

他愿意等我？不仅愿意等我，还搬到隔壁等？

这真是山重水复疑无路，柳暗花明又一村啊！我就说嘛，我的魅力怎么可能比裴西差？方董事长这个“口嫌体正直”的人设注定是摘不掉了！

方肃搬到隔壁后，花园成了我的第二个家。我连门都不想出了，整天坐在花园里磨洋工，期待着能见到方肃。有时方肃会坐在花园里处理公务，有时看书，有时喝下午茶，更多时候……见不到他的人影。

嘤嘤嘤——方董事长这一招若即若离玩得真是炉火纯青哦！

我对花园的过分关注引起了何景耀的注意，他问：“你最近怎么总是去花园，花园有什么吸引你的地方吗？”

我有些心虚，面上却一点也不㞞：“种地是我们中华民族的传统，我最近才领悟到这项传统的魅力，现在的我沉迷于种菜，不可自拔！”

何景耀表示：“总是待在家里，不觉得无聊吗？我们出去旅行吧。”

我：“……”

Excuse me？我半点都不想离开别墅好吗？

我问：“平时不愿意出门的人不是你吗？”

何景耀表示：“人是会变的，我想出去走走，你不愿意？”

我表示：“当然不是。”

总是待在家里，心情容易抑郁，何景耀此时愿意出去走走，算是一件好事。

于是，出门旅行就成了板上钉钉的事。

我收拾好行李，内心毫无喜悦地跟何景耀出门了。

何景耀的眼睛看不见，许多旅游项目注定不适合我们。我选了一处度假村，可以露营、烧烤、游泳、垂钓等。

这日午后，我跟何景耀坐在河边垂钓，何景耀负责钓鱼，我用帽子盖住眼睛，懒洋洋地躺在椅子上闭目养神。

十月的阳光正好，不会过分炎热，又不会觉得寒冷。我正昏昏欲睡，耳边响起一个声音：“抱歉，小姐，打扰一下。”

我摘下盖在眼睛上的帽子，看向发声的人，是度假村的工作人员。对方手中端着一个大果盆，礼貌地对我说：“小姐，您好，这个果盆是那边的先生送您的。”

我：“……”

什么鬼，度假村版的酒吧搭讪吗？

我顺着工作人员指的方向看去，然后惊了。

妈呀！

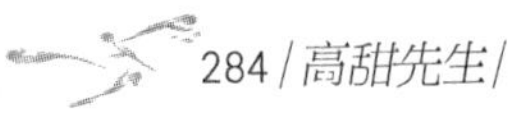

我心中瞬间一片惊叹号。

方肃为什么会坐在那儿？他是在我身上装了定位装置吗？

方肃和我对视，露出一个帅气的笑容。

我："……"

这是色诱吧？这绝对是色诱！

我看着方肃微微向上勾起的嘴角，忍不住咽了一口唾沫。

好……好想亲啊！我好久没有跟方肃亲嘴了。

不，林艳阳你一定要把持住，你是一个没有感情的杀手！

我的内心正在经受煎熬，何景耀在我耳边问："谁送的果盆？"

我一个激灵，第一反应就是遮掩方肃的存在："不认识，应该是粉丝吧，要不然就是想搭讪，你也知道我现在超多人喜欢的。"

说这番话的时候，我超心虚。我跟方肃这样，怎么像是在偷情呢？

不对，我跟方肃是名正言顺的一对，只是我答应了何景耀暂时分开三年而已。现在不是我主动找方肃，而是方肃突然出现在我面前啊。我能控制自己的行为，又不能控制他的！

我美滋滋地抱着果盆啃，何景耀突然将鱼竿一丢，表示："无聊，回去睡觉。"

我："……"

我吞下嘴里的杧果，依依不舍地问："真的不再待一会儿了吗？"

何景耀用实际行动回答了我，径自往前走去。我担心何景耀掉进河里，赶忙追上去，还不忘带上我的果盆，顺便依依不舍地看了方肃一眼。

何景耀回去睡了一觉，晚上我们一起到餐厅吃晚餐。

度假村有帮客人将钓起的鱼制作成菜肴的服务，何景耀钓了三条小鱼，最后熬成了一锅奶白的豆腐鱼汤。我专心致志地啃着鱼，餐厅的服务员突然捧着一束娇艳欲滴的红玫瑰站在我面前："小姐您好，那边的先生送您一束玫瑰。"

我："……"

还是原来的配方，还是熟悉的味道。

我心中有了预感，顺着服务员指的方向看去，不出意外地看见了方肃。

我心中是既喜又忧。

方董，你这是要搞事情啊！

我从服务员手中接过玫瑰，说了一句：“谢谢。”

何景耀问：“谁送的玫瑰，中午那位？”

我干巴巴地回答：“是啊，这位爱慕者还挺热情的啊！”

何景耀表示：“他这么有诚意，应该当面道谢才是。走吧，去打声招呼。”

我：“……”

事情搞大了好不好？

我试图说服何景耀改变主意：“还是不要了吧，要是每位爱慕者都要回应，我不是忙死了？”

何景耀表示：“怎么觉得你有些闪躲？难道这位爱慕者不能见人？”

我做贼心虚：“怎么可能？我就是觉得浪费时间，这位爱慕者长得也不好看。”

何景耀教育我说：“不要以貌取人，我们的灵魂是站在同一高度的。”

我：“……”

你说得很有道理，但我不想听你的。

何景耀催促道：“走吧。”

何景耀都这样说了，我如果再拒绝不是显得更刻意？我向方肃飞了一记眼刀，示意：看你干的好事情！

方肃看见我们这边的架势，走到邻桌对着一名男子说了几句。那名男子向我们这边看了一眼，随后点了点头。方肃重新将目光落到我身上，示意我将人带到那桌去。

我带着何景耀过去了，何景耀一点也没有察觉到我和方肃偷龙转凤，由我带着走到那名男子面前。

何景耀说：“先生，感谢您送我朋友的果盆和玫瑰，这顿饭可以让我结账，表达谢意吗？”

男子客气地说：“不用客气，我就是单纯地欣赏林小姐，跟她打声招呼。”

何景耀又跟男子说了几句，就和我回到座位上，一场可能来临的风波消弭于无形。

我挽着何景耀从方肃身边经过的时候，用眼神示意他：别再搞事！别再搞事！别再搞事！秀恩爱死得快，这句话你了解得还不够深刻吗？

我跟何景耀吃完晚餐回到房间，何景耀表示："行李收拾一下，我们明天就回去吧。"

我问："不是你说要出来玩的吗？我们才在这儿住了两天。"

何景耀开玩笑地说："你太受欢迎了，我真担心不知道从哪儿冒出一个男人就把你给拐跑了，还是在家比较安全。"

我对度假的兴趣本就不大，既然何景耀这样说了，我也就表示："好吧，那我收拾一下行李，明天就回去。"

从度假村回去以后，我收敛了许多，不再整天待在花园里蹲方肃。我和方肃形成了一个默契，只要在家，晚上睡前都会在阳台上待一会儿，一起看星星、看月亮，只有目光交汇，没有语言交流。

其实我们真要交流，完全可以打电话、发短信，但我们都没有打破那个约定。只要我们的心在一起，即使没有语言交流，也觉得很甜蜜。

对不起，我又一本正经地胡说八道了……

大家都是成年人了，眼神交流根本就是隔靴搔痒，我恨不得整天跟方肃在一起搂搂抱抱，不时地亲个嘴好吗？！

我不再整天待在家里，因为方肃的行程经常会跟着我跑。我在台上走秀，他坐在台下观看，有时甚至一起坐在台下观看。每到这时，我觉得方圆十里的空气都是甜的，全是爱情的甜腻味。

再见裴西完全是偶然，那天我上品牌商那儿找设计师沟通新一季秀服的事，在一堆等待面试的模特里见到了裴西。

我有些意外，这两年我并没有关注裴西的消息，不过被各大品牌商拉黑，境遇不用想也知道好不到哪儿去。裴西早些年那副高高在上的气势早已不见了，混在一群小模特里等待品牌商的挑拣。

裴西也看到了我，我没有过去落井下石，而是直接去了设计师的办公室。现在的裴西在我面前早已不值一提，跟她说话都嫌浪费时间。

当我完成工作离开大厦时，却在大厦外再次遇见了裴西。

看她的架势，显然是在等我。

我语气平静地问："有事吗？"

裴西表示："林艳阳，你现在是不是觉得很得意？对着我摆出一副不屑一顾的样子，以为自己很了不起？"

我不按常理出牌，理所当然地说："是啊，我是觉得自己很了不起，有本事就把我踩在脚下啊！"

裴西眼神怨毒地盯着我说："你觉得我很狼狈，自己又能好到哪儿去呢？你为了何景耀放弃阿肃，你以为他是什么好东西？"

我终于提起了一点兴致，问："你这句话是什么意思？"

裴西表示："难道你就没有怀疑过，《针锋相对》的嘉宾原本是何景耀，为什么会临时换成我？这件事本就是何景耀设计的，录制时我推你的那一把，也在他的算计之中。两个结果，要么你受伤，对阿肃失去价值；要么我受伤，成功离间你跟阿肃的感情。不管当时摔下去的人是谁，何景耀都能成为最大的赢家。"

我本来是准备听听裴西能一本正经地胡说八道些什么，可是听完她的这番话，我没法把她的话当成是胡说八道了。

我也很想言之凿凿地说，裴西说的话都是假的，但裴西说完这番话后，很多被埋藏的疑问重新浮现在我心中。

明明是何景耀约我参加节目，为什么他的通告临时出现问题，却不知会我一声，直到录制前夕我才知道嘉宾换成了裴西，让我连后悔的机会都没有？

倘若裴西说的都是真的，那太可怕了……

何景耀究竟是抱着什么样的心态跟我相处的？

难道他一直都在我面前演戏？

我慎重地说："挑拨离间的事你应该很擅长，我凭什么相信你的话。"

裴西回答："你想要什么证据，雷斯亚太地区代言人够不够？何景耀是雷斯全球代言人，亚太代言就是他对我受伤的补偿。"

我："……"

我哑口无言，说不出任何反驳的话。

雷斯是世界顶级奢侈名表，当时裴西成为雷斯亚太地区代言人，我和方肃都觉得惊讶。可倘若有何景耀从中牵线，那就说得通了。

我说："Giulia 发布会上的手脚，是你做的吧。"

裴西这回很坦荡："是啊，这件事也有何景耀的授意。不过他失算了，他低估了阿肃的能力。Giulia 发布上的意外，只是让你栽了一个跟头，阿肃并没有因此放弃你，反而让你的事业更上一层楼。"

我："……"

我觉得自己需要重新刷新一下世界观，我以为自己看到的都是真实的，我以为自己很了解何景耀，殊不知一切都只是假象，全是用谎言堆砌的假象。

裴西说的事情太荒唐了，我应该相信认识了二十多年的何景耀，而不是一个多次构陷我的人，可是我无法说服自己裴西说的话都是假的。

因为何景耀的性格本身就是极端的，他做出什么事情都是有可能的。

我想起陆湘跟何景耀在医院的对话，《Anne》拍摄现场发生的意外，很有可能是何景耀人为制造的一场意外。当时我不确定，将这件事掩下不提。还有他的车祸，究竟是意外，还是他导演的又一场苦肉计？

过往的一桩桩事情串联起来，瓦解了我对何景耀的信任。

我用异常平静的语气说："让我来猜猜你现在告诉我这些事的目的是什么。你跟何景耀因利而聚，利尽则散，你没有立刻揭穿何景耀，是因为你的目的跟他是一样的，拆散我跟方肃。现在，你觉得我跟方肃分手了，和何景耀在一起，你再将何景耀的真面目告诉我，我肯定无法再和他相处下去，这样我就跟你一样一无所有了，你说我说得对吗？"

裴西痛快地说："你猜对了，感觉怎么样？很糟糕吧？我千算万算，漏

算了一样，江锐竟然会相信你说的话，将我列入拒绝往来的名单。”

裴西的确失算了，她不知道我跟江锐的过去，认定江锐不会相信我的片面之词，所以陷害我的时候毫无压力。

我笑容嚣张地告诉她：“你不止漏算了一样，你低估了江锐对我的了解，同样低估了我跟方肃的感情。我跟方肃并没有分手，很快我们就会重新在一起。你今天告诉我的真相，反而将我向他推近了一步。”

裴西神色震惊：“怎么可能？”

我说：“在你的世界，只有永恒的利益，你当然不能理解我们的感情。从你放弃方肃的那一刻起，你就已经输了。我还得谢谢你，谢谢你放弃他，否则我怎么会有机会拥有他？”说完，我不理会裴西的反应，带着胜利者的微笑转身离开。

我真的是胜利者吗？

不，我是打碎了牙齿往肚里咽。我为了何景耀险些失去方肃，可他在做什么？千方百计地拆散我和方肃！

我下了飞机，拖着行李回到别墅打算跟何景耀摊牌，却在门口正好遇上回家的方肃。

我阴郁的心情顿时明朗了许多，忍不住就想微笑。难怪电视里说，当一个杀手有了感情，他就不再是个合格的杀手。

因为这个杀手不太冷！

我的目光跟方肃对视，不能说话，那就……皮一下？

我瞬间林·国际超模·大腕·艳阳附身，拖着行李箱，踩着一字步，将通往别墅的路当成T台，走得霸气十足，走到别墅门口后对着方肃回眸一笑。

方肃的表情是无奈的。

我的回应是两颗尖尖的小虎牙。

我觉得自己跟方肃就像是电视剧里的男女主角，有无数的反派想要破坏我们的感情，但是我相信，我们俩情比金坚，最后铁定能解决所有的困难，有一个完美大结局！

我整理好心情，按下密码打开了别墅的门。客厅内，何景耀抱着一只抱枕躺在沙发上睡觉，电视机里正播放着音乐。

何景耀听见开门的声音，睁开眼说："你回来了。"

我应了一声："嗯。"

我没有立即跟何景耀摊牌，只是一切如常地说着话。等吃过晚餐，一起坐在沙发上看电视时，我才开了口："昨天我见到裴西了。"

何景耀神色如常地问："是吗？很久没有听过她的消息了，她混得怎么样？"

我回答说："很不好吧，跟一群小模特一起面试。不过她告诉了我一件事。"

何景耀问："什么事？"

我转过头目不转睛地盯着何景耀说："她告诉我，录制《针锋相对》时发生的意外，是你一手导演的；我在Giulia秀场上摔跤的事情，也有你的手笔。告诉我，她说的都是真的吗？"

何景耀平静地将脸转向我说："如果我说不是，你相信吗？"

我回答："我很想相信你。"

何景耀笑着说："你这样说，代表你根本就不相信我。你的心里已经有了答案，为什么还要问我呢？"

何景耀的神情太平静了，没有蒙受冤屈后的委屈，也没有被戳破真面目后的激动，正是他的平静告诉了我答案。

我问："为什么，你为什么要那样做？你明明知道我爱方肃，却联合外人来算计我。我以为我很了解你，可我现在才发现，我根本一点都不了解你。"

何景耀露出不解的神情："你问我为什么？你喜欢方肃，我就该成全你们？那谁来成全我呢？你不是答应过一辈子都陪在我身边吗？为什么你会爱上别人？我只想拿回原本属于我的东西，方肃才是我们中间的第三者。"

我的心中怒气翻涌："你设计这些事情的时候，就没有想过会伤害到我？假设当时摔下去的人是我，是我摔断了手和脚，一辈子就都毁了，这就是你想要的结果吗？"

何景耀冷漠地说："摔断手脚有什么关系，不是可以帮你试探方肃的真

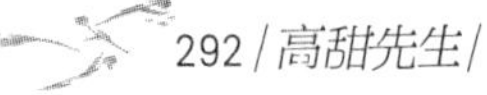

心吗？即使方肃离开你也没有关系，你还有我，我一辈子都不会离开你，我会永远陪在你身边，到时候我们只有彼此，不是很好吗？”

我被何景耀病态的心理惊呆了。

我一直以为，何景耀只在外人面前戴面具，我面前的他都是真实的他。谁知他早已将我列入了外人的行列，重逢后，他在我面前的每一分每一秒都是在演戏。

我用肯定的语气说：“《Anne》杂志的意外，是你动的手脚吧。”

何景耀微笑着默认了。

我再问：“那你的车祸呢？也是你自己制造的意外？”

何景耀表示：“我看到了隔离桩，踩下了油门。”

我险些破口大骂：“你真的是疯了！难道你就没有想过，万一你这一脚油门下去，救不回来可怎么办？”

何景耀满不在乎地说：“救不回来就救不回来，又能如何？”

我说：“你这是在拿自己的性命当赌注！”

何景耀轻松地说：“你认为这是赌注，可对我而言，只是一次尝试。”

我无言以对。

一个对自己生命都满不在乎的人，我又怎么能奢望他顾及别人呢？

我问：“你有没有想过事情有一天会败露？”

何景耀问：“败露又怎样？你迟早会离开我，不过是早晚的区别，我有什么好担心的。”

我不知道该讥讽何景耀还是嘲笑自己：“是啊，没有区别，所以你做什么事都毫无顾虑。”

何景耀说：“艳阳，你真以为我不知道隔壁住的是谁？你在度假村又遇见了谁？我的眼睛是瞎了，但我的心没瞎，你雀跃的心情，我想假装不知道都难。”

我这才明白，为什么一向不喜欢出门的何景耀会主动提出旅行，又在度假村住了两天就要求回来。

他是想隔开我跟方肃。

何景耀表示："你已经知道了所有事情，现在要回到方肃身边去了吗？"

何景耀说的这个问题，在回来的路上我就在想。照理说，何景耀干出了这样的事情，我可以理直气壮地收回自己的承诺，一拍两散。可通过方才那一番对话，何景耀的病态超乎我的想象，倘若我现在离开，指不定晚上他就会给我搞出一桩大事情，那我两年多的努力岂不是付之一炬了？

我说："我不会走，说了三年就是三年。我会兑现自己说过的话，也希望你能记得答应我的事，三年后好好生活，不要再轻易放弃自己的生命。"

何景耀露出意外的神色，挑了挑眉，用浮夸的语气说："啊，圣母玛利亚的光辉笼罩了世界，我沐浴在圣母的光辉下。"

我："……"

可怜之人必有可恨之处。

我不是神，无法救助一个对生命毫无敬畏的人，也无法心无芥蒂地帮助一个害过我的人。我仍旧信守三年的约定，是念着儿时的情分，帮何景耀最后一把。三年时间一到，我们就桥归桥，路归路了。

我跟何景耀彻底摊牌后，我们的关系变得疏远了，原本我们待在一起，还不时会开些玩笑，可现在就很少讲闲话了，像是在完成任务，等待三年之期的来临。

三年之期的最后一个星期，何景耀提出要看海，我们坐飞机来到一座海滨城市，住进一栋海景别墅。何景耀每天做得最多的事情，就是坐在沙滩上吹着海风，倾听海浪的声音。

那天晚上，我按照以往的规律入睡。夜半时分，窗外隐约传来的吉他声将我唤醒了。

我穿上拖鞋走到客厅，吉他的声音渐响，是何景耀抱着一把吉他坐在外面外的沙滩上弹奏。客厅的玻璃门开着，我能清晰地听见何景耀弹奏的歌曲，是那首《You Are My Sunshine》。伴随着吉他声一起传来的，还有他轻轻的哼唱声。

何景耀没有启唇唱出歌词，但我知道这首歌的歌词。

You are my sunshine

你就是我的阳光

My only sunshine

我唯一的阳光

You make me happy when skies are gray

当天空乌云密布时是你使我快乐

You'll never know dear how much I love you

你不会知道我是多么的爱你

Please don't take my sunshine away

请别带走我的阳光

何景耀安安静静地坐在那儿弹奏，吉他声温柔且干净，完全让人想象不到他的内心是如此疯狂。

我不知道何景耀是真的爱我，还是一种病态的执着，如同溺水之人抓住一根救命稻草。小的时候，何景耀将我从孤独的世界拯救出来，自己却深陷其中，不愿出来。我想拽他一把，可他并不想生活在阳光下，我亦无法生活在只有他的世界，我们两个便只能如此了。

我在客厅里听了一会儿，然后转身回了卧室。

三年之期的最后一个傍晚，何景耀依然坐在沙滩上吹风。我准备好晚餐出来后叫他吃饭，他说："我想再坐一会儿。感觉有点冷，能帮我回去取一件衣服吗？"

我说："好的。"

我回去取了一件风衣，回到沙滩上的时候，却不见何景耀的身影，只有一串脚印，消失在无垠的大海中。

我的心猛地一沉，冒出一个念头，站在沙滩上大声喊道："何景耀！"

沙滩上除了海浪拍打沙滩的声音外，没有人回应。

我奔跑着在沙滩上找了一圈，又回到别墅找了一遍，却依然不见何景耀的人影。我的心中涌起强烈的恐慌，朝着空荡荡的海边喊道："何景耀，你给我出来，这个恶作剧一点都不好玩！"

无论我怎么喊，何景耀都没有半点回应。

我打电话报了警，警方立即组成搜救队伍，对别墅附近的海域进行搜寻。搜救人员详细地向我了解了何景耀失踪前的情形，确认何景耀究竟是走失还是……自杀。

何景耀失踪时正是退潮时期，如果他只是走失了，那海滩上的一串脚印不能代表什么。可如果他是自杀……

我告诉搜救人员：“他有自杀倾向。”

夜幕降临，本应漆黑的沙滩上亮如白昼，除了搜救人员，甚至还动用了海上搜寻船舶，从落潮找到涨潮，再到黎明出现，何景耀依然不见踪影。

搜救人员告诉我，何景耀生还的可能性几乎为零，搜救将改为打捞。潮水退潮后，尸体极有可能被冲回岸边。

我紧绷了一夜的神经断了，瘫坐在沙滩上。

阳光照耀着沙滩，我精神恍惚地坐在地上看着搜救人员进行打捞，方肃的身形一点一点出现在我眼前。

他走到我面前，一句话都没有说，只是将我抱在怀中。

三年之期已到，今天是新的开始。

从今天起，我可以光明正大地跟方肃在一起，可以开启我们新的章程。我无数次幻想过这个场景，可能是执手相看泪眼，竟无语哽咽，也有可能死生契阔，或者是皮一下。我万万没有料到，何景耀会用自己的性命，为我们的重聚笼上一层浓重的阴霾。

何景耀这一招也太狠了，他怎么能这么狠呢？他以那样决绝的方式离开，是要我一辈子都愧疚难安。

我伸手回抱住方肃，将脸埋在他的肩上，只觉得筋疲力尽。

方肃说：“你累了，我陪你去休息一会儿。”

他没有将我带回别墅，而是就近找了一家酒店。我简单地梳洗过后，喝下方肃端来的热牛奶，就闭上眼躺在床上。

明明早已筋疲力尽，大脑却无法进入休眠状态，我躺在床上辗转反侧。被子的一角突然被人揭开，方肃躺了进来，将我搂到怀中，轻轻拍着我的背说："睡吧，一切都会过去的。"

我躺在方肃久违的温暖的怀抱中，焦躁的心渐渐安定下来，陷入了睡梦中。

我醒来时，已经是晚上七点多，枕边空荡荡的。我焦急地起身走到客厅，待看到方肃坐在沙发上，一颗心才安定下来。

方肃起身走到我身边说："醒了？先吃点东西。"

我问："何景耀有消息了吗？"

方肃摇头说："没有消息就是最好的消息。"

是啊，没有消息就是最好的消息。只要一日没有找到何景耀的尸体，我就可以抱有一丝希望，何景耀根本就没有自杀，这只是他的另一种手段。

何景耀失踪后的第三天，我从何景耀的别墅搬离，跟着方肃一道搬回了我们从前居住的公寓。再次回到这栋公寓，我有一种恍如隔世的感觉，转身对方肃说："方董，以后请多多关照。"

方肃表示："林小姐见外了，互相关照。"

我露出了几天来的第一个笑容。

虽然何景耀离开了，可生活还要继续，方肃已经等了我三年，我不能让他再等下去。

这三年时间，其中大半时间都是方肃围着我转，他知道我有哪些工作，知道我会出现在哪儿，我对他却知之甚少。我甚至不知道开始的一年多时间他住在哪里，如果有一天他不见了，我应该去哪里找他。

我对着方肃严刑拷打，将他在美国的地址背得滚瓜烂熟。

当然，最重要的是……

我躺在床上问方肃："你不是说不会等我吗？后来又为什么过来找我了？真的是被我打动了吗？"

方肃回答："算是吧。"

我抗议说："是就是，不是就不是，什么叫算是吧！"

方肃表示："我看了你的杂志采访，得到了你的答案，我认为自己的决策出现了偏差。"

我问："什么偏差？错过我你会抱憾终生？"

方肃表示："为什么出现竞争者我就要离开？难道是我的魅力不如别人？"

我："……"

这个答案我给零分哦！

我说："方董，你对自己的魅力真的是迷之自信啊！"

方肃反问："难道不是？"

我摆手说："算了算了，四舍五入就是真爱了。"

表面上，我和方肃恢复了以往的相处，但内心里，何景耀的离开还是给我造成了不可避免的负面影响。方肃看出来了，放下手中的工作，陪我去旅行。

我们曾经去过很多国家，大都是为了工作，很少有闲暇两个人四处逛逛。这回我们有足够的时间，想去哪儿就去哪儿。

挑选旅行地点的时候，方肃问我："你想去哪儿？"

我问他："你有没有听过一首歌……"

等方肃露出洗耳恭听的表情，我很皮地对着他唱道："我想要带你去浪漫的土耳其，然后一起去东京和巴黎，其实我特别喜欢迈阿密和有黑人的洛杉矶。"

方肃的回答是："你喜欢就好。"

很好，我们的旅游地点就这样草率地定下了。

我们去了夏威夷度假，去了印度看泰姬陵，去了水城威尼斯，还去了埃及看金字塔。

你问土耳其、东京、巴黎在哪儿？

都说了旅游景点是任性定下的，你以为我们会严格按照这个计划走？

我跟方肃跑了那么多个国家，最大的感触就是……累！

于是乎，我们很任性地取消了继续环球旅行的计划，回国咸鱼瘫了。

那是一个很普通的早晨，我梳洗过后，懒洋洋地站在阳光下伸懒腰。方肃突然从背后抱住我说："艳阳，我们结婚吧。"

我惊讶地转过头看方肃，他神色认真而专注地凝视着我。

我表示："现在的霸道总裁求婚都这样随意了吗？我都替你想了不下十种求婚方式，你不按套路走也就算了，至少玫瑰和求婚戒指要有吧？"

方肃表示："原本是有的，可现在我等不及了。"

他伸出手，将一个戒指盒在我眼前展开，里面躺着一枚小老虎样式的钻戒。两颗小虎牙是由蓝色钻石制成，显得格外抢眼。

方肃说："我昨天刚取到戒指，就迫不及待地想让你成为方太太。"

方肃虽然不按霸道总裁的套路出牌，但情话还是非常棒的！或许是方肃的情话非常棒，或许是他从背后拥抱的姿势让我非常有安全感，又或许是今天的太阳格外温暖，我特别好说话，于是伸出右手说："那就给你这个机会咯，方先生。"

方肃笑着将戒指戴在我的无名指上，随后在我唇上落下一个吻。

尽管过程非常艰辛，但结果喜人，我跟方肃经历了重重磨难，终于将对方归为生命中的另一半。

我和方肃确认了婚姻关系后，意外地收到了江锐发来的工作邮件，邀请我为其个人品牌走闭场秀。

三年前，江锐成立了个人同名品牌 Ray，主要经营礼服，这回发布的是婚纱设计。

我本可以拒绝江锐的邀请，毕竟弄清当年的事情后，我跟江锐可以说是已经断绝往来了。但我刚出道的时候，确实占过江锐的便宜。加上裴西跟何景耀捣鬼，我在 Giulia 发布会上摔了一跤，搞砸了他的发布会，现在为其走秀，权当是还欠下的人情了。

我和江锐再见面，彼此都很坦荡，就是普通的合作关系。当我看到江锐为我准备的闭场婚纱时，瞬间被惊艳到了。

那是一件华丽无比的拖尾婚纱，拖尾足足有五米多长。婚纱不是常见的白色，而是少有的金色。肩部采用铠甲设计，以工艺繁复的金丝线刺绣，胸口是镂空设计。头饰则是一顶金色皇冠，配以长长的头纱。

我见到这套婚纱的第一眼就想到了神话故事中的太阳女神，璀璨夺目，气势十足。

我光是换上这套婚纱就费了不少时间，等穿戴完毕后，我看着镜中身着婚纱的自己，沉迷在自己的美色中不可自拔。

倘若不是穿着前任设计的婚纱嫁给现任感觉有点硌应，我肯定要当场订下这套婚纱作为我婚礼上的主婚纱。

江锐看着工作人员为我做细节调整，说："听说你要结婚了。"

我回答："是的。"

江锐说："恭喜你。"

我说了一声："谢谢。"

接下来，江锐跟我说了一下走秀的顺序。由于我这身婚纱拖尾过长，完成闭秀后，我只要站在定位点不动，等其余模特直接出场谢幕。

我看着身着婚纱的自己，脑中突然闪过一个念头，问："谢幕时我可以跟台下互动吗？"

江锐谨慎地问："你的互动是指？"

显然，江锐知道只是对着台下眨眨眼、笑一笑这样的普通互动，我是不会特地报备的。

我举了个例子："比如跳下台跟台下的人互动什么的。"

主秀谢幕从秀台上跳下去，这很疯狂好吗？！

江锐："……"

他看了我一会儿，表示："如果跟你互动的人是方肃，我勉强同意。"

我跟他击了一下掌说："放心，我不会随便放飞自我的！"

回去以后，我一点都没有将自己这身婚纱的样式剧透，只是给了方肃邀请函，让他一定要去看。

发布会当天，我在工作人员的帮助下换上婚纱，按照顺序等候出场。

因为是婚纱秀，秀场布置得非常唯美，不时有花瓣从天上飘落，并且邀请了世界级钢琴家现场弹奏钢琴。轮到我上场时，我双手叉在腰间，穿着我的巨无霸婚纱，徐徐地走出了等候区。

婚纱秀的节奏同普通的秀不同，要放慢步调，体现婚纱的高贵和优雅。

这套婚纱一眼看去就奢华无比，美丽的负担也不小，五米长的拖尾可不是闹着玩的，经验不足的直接会被拖垮台步。

我是经过魔鬼训练的人，能被这大拖尾给扯了后腿？

方肃坐在台下观看，这是我第一次在他面前穿上婚纱，我必须将最美的样子展示给他看！

我凭借丰富的经验成功 hold 住了这套婚纱，走到定位点后揭开自己的头纱，完成定点动作。

闭场秀完成后，其他展示模特从两边鱼贯而出，站在秀台两侧做最后的展示，江锐出场致谢。

台下的嘉宾纷纷起身鼓掌，江锐走到我身边，对着台下的嘉宾鞠了一躬，随后牵起了我的手。

彩排时并没有这一段，江锐牵起我的手是临时起意，我面带微笑地看向他。

江锐牵起我的手说："去吧。"

我瞬间会意。

于是，秀场的嘉宾都看到了这样一幕——身着华丽婚纱的主秀拖着长长的拖尾，迫不及待地跑到右侧秀台，向着嘉宾席位纵身一跳。

哦，万幸！她没有脸着地！一位绅士接住了他！

或者说是她主动跳进了这位绅士的怀里！

我双手环住方肃的脖颈，整个人都挂在他身上，在他惊讶的目光中告诉他："方先生，我迫不及待地想成为你的新娘。"说完，我低头吻住了他的唇。

我个人认为，这样的场面是极为浪漫的。

但事后，据方先生回忆，当时我那突如其来的一跃险些闪了他的腰。另外，用双手托举新娘的姿势完成一个漫长的吻，对他而言是一次非常艰巨的挑战，为了我的面子，他也是拼了。

咳咳，那我做一下总结性发言好了：中国男女比例严重失衡，能娶到老婆就很好了，接受一点考验又算什么？

I LOVE YOU

番外

我眼中的有钱人是什么概念？

豪车代步，手戴名表，喝一九八二年生产的拉菲，出入高级场所。

方肃眼中的有钱是什么概念？每天在八万平方米的床上醒来，逛一下自家花园开车需要两个小时，跺跺脚就能搞个世界金融危机。

我看着眼前自带直升机停机坪，堪比王宫的恢弘建筑，再次体会了一把得知方肃父亲名字时的震撼感，那位长年稳坐世界顶级富豪榜的大人物。我想起方肃曾经说过一句话："金钱对我而言是轻易就能获取的东西。"

有一位顶级富豪爸爸，生来就拥有别人几辈子都积攒不来的财富，金钱对你而言当然是轻易就能获取的东西啊！

原本我还觉得自己挺励志，通过自身的努力，半只脚踏入了有钱人的行列。可现在看来……我跟方肃在一起，依然属于傍大款。

方肃不解地问："为什么站在门口不动？"

我露出礼貌而不失苦涩的笑容。

我就想问一句，裴西当年为什么要跟法国富商跑？！她前夫的家产跟方肃家比，根本是九牛一毛好吗？！还有方董事长你！你早说你家里这么有钱，你跟裴西的孩子都能打酱油了，哪有我什么事啊！

难道这就是传说中的“我家很有钱，但我不说，因为我希望她喜欢的是我这个人，而不是喜欢我的钱”吗？

有钱就是任性！

喜欢你的人还是喜欢你的钱重要吗？我就不能既喜欢你的人，又喜欢你的钱吗？

所以说……我捡了一个大便宜？

我跟着方肃进了“王宫”，他的父母晚上才会回来，他带着我在“王宫”简单地逛了一圈，又认了一下他的卧室，我再次感受到了来自顶级豪门的深深恶意。

方肃家的墙上没有镶嵌宝石，水龙头和马桶也不是黄金做的，只是在他家，大型图书馆不叫图书馆，叫书房，藏宝阁不叫藏宝阁，叫储物间。

方肃陪我简单地逛了一圈“王宫”，夜色就深了，方父回来了。这位传说中的顶级富豪并没有那种拒人于千里之外的感觉，反而看上去很亲切，乌发浓密，双目炯炯有神。

方肃起身叫了一声：“爸。”

我有点紧张，连忙跟着方肃叫了一声：“爸。”

此言一出，方家父子齐刷刷地向我行注目礼。

我悄声问方肃：“我说错什么了？”

方肃悄声地回答我：“没有，不过我爸还没给你红包，你不用着急改口。”

我：“……”

对哦！

我这是不是叫“上赶着”？

我用手捂住自己的脸。

尽管我同方肃是小声说话，但距离太近，方父一字不落地将我们的对话收入耳中。他发出爽朗的笑声说：“就叫爸爸，红包随时能补，我们马上就是一家人了，在自己家不用拘谨。”

我非常不拘谨又非常不客气地说：“谢谢爸。”

三人在客厅聊了一会儿，方肃的母亲回来了。方父的样貌我在电视和报纸上看到过很多次，但方母我还是第一次见，真是个……美人啊！

岁月在她脸上留下了痕迹，却不能折损她的美丽，反而增添了几分成熟的魅力。方肃的样貌应该是大半遗传自他的母亲，因为方母笑起来时脸颊也有两颗小酒窝！

人到齐后，我们便转移到餐厅吃晚餐。席间没有电视剧中豪门的刁难和挖苦，我们说说笑笑，气氛融洽。

晚上，我躺在方肃的豪华大床上感叹：“我今天算是长了见识，豪门跟顶级豪门之间的差距真的太大了。”

方肃非常给面子地问：“什么差距？”

我表示：“同样是王子爱上灰姑娘的剧情，普通富豪：‘五百万离开我儿子。’顶级富豪：‘我们找媳妇不在乎她有没有钱，反正都没有我们家有钱！’”

方肃的回应是——体面地微笑。

我觉得解读一下他的微笑应该是：我找女朋友不在乎她聪不聪明，反正在我面前都会显得很蠢。

我：“……”

当天晚上，我做了一个梦，梦见方肃陪我去买包包。我拎起一只包包，方肃问我：“喜欢吗？”

我回答：“喜欢。”

几天后，方肃告诉我：“买好了。”

我问他：“包包呢？”

方肃表示：“包包？我把大厦买下来了。”

我：“……”

真豪门！霸道总裁！

然后……我就笑醒了。

我和方肃见过彼此的家长后，便正式筹备婚礼的事情。方肃向我询问关

于婚礼的想法，我张口就来："我要一个童话般的婚礼，婚礼在城堡内举行，婚礼那天十里花海，十八骑豪华马车迎亲，流水席摆上十天十夜。嗯？你说什么，没有城堡？"

我戏非常足地说："那就盖一座！能用钱解决的问题都不是问题！"

方肃等我演完，表示："你确定要盖城堡？那我们的婚礼可能要延迟了。"

我豪气万丈地说："不就是钱吗？！你放心，结婚的钱我还是有的，实在不行……"

我话说一半停下，吊足方肃的胃口后才说："实在不行，我可以找赞助商……说不定到时候赞助商太多，我们还得搞个竞标。"

方肃表示："爸应该不希望我们的婚礼有赞助商。"

我："……"

对哦，方肃家钱多得下辈子都花不完，方肃结婚还找赞助商，方爸爸不要面子的啊？

我三言两语就把城堡婚礼的计划抛之脑后，出了一个新主意："那就搞个有仙气的婚礼，毕竟我的人设是小仙女嘛。"

我对小仙女的人设非常执着，于是方肃找了几家出名的婚礼策划，让他们出方案，从中择优。婚纱方面，我请了勒高夫设计礼服，他的设计向来以仙气闻名。主纱则是请了贝爷，他的设计极尽美学，我很期待他会设计出怎样华丽的主纱。

贝爷痛快地答应了，不久后，我收到了主纱的设计图纸，再次被贝爷的大手笔震惊。他设计了一套抹胸婚纱，款式简洁，不简洁的是……他打算在这件婚纱上缝制三万颗珍珠。

我："……"

我就想问一句，珍珠再小也是珍珠，贝爷你想过三万颗珍珠有多贵吗？不对，是有多重吗？

贝爷问我："Sunny，你喜欢吗？"

我面上微笑，心里在滴血，打肿脸充胖子地说："喜欢！"

自己请了一位专门走奢华路线的设计师，跪着也要说喜欢啊！

这套婚纱初步预算就上千万，其间我跑了两趟法国试衣，婚纱制作完毕时，距离婚礼举行只剩下三个月瞬时间。

婚礼前的一个月，贝爷突然半夜打来电话："Sunny，关于你的主纱，昨晚我跟菲利普聊天时有了新的灵感，你要不要看看设计图纸？我向你保证，它一定会成为经典。"

我："……"

Excuse me？

婚纱都制作完成了，你跟我说有了新的灵感？我向你保证，三万颗珍珠也能成为经典好吗？

嗯……

既然设计图都画了，那我就……看一眼？

我查收了贝爷发来的设计图，然后惊呆了！

贝爷的新设计真的是超级不像婚纱了，甚至可以说不像礼服，超级有个性，我敢肯定，它一定会像贝爷说的那样成为经典，不是因为豪气，不是因为三万颗珍珠，而是因为它颠覆了婚纱的概念！

贝爷问我："你有没有更换主纱的想法？只剩下一个月，日夜赶工的话，还能赶上你的婚期。"

我问贝爷："你知道先前的主纱我花了多少钱吗？"

贝爷表示："当然知道，但我想说的是，你缺钱吗？"

接下来他语重心长地跟我讲："Sunny，婚礼只有一次，一定要穿着你最喜欢的婚纱嫁给你最爱的男人。"

我在心中默默吐槽：贝爷你不去搞传销真的是浪费人才了！

临近婚礼，只因为有了新的灵感，就让新人放弃价值千万的婚纱，去定制一套新的主纱，这样疯狂的事情也只有贝爷能干出来了。

我在制作完成的主纱以及贝爷的设计稿中间纠结了一天，最后告诉方肃："我要更换主纱。"

方肃意外地说："你确定？能赶上婚礼？"

我眼中含着心疼的泪水说："我确定，贝爷既然这样说，那他肯定就有办法。”

我希望从方肃那里得到肯定：“有钱就可以随心所欲，你说对吗？”

方肃被我逗笑了，表示：“的确是这样。”

于是乎，婚期临近，这对不靠谱的新人突然更换了主纱。由于贝爷的新灵感同原本的主题风格差异太大了，场地的布置也得随之改变。

婚礼的地点定在一座海岛上，为了满足我的小仙女人设，婚礼现场使用大量的白纱以及鲜花作为装饰，将宾客围绕在花海中，再利用干冰产生白雾，制造出在仙境的感觉。

现在贝爷的设计风格变了，婚礼的主题就也得改变，几乎是全部推翻重来。

我依然是那句话，能用钱解决的问题都不是问题！婚礼策划师也表示一定会如期完成任务！

我跟方肃商量珍珠主纱的归属，将它留下来做纪念……暴殄天物好吗？三万颗珍珠会哭的！将它转手他人……将自己的婚纱卖给其他人，心情好像也不是太美妙呢。

最后，方肃提议说：“捐献给博物馆？”

我震惊地说：“这么大方吗？”

方肃表示：“捐献给博物馆，让每位参观的游客见证我的爱情。”

我沉默了一会儿，竖起大拇指说：“有钱人的任性，我真是想都想不到。恐怕他们见证的不是我们的爱情，而是资本主义的万恶。”

话虽如此，我还是采纳了方肃的提议。

婚礼的前期工作顺利完成，转眼就到了我和方肃婚礼的当天。昨晚我们分开住在两处酒店，待会儿方肃会来接亲。我和方肃请了六人团的伴郎以及伴娘，方肃请的是朋友，我请的是圈里平时交往比较密切的几位模特，韩纾也在其中。楼下响起喧闹声时，我端着一副要搞大事情的架势问伴娘团：“姐妹们，准备好了吗？！”

伴娘团表示：“准备好了！”

新郎接亲需要面对重重拦截，楼下的倒比较容易突破，只把红包大方地撒出去就行。到了我的伴娘团这边，门外的人往里塞了一沓红包，屋里的人依然不为所动。

伴郎团开始喊话，中、英文夹杂，讨好声、告饶声，什么声音都有。

“嫂子，开门！”

我忍着笑，在伴娘耳边说了几句，伴娘便问门外：“新郎的声音呢？我们怎么没听到新郎的声音？”

门外安静下来，随后一个磁性而低沉的嗓音响起：“老婆，开门。”紧接着，一沓红包从门缝里塞了进来。

我：“……”

第一次从方肃口中听见“老婆”两个字，我真是……骨头都酥了。

我明知故问：“门外是谁？”

我以为方肃会说“你老公”之类的，谁知他另辟蹊径，回答了两个字：“甜甜。”

我笑趴在床上。

伴娘惊讶地说：“甜甜？你们平时玩得这么甜？”

我表示：“成年人的世界嘛，污一点！”

我继续问门外：“什么甜甜？”

方肃吐字清晰地说：“你的甜甜。”

我：“……”

说真的，让方董事长大庭广众说出“你的甜甜”四个字，真的是羞耻play了，方董的偶像包袱都丢了，我又怎么好意思还将他拒之门外？

我示意伴娘们将门打开，刚开了一条缝，伴郎们就见缝插针，蜂拥着挤了进来。

我看到了被簇拥在中间的方肃，他穿着一身黑色燕尾服，礼服内搭配白色衬衫和马甲，英俊出了新高度。他走到我面前，噙着笑说了一句：“老婆，我来了。”

我故作淡然地点了点头，压抑住自己怦怦跳快的心，示意他看右侧。

我所在的房间经过特殊改造，右侧有一个十二米场的秀台，韩纾说出了

下一关挑战："方董，艳阳的职业是模特，作为她的老公，台步当然不能太差。你和伴郎团需要 T 台走秀，新娘和我们伴娘团会根据你们的表现打分，总分超过九十分才能接走新娘。"

对于这个挑战，伴郎团们表示一点都不㞞，一个个放飞自我地上台走了一圈。

临时上阵当然不能跟专业模特相比，伴郎团大部分都走搞笑路线，个别走帅气路线，我基本上都打了及格，可伴娘团的分数就不留情面了。

轮到方肃出场时，我坐直身体，打起十二分的精神。方肃作为我的导师，理论知识当然是杠杠的，实践就不知道怎样了。

方肃在我期待的目光中上了台，当他跨出第一步时，我就被征服了！

理论与实践完美结合！

方肃跨出的每一步，都像是经过尺子精确测量，姿态娴熟，游刃有余，身高、气场完全不输专业男模。

走到定位点时，方肃将目光定在我身上，勾起嘴角对着我露出一个笑容。

会心一击！

我沉迷于男色不可自拔！

韩纾问："方董，你是来跟我们抢饭碗的吗？你确定不考虑向模特界发展？"

方肃表示："没有这方面的意向，只为博方太太一笑。"

方太太本人：露出一个微笑，然后在手中的白板上写下了一个"0"分。

嘿嘿，想不到吧？

十年风水轮流转！

当年他在超模大赛上对我吹毛求疵，现在轮到我鸡蛋里挑骨头了！

方肃挑了挑眉，显然是不满意我打的这个分数。

我语重心长地说："要从自身找原因啊，方董！"

伴郎团替方肃叫屈："新郎官走成这样，进步空间都没了，还要怎么从自身找原因？"

伴娘团也觉得方肃有点冤，出主意说："台步不管用，那就动用你的美色，方董！"

方肃若有所思，脱下燕尾服外套，重新登上秀台。前半场他依然走气定神闲路线，后半场定点动作时，高潮突然来了。

方肃随手扯开领结，修长的手指落在领口的纽扣上，一颗……两颗……三颗……

我目光深沉地盯着方肃胸前的纽扣……

这是要用美好的肉体征服我吗？

现场的伴郎团、伴娘团也目光深沉地盯着方肃胸前的纽扣……

等等！伴娘团？伴郎团？

我连忙伸出尔康手：“不准脱！”

我马上在白板的“0”前面加了个“10”：“一百分！一百分！不准脱，只有我能看！”

方肃听话地停下手，表示：“如你所愿。”说着，他又将解开的纽扣一颗一颗地扣了回去。

这下轮到伴娘团不干了：“脱，必须脱！不脱过不了我们这关！”

我蛮不讲理：“我是新娘我最大！我说不准脱就不准脱！”

伴娘团能怎么办，只能笑着给一百分啦。

方肃这一招剑走偏锋让我缴械投降，但我是轻易认输的人吗？新郎想接新娘还得面对一关挑战，那就是找到新娘的婚鞋。

伴郎团在房间内翻了个底朝天，连秀台都掀了，依然没有见到婚鞋的影子。

他们又开始用红包贿赂伴娘，伴娘们红包是拿了，但不是守口如瓶，就是给一些错误的信息。

我感慨说：“娶老婆没有这么容易，才会特别让人着迷啊……”

话音落下，我突然被方肃腾空抱起。

我吓了一跳，赶紧搂住方肃的脖子问：“你干什么？”

方肃表示：“在我怀里，你可以一辈子不用下地走路。”说话间，他已经抱着我出了房间。

我哭笑不得：“这样也行？你可不可以按照剧本走？”

方肃回答：“我的剧本只有大纲，没有细节，今天的剧情是迎娶方太太。”

我表示："知道的倒还知道你是在接亲，不知道的还以为你是在抢亲呢。"

我人都被方肃抱走了，婚鞋留着还有什么用？

我连忙招呼伴娘把我的婚鞋带上。

婚礼定的是晚宴，晚上七点整正式开始。

下午五点半，宾客开始陆续进场。化妆师为我换上主纱，再调整妆容。负责今晚婚宴安保的经理突然敲开化妆间的大门："林小姐，外面有位没有收到邀请函的先生想要见您。"

本次婚礼由于方父的缘故，有不少世界级大佬出席，因此安保工作格外严格。没有邀请函的人，第一道安保都过不了，究竟是什么人值得经理亲自跑一趟？

我纳闷地问："是谁？"

经理回答："是何景耀先生。"

我瞬间从椅子上站起来："你说是谁？再说一遍！"

经理重复了一遍："是何景耀何先生。"

何景耀……他没有死！

他又是在骗我！

可我的心里没有被愚弄的愤怒，反而隐隐松了一口气。

我站起身，快速向门外走去。

方肃拉住了我："你现在不能出去。"

我看了一眼自己的婚纱，婚礼前新娘四处乱跑，确实不太像样。

于是我对经理说："直接带何景耀来见我。"

经理立马出去了，不久后，化妆间的门再次被敲响，一个人推门而入——何景耀。

他现在的样子跟我印象中的有了很大的变化，鼻梁上架着一副银色的细框眼睛，清爽的短发，发色是自然的黑色，给人的感觉不再是妖孽，而是变得斯文儒雅起来。

最令我惊讶的是，他双眼的焦距准确地落在了我身上。

我惊讶地说："你的眼睛好了。"

何景耀点了点头，仔细地将我打量一番，夸赞道："你今天真美。"

他转头问方肃："可以让我跟你的新娘单独说几句话吗？你知道的，过了今天，她的后半生都是你的。"

方肃礼貌又无情地回答："抱歉，她是我的新娘，今天的每一分每一秒，她都应该跟我在一起。"

何景耀耸了耸肩，惋惜地看了我一眼，示意我看看自己的男人是多么小气。

我一点都不惊讶方肃会拒绝何景耀，何景耀已经逼着我跟他分开了三年，他如果还能答应何景耀的要求，他要么是圣父，要么是他根本就不在乎我。

短暂的震惊过后，我沉下脸问何景耀："你的眼睛是什么时候好的？"

何景耀回忆了一下，说："车祸后两年？我的眼睛一点一点能见到光了，只不过视力下降得厉害。"他指了指自己戴的眼镜。

这么说方肃搬到我隔壁的事，他其实一清二楚？

不得不说，何景耀的精湛演技总是令我一再折服。

我问："你自杀的事情呢？也是你伪造的假象，想让我觉得内疚？"

何景耀澄清说："当时确实有那个念头，只是被人救下了。那个人告诉我，如果你因失去了太阳而哭泣，那么你也将失去群星。所以，我决定放弃你。艳阳，今天我站在这里，就是送给你的新婚礼物。"

何景耀真是大方啊，往这里一站，就是送我的新婚礼物。他知道出现在我面前意味着什么，我的内心将得到安宁，彻底放下他。

我正要开口，婚礼的督导敲开门提醒道："新郎和新娘准备好了吗？婚礼即将开始了。"

我连忙说："马上就好。"

何景耀说："我先走了。"

我犹豫了一下，问："要不要喝杯喜酒再走？"

何景耀微笑着说："不用了，虽然我已经决定放弃你，但现在的我还不能微笑着祝福你们。"说完，他对我挥了挥手，转身走了。

我无暇继续为何景耀的事情分神，立马得投入即将开始的婚礼中。婚礼设计的环节是方肃先出场，随后我爸牵着我的手走过红毯，将我交给方肃。

方肃入场后，我身着主纱等候在场外。轮到有请新娘出场的环节时，站在两侧的礼仪小姐准备为我推开大门。

我用手势示意自己可以后，用力地推开了厚重的大门。

今晚的婚宴厅占地三千多平方米，足有九个标准篮球场那么大。厅内一反先前设定的小仙女路线，装饰得金光璀璨，耀眼夺目。最引人注目的是一条长达三百米的超长T台盘踞在宴会中央。

我推开大门的一刹那，聚光灯以及全场的目光都聚焦在我身上。我身着另类的主纱站上T台，将红毯当秀场，气场全开，大交叉步踩着点走向台中央。

我听见了台下宾客的议论声，我身上这套主纱太“出格”了！

白色马甲、衬衫以及西裤，脚上一双英伦风格的皮鞋，肩上是一件超拉风的大红色披风，领口为中式盘扣设计，鼻梁上架着一副圆镜片的墨镜，帽兜戴在头上，露出半截金灿灿的皇冠。

这哪里是主纱，分明就是个性十足的秀服吧？

秀场内并没有准备鼓风机，我自带两米八的气场，每一步都沉稳有力，脚下生风，让大红色的披风飘了起来。

我爸站在秀台的后半场等我，我结束个人秀后，挽住我爸的胳膊，一步一步走到方肃面前。

三百米的T台，是我出道以来走过最长的T台，对我而言却如同短短的数十米。我看着方肃的脸在我眼前渐渐清晰，我们的目光牢牢地黏在一起，心跳加速。

从今天起，我将正式成为方太太，眼前的这个男人也将彻底属于我。为了这个结局，我们走了很多的弯路。不过幸好，我们紧握着彼此的手走到了终点。

我爸握着我的手对方肃说：“从今天起，我就把我女儿交给你了，希望你能一生一世爱她。”

方肃郑重地回答：“爸，我向您保证，我爱艳阳胜过自己的生命。”

我爸点了点头，红着眼眶看了我一眼，眼中含着不舍。

我爸将我的手交给方肃，我的手搭上方肃指尖的一刹那，优雅的《婚礼进行曲》戛然而止，紧接着魔性的歌声响起——

“像一棵海草！海草！随波飘摇！

海草！海草！浪花里舞蹈！”

方肃沉默了。

场下的宾客也有些摸不着头脑。

一群人搞不清楚状况，我迅速完成情绪的转换，跟随着魔性的《海草舞》舞动起来。先前一直处于隐身状态的伴娘纷纷冒了出来，站在我身后一同跳了起来——

“像一棵海草！海草！随波飘摇！

海草！海草！浪花里舞蹈！

海草！海草！管它骇浪惊涛！我有我乐逍遥！”

我面朝方肃，一边跳一边放肆地大笑。

方肃盯着我，想笑、无奈又宠溺，嘴角是怎么都掩不下去的笑容，两个小酒窝深深地扎根在他脸上，一副“你真的好皮”的表情。

这一出《海草舞》是我背着方肃搞出来的，将原本庄重的婚礼弄出搞笑环节，方肃肯定挺心累的。可是能怎么办呢？自己选的老婆，跪着也要认啊！

魔性的《海草舞》结束后，庄重的《婚礼进行曲》重新响起。我将手搭上方肃的指尖，这一回没有抽走。方肃牢牢地握住我的手，将我带进了他的怀里，紧接着，一个湿热的吻落了下来。

这回轮到我无语了。

方肃用唇舌代替了回答。

司仪在边上喊：“等等，两位新人，似乎我们还没有走到新郎亲吻新娘的环节吧？”

我嘴上正忙，只能在心里回答他：是啊，是没有到这个环节，但在我们这里，从来不按套路走！

（全文完）